DA ÁGUA
PRO VINHO

CIP-BRASIL. CATALOGAÇÃO NA PUBLICAÇÃO
SINDICATO NACIONAL DOS EDITORES DE LIVROS, RJ

R257a Refinski, Márcia
    Da água pro vinho : os frutos da resiliência e da fé em Deus / Márcia Refinski. – 1. ed. – Porto Alegre [RS] : AGE, 2024.
    223 p. ; 14x21 cm.

    ISBN 978-65-5863-238-2
    ISBN E-BOOK 978-65-5863-237-5

    1. Romance brasileiro. I. Título.

23-86298   CDD: 869.3
         CDU: 82-93(81)

Gabriela Faray Ferreira Lopes – Bibliotecária – CRB-7/6643

Márcia Refinski

DA ÁGUA PRO VINHO

*Os frutos da resiliência
e da fé em Deus*

PORTO ALEGRE, 2024

© Márcia Refinski, 2024

Capa:
Nathalia Real,
utilizando imagem Shutterstock/Olga Nikonova

Diagramação:
Nathalia Real

Supervisão editorial:
Paulo Flávio Ledur

Editoração eletrônica:
Ledur Serviços Editoriais Ltda.

Reservados todos os direitos de publicação à
LEDUR SERVIÇOS EDITORIAIS LTDA.
editoraage@editoraage.com.br
Rua Valparaíso, 285 – Bairro Jardim Botânico
90690-300 – Porto Alegre, RS, Brasil
Fone: (51) 3223-9385 | Whats: (51) 99151-0311
vendas@editoraage.com.br
www.editoraage.com.br

Impresso no Brasil / Printed in Brazil

SUMÁRIO

Capítulo 1   Uma família quase perfeita 7
Capítulo 2   Crise das Bodas de Prata 12
Capítulo 3   A carência 20
Capítulo 4   Férias de julho 30
Capítulo 5   O clube 33
Capítulo 6   Os sinais 48
Capítulo 7   A trajetória MR 52
Capítulo 8   Os três casos de ingratidão 69
Capítulo 9   Doutor Anjo Samuel 83
Capítulo 10   Joio e trigo 90
Capítulo 11   Relação aluno-professor-colega 104
Capítulo 12   Dormindo com o inimigo 118
Capítulo 13   Minha segunda vez na delegacia 126
Capítulo 14   Estrela Luna 150
Capítulo 15   Minhas perdas 160
Capítulo 16   Escola pública 168
Capítulo 17   Os 15 anos de Anne 174
Capítulo 18   A casa de meus pais 180
Capítulo 19   A longa estrada da vida 192
Capítulo 20   Os *Big Friends* 201
Capítulo 21   A viagem 207

Agradecimentos 219

Capítulo *1*
UMA FAMÍLIA QUASE PERFEITA

Era uma vez uma família quase perfeita, aquela da propaganda da margarina Doriana: papai, mamãe e um casal de filhinhos saudáveis e felizes.

Seus nomes eram Saulo, Marcy, Anne e Benny. Moravam num bairro de classe média alta em Pequenópolis, cidade aconchegante com cerca de 800 mil habitantes.

Chamava-se Pequenópolis não propriamente devido ao seu tamanho territorial ou ao número de habitantes, mas pela maneira como grande parte do povo se comportava em relação à vida dos outros, como cidade do interior, onde todos se conhecem e sabem tudo o que acontece na vida alheia.

Marcy veio de cidade grande, com população de cerca de 11 milhões de pessoas, onde todos andam a passos longos, sem tempo, cada um preocupado com o seu corre.

De início Marcy estranhou muito, não a cidade, mas o comportamento de seus habitantes; o jeito como a olhavam a fazia sentir-se uma intrusa no ninho. Implicavam demais com seu sotaque; parecia quererem tirá-lo à força, o que só mais tarde ela veio a entender tratar-se do tal de *bullying*.

Como dizer a eles que ela também não estava satisfeita em estar ali, deixar sua cidade, seus amigos, seus parentes, porém não teve escolha; seus pais vieram e ela veio com eles, simples assim; criança não tem escolha.

Já não se sentia feliz por ter se mudado para Pequenópolis, e o povo comprovava seu sentimento dia após dia, cochichando, isolando, implicando... Hoje ela entende que quem sobrevive à escola está pronto para a vida.

Como tudo na vida, acabou se acostumando, convivendo com a dor moral, emocional e até física quando, não poucas vezes, puxavam suas tranças e ela acabava caindo. Além do tombo, havia as risadas, que a machucavam ainda mais. Crianças sabem ser cruéis.

Por uma intercessão divina, seus pais compraram uma casa num vilarejo a cerca de vinte e cinco quilômetros de Pequenópolis, e foi ali que Marcy sentiu-se em casa novamente.

Numa bela manhã de domingo, indo a igreja do vilarejo onde morava com seus pais e dois irmãos, conheceu um povo muito especial, gente boa que a acolheu e a fez sentir-se parte de um propósito.

Foi convidada a participar do Grupo de Jovens da Igreja, e logo a convidaram também a ser catequista; viram perfil nela.

Ficou totalmente inserida no grupo como leitora das liturgias, integrante do coral nos louvores, catequista e no Grupo de Jovens até os 18 anos, até quando a faculdade apertou muito e começou a ter dificuldades em honrar todos os seus compromissos dentro e fora da igreja.

Logo em seguida, em seu trabalho, conheceu seu namorado, que virou noivo e depois marido. Era um gaúcho que lhe mostrou os encantos da cidade, e do Estado como o encantador Vale dos Vinhedos e a charmosa cidade de Gramado.

Anos mais tarde tiveram dois gauchinhos – Anne e Benny – que a fizeram se apaixonar de vez por Pequenópolis, e seus traumas viraram puro amor e gratidão à cidade.

Estavam vivendo um sonho. Marcy só sabia agradecer e agradecer...

Ela tinha um trabalho promissor, crescente e reconhecido a cada dia, e Saulo a apoiava em todos os sentidos, no trabalho – ele quem administrava tudo – e em casa, com as crianças, também era ele quem administrava, a ponto de levá-los na academia para Marcy amamentar.

Por vezes, Marcy estava em sala de avaliação física, impossibilitada de ajudar com a bebê, quando Saulo tentava consolar a filha, Anne, que ficava aos prantos, inconsolável, soluçando por sua falta.

Numa dessas vezes, Saulo teve a brilhante ideia de ligar para sua sogra e saber o que poderia ser feito para estancar seu choro. Descobriu então que colocando uma camisola, ou um pijama da mamãe pertinho do rostinho do bebê, Anne se acalmaria. Dito e feito! Santo remédio de vó!

Saulo era um excelente pai, marido, amigo e parceiro. Aliás, era ele, muitas das vezes, quem acordava na madrugada para colocar a chupeta ou trocar as fraldas, poupando Marcy para que ela pudesse descansar mais um pouquinho antes de voltar ao trabalho. Só a chamava mesmo quando era para dar de mamar, no que as mães são insubstituíveis, ou deveriam ser pelo menos até os seis meses de idade do bebê.

Saulo era incrível. Marcy não se imaginava sem ele.

– Como essas mães solteiras dão conta de tudo sozinhas? – Questionava ela.

Mães de gêmeos, então, mais aplausos merecem. Se um já é complicado, imagina múltiplos?

Marcy sempre quis ser mãe de gêmeos, até ter o primeiro.

Sua família era tão maravilhosa, tão encantadora! Marcy e Saulo se davam muito bem, nos assuntos, nas conversas, nas risadas – ela adorava rir com ele.

Certa vez ela estava atrasada para uma entrevista numa rádio local e o táxi não apareceu. Num ato de desespero, ligou para Saulo pedindo urgentemente que ele a levasse; ele sempre a salvava dos seus apertos de última hora.

Ele prontamente a levou, mas já avisou que teria pagamento. Ao chegar ao destino no horário marcado, disse:

– O pagamento é um beijo de língua.

– O quê? – Disse Marcy. – Não beijo taxistas, ainda mais em pleno trabalho.

– Ah! – Disse ele – Você vai conhecer o pula-pirata.

O que será o pula-pirata?, pensou ela.

E ao virar-se para sair do banco do carona ela o conheceu. Saulo tacou-lhe a mão em seus glúteos, ela deu um *pulo* e caiu na risada. Foi nesse clima que Marcy chegou à entrevista.

Saulo sempre a fez rir e sorrir. Era sua marca registrada. O pai de Saulo, o senhor Oscar, o denominava "o espirituoso". Não era de brigas; aliás, fugia como o diabo da cruz de DRs e de alta voz.

O bordão de Saulo era "devagar e toda a vida".

Ao mesmo tempo que Marcy concordava com ele, esse *devagar* era o que mais a irritava nele, pois parecia que só ela fazia os corres, só ela batalhava e se importava com os assuntos sérios da vida, e o que seria do amanhã, uma vez que ele só queria saber do aqui e agora...

Porém, Saulo tinha inúmeras qualidades: era engraçado, esportista, tranquilo, calmo, paciente, coerente, sensato... até os 50 anos de idade; depois – acreditava ela – nos 50 anos completados em plena pandemia, a Covid-19 mexeu demais com seus neurônios, ou com sua personalidade, ou com seu caráter, ou com tudo junto e misturado.

Certa vez, estavam num grupo sério de trabalho; mesmo que o trabalho de Marcy fosse descontraído, característica-raiz e um dos grandes objetivos da Educação Física: relaxar as pessoas, endorfinar, deixá-las leves, descontraídas, foi aí que Saulo mandou para o Grupo do Desafio MR uma pergunta motivacional:

– Quem quer passar o *Reveillon* em minha lancha? E soltou um vídeo de uma lancha com mulheres sensualizando em seus biquínis fio-dental e com os peitos saltando pra fora, tudo ao som do LEPO LEPO.

Marcy não sabia se ria ou se chorava vendo as senhoras mais puritanas saindo de seu grupo de trabalho. Lógico que os meninos do grupo vibraram alto, todos confirmando suas presenças na tal da lancha. Foi o comentário da academia por semanas, ou meses, ou anos... E aí, Marcy? Como está o Lepo Lepo?

E isso foi apenas uma das inúmeras situações em que Lepo Lepo, digo, Saulo colocava Marcy, não que ela não curtisse seu jeito jovial e brincalhão, afinal ela amava rir com ele, mas acreditava que para tudo tem seu tempo, como diz o Eclesiastes 3: 1: "Tudo tem seu tempo determinado, e há tempo para todo o propósito debaixo do céu... Tempo de chorar, e tempo de rir, tempo de prantear, e tempo de dançar; Saulo não conhecia o 8, somente o 80.

Casamento é respeitar as diferenças, pois exatamente todos nós temos defeitos, podemos pensar diferente e até discordar com todo o respeito. É muito difícil casais cem por cento parecidos em todas as suas opiniões. A grande verdade é que é quase impossível e não acredito ser saudável casais concordarem em tudo o tempo todo.

Então, sabendo que ninguém é perfeito, nem ela, acabava relevando muita coisa do Saulo, pois ao colocar na balança o saldo sempre era positivo.

Sua vida era muito harmoniosa e feliz com a formação de sua família. Conduziam de uma forma tão prazerosa essa construção que por ela parecia o fim; parecia que a vida seria aquilo mesmo; já estava por esperar os filhos crescerem, se formarem, casarem, dar-lhes netos e fechar sua história com aquela frase: "E viveram felizes para sempre!". THE END.

Porém, a vida não é um conto de fadas e não está nem aí para seu planejamento. Sua história não acabou por aqui; mal sabia ela que estava só começando...

Capítulo 2
CRISE DAS BODAS DE PRATA

"Melhor é serem dois do que um... porque, se um cair, o outro levanta o seu companheiro; mas ai do que estiver só; pois caindo, não haverá outro que o levante". (Eclesiastes 4:9-12)

Antes da crise dos 25 anos de casados tivemos a crise dos 3, 7, 11... todas as principais crises citadas em estudos comprovados cientificamente, lá estávamos nós fazendo parte da estatística até termos nossa primeira filha, que nos uniu de tal forma a contradizer a ciência, e nosso casamento começou a fazer sentido outra vez.

Eu achava um casamento equilibrado entre a harmonia, o aprender a lidar com as diferenças e a superação de uma crise *normal* de tempos em tempos.

Muitas vezes me peguei ansiosa planejando nossas Bodas de Prata, já tinha até escrito meus votos; na verdade era meu testemunho do quanto é difícil a vida a dois, as renúncias, a tolerância, a paciência com os defeitos alheios, o respeito, as provações... "Mas o amor é paciente, o amor é bondoso. Não inveja, não se vangloria, não se orgulha. Não maltrata, não procura seus interesses, não se ira facilmente, não guarda rancor." (1 Coríntios 13:4-7)

A parte do "não se ira facilmente" era o que mais me pegava, com a mesma intensidade que Saulo me fazia rir, ele fazia irar-me. Este, sem dúvida alguma, era meu pecado mortal: falta de domínio próprio, que é um dos Frutos do Espírito Santo. (Gálatas 5: 22-23)

Digamos que ele era Eduardo e eu Mônica – era nada parecido... E quem um dia irá dizer que existe razão nas coisas feitas pelo coração; e quem irá dizer que não existe razão?, já alertava Renato Russo.

Ela era o fogo, e ele o querosene. Ela era o vento, e ele o tufão.

E eu só precisava de água, de brisa, de calmaria, de férias, de um tempo.

Mas o Universo entendeu tudo errado, e mandou a pandemia, quando tudo parou e me deu o tempo que eu precisava para entender que quem havia entendido tudo errado era eu.

Em todos os canais de comunicação especulavam: "Desta pandemia uns sairão mortos, outros surtados, outros falidos, outros separados e outros grávidos". Eu só não saí grávida... até a velha Marcy morreu. Posso dizer sem medo de errar que sou uma *antes da pandemia* e outra *depois da pandemia*. Quem me conheceu antes terá que me conhecer novamente.

Foi um ano de muitos aprendizados. Acabamos nos conhecendo melhor e conhecendo melhor a todos que nos cercavam.

Os primeiros que conhecemos foram nossos vizinhos, que nos denunciaram ao Conselho Tutelar alegando maus-tratos aos nossos filhos. Nunca me senti tão caluniada, invadida, oprimida, impotente, nem quando fui assaltada à mão armada me senti tão vulnerável como quando recebemos um Oficial de Justiça em nossa porta com a intimação, isso em pleno isolamento.

De imediato não conseguimos assimilar tamanha maldade; tivemos que pedir explicações ao Oficial de Justiça sobre o que se tratava.

Apesar dos 10 anos vividos ali, não conhecíamos muito bem os moradores, apenas de bom-dia, boa-tarde e boa-noite no elevador e nos jogos do GRENAL, quando o prédio vinha abaixo com berros, insultos e palavrões proferidos pelos moradores, até então chiques em seus ternos e as madames de salto alto e perfume Chanel 5; gritavam nas janelas palavrões dignos das arquibancadas da várzea; nem no vilarejo de onde eu viera havia escutado algo semelhante. Eu chamava o prédio de Favela Bela Vista.

Pela situação da pandemia, ficamos mais tempo dentro de casa; sendo assim, as crianças se agoniaram, agitaram e brigaram muito. Tentávamos separar, deixar de castigo cada um em seu quarto, mas a paz não durava por muito tempo.

Uma semana dentro do apartamento, e já estávamos bem loucos cantando Gospel na janela, comprovando 1 Coríntio 1:27 e, desesperados, tentando adivinhar qual seria o próximo passo, aonde tudo aquilo iria nos levar.

Aguentamos exatos sete dias totalmente trancados com dois filhos pequenos e cheios de energia correndo de um lado para o outro. Apesar de o apartamento ser bem grandinho, uma semana é pra lá de suficiente para esgotar todas as possibilidades de recreação. Saulo jogava futebol com Benny no corredor e na varanda, onde conseguiram quebrar as portas dos armários da churrasqueira e quase toda a cristaleira entre a copa e a sala de jantar e estar.

Tive vontade de rifar uma criança com um pai de brinde.

Pedia que eles descessem para o pátio, que, apesar de ser grande, não tinha área de lazer para crianças; somente uma piscina, que interditaram por conta própria antes mesmo de qualquer decreto anunciar, por puro autoritarismo e prepotência, uma vez que era só usar o bom-senso, já que pouquíssimos a usavam, e seria a solução para entreter e gastar energia das três únicas crianças do prédio, em pleno verão de 2020.

A partir daí foi aberta a temporada de maldades do prédio, e começaram, dia após dia, a apresentar-se seus moradores sem noção que se intitulavam os donos do edifício.

Gente que, mesmo com dupla máscara, fugia feito bicho pelos corredores, correndo caso vissem mais um morador a percorrê-lo. Gente bizarra que colocava no grupo do prédio denúncias ao síndico caso alguma criança estivesse no pátio a correr, a brincar.

Tudo era motivo de denúncia, de indisposição, de brigas. Até entendíamos que estávamos todos ansiosos, nervosos, sem saber o nosso amanhã; todos estavam partilhando dos mesmos sentimentos de dúvida, medo e ansiedade, mas chamar o Conselho Tutelar com uma calúnia, uma maldade dessas, essa gente foi longe demais! Lembrei-me do Kiko do Chaves: "Gentalha! Gentalha! Gentalha!" Só que não estávamos na Vila do Chaves, e sim num bairro nobre de Pequenópolis.

Surtei, mas surtei de tal maneira que fiz o que nunca havia feito em 10 anos de moradia: visitei cada morador a fim de conhecê-los nos olhos e em cada um deles vi um bom ser humano padrão, quando sozinhos são uns covardes! Um jogava para o outro feito crianças.

Embrulhou meu estômago quando a maioria apontou para uma psicóloga infantojuvenil, nossa vizinha do quinto andar, andar debaixo ao nosso. Que ser humano é este, que espécie de profissional é esta que tem uma graduação para compreender, tem todas as ferramentas para auxiliar – uma vez que ela desconfiara de maus-tratos, deveria procurar ajudar a família, que no caso eram seus vizinhos havia 10 anos, mas pelo contrário quase as deixou sem pais.

Será que a ideia dela era adotá-los caso fôssemos presos? Não sabemos o que se passa por uma cabeça doentia dessas.

Acabamos no Conselho Tutelar no dia marcado em plena pandemia. Ali fomos entrevistados individualmente, sentindo-me uma criminosa; sentia-me como se eu estivesse acabando com meu réu primário.

Fiquei imaginando os Oficiais de Justiça fazendo uma investigação minuciosa em nosso apartamento e encontrando cristaleiras e portas dos armários da churrasqueira quebradas pelas bolas de futebol. Tinha também fechaduras lascadas por Anne trancar-se no banheiro quando em fuga porque havia pego algo do Benny e este quase colocava a porta abaixo para reaver o que lhe pertencia.

Sentia-me escondendo um cadáver.

Aguardamos e logo fomos chamados para a avaliação final, onde fomos absolvidos e finalmente aprovados para sermos pais de nossos filhos... Que alegria! Deus é Pai! Ficamos tão felizes e aliviados com a sentença, a aprovação do nosso perfil psicológico realizado pelo Conselho Tutelar durante uma longa hora, que parecia termos ganho uma prova mundial, em que levantávamos duas taças, no caso as crianças, nossos filhos amados.

Recebemos um conselho do Conselho Tutelar: para nos cuidarmos dos nossos vizinhos – explicaram que já haviam presenciado denúncias falsas só para prejudicar mesmo, tirar do prédio por acharem as crianças barulhentas. Chocante! Lembrei-me de um filme em que a Morte falou: "Vocês humanos me assombram". Foi como me senti com toda aquela história – assombrada!

Voltamos para o nosso *lar* com a certeza de que ele nunca mais seria o mesmo.

Comecei a investigar a vida de cada um ali do prédio, justo eu que nunca tive tempo, nem curiosidade e muito menos disposição para cuidar da vida alheia, mas haviam mexido com a minha família, meu bem mais valioso, portanto precisava saber com quem estávamos lidando, se não eram mafiosos, marginais, bandidos.

Descobri que eram aposentados, pensionistas, funcionários públicos, vidas ganhas, nada de tão especial, nenhuma Honra ao Mérito ou Prêmio Nobel para se acharem tão mais importantes.

Deduzi que, trabalhando ou não, eles ganhariam seu sustento.

Mesmo eles sabendo que nós éramos autônomos, eu professora de academia, dois filhos pequenos, em nenhum momento tocaram nosso interfone para saber se estávamos bem, se tínhamos o que comer, como estávamos nos sentindo, como ficaria nossa situação caso não reabrisse a academia... Nada! Apenas queriam a sua paz em sua zona de conforto, sem barulho de crianças cheias de energia trancadas no apartamento.

Resumindo, não eram mafiosos ou da gangue dos Justiceiros do Prédio Torres, apenas gente egoísta, mesquinha, chata, sem nada pra fazer, sem bondade no coração, tipo gente comum mesmo. Salvava-se um ou no máximo três moradores, garimpando bem; sempre achamos as exceções, graças a Deus, para que não percamos a esperança na humanidade.

O problema é que essa energia negativa é contagiosa, altamente contagiosa, e acabamos nos contaminando de tal forma a nos destratar, culpar um ao outro por aquela situação horrenda.

Vieram os questionamentos: Será que estamos dando boa educação? Será que estamos sendo bons pais? Por que estamos incomodando tanto os vizinhos a ponto de nos denunciarem ao Conselho Tutelar?

Incrível como um acontecimento ruim pode tornar uma vida tão ruim.

A água fora do barco o faz flutuar, porém dentro do barco o faz afundar, e estávamos permitindo que essa água toda entrasse em nosso barco.

A grande verdade é que tudo colaborou para o esfriamento da relação; o ponto alto foi a educação dos filhos.

Sempre acompanhei a alimentação saudável das crianças; mamaram no peito com exclusividade até os sete meses, e após, a papinha era um apanhado de legumes, sempre variando conforme a estação do ano, com carne da melhor qualidade. Os doces eram as frutas e bolinho de laranja, aveia, tudo que Saulo e eu comíamos em nosso dia a dia.

Depois de sete dias trancados no apartamento, academia fechada, alguns alunos já não pagando, incertezas e com a possibilidade de não conseguirmos manter os boletos em dia, corri para dar aulas nas praças, a domicílio, em qualquer lugar que me chamassem para um alongamento, um relaxamento, a fim de manter a sanidade física e mental não somente dos meus alunos, mas a minha também.

Criei o ALONG-LAX, que são até 30 minutos de alongamento e relaxamento com direito a massagem nos principais pontos de contraturas e estresse do corpo, como trapézios, pescoço, ombros e lombar.

E quem não estava estressado, contraturado no ano de 2020?

Os meses iam se passando, e nada de a pandemia passar; pelo contrário, os jornais e telejornais divulgavam números cada vez maiores de mortes, contágio avassalador e suas sequelas inevitáveis. Enquanto isso, eu corria para dar aulas nas praças e colocar o alimento para dentro de casa; de um jeito ou de outro, nós poderíamos morrer mesmo, ou pelo vírus ou por não termos o que comer.

Em paralelo, Saulo fazia qualquer negócio para aquietar as crianças; uma dessas coisas era dar-lhes doces, chocolates e bolachinhas recheadas, que, além do baixo custo, eram novidade para as crianças, que acabaram sendo adestradas pelas guloseimas. A negociata era *se* ficassem quietinhas, sem bagunça, sem brigas, ganhavam um doce desses bem baratinhos, bem açucarados, que fazem o cérebro parar e, pior, viciar.

Minha surpresa foi ao achar um pacote de bolachas recheadas na lavanderia, entre as roupas para passar. Nesse momento descobri que a alimentação das crianças havia fugido totalmente do meu controle, havia mudado para pior.

As brigas eram inevitáveis. Divergências de opinião se tornaram guerras constantes.

Uma sucessão de acontecimentos foi minando nossa parceria, a confiança, o relacionamento, nosso casamento. A famosa crise se havia instalado; foi tudo junto e misturado com o terror da pandemia. Já não sabia o que sentia pelo Saulo, não ríamos mais juntos, não nos divertíamos; só tentávamos sobreviver e pagar boletos.

Havia também o estresse das aulas *on-line* das crianças, que mais pareciam trabalho para os pais. Exigiam maquetes, como se fôssemos arquitetos consagrados. Chegou um momento em que nos vimos sendo professores dos nossos filhos e executores das tarefas mais difíceis, tarefas que propunham um grau de dificuldade até para os pais, imagina para as crianças.

Poderia não ser ruim sermos professores de nossos filhos se fosse apenas mais um tempo de qualidade que tivéssemos juntos, mas, somado com a demanda do nosso trabalho, a sobrecarga física e emocional do nosso dia a dia, o resultado era mais estresse e uma responsabilidade que não nos cabia.

Saulo andava nitidamente irritado e sem paciência; nunca me havia tratado tão mal nesses 30 anos entre namoro, noivado e casamento. Dava para perceber a falta de amor em suas palavras quando dizia que eu estava velha, parecia um *bulldog*, minhas rugas estavam evidentes, minha cara parecia uma vela derretida. A cada comentário maldoso eu me afundava mais na tristeza, na carência. Ele simplesmente parou de me apoiar com as crianças, não me defendia mais quando as crianças eram malcriadas comigo, não intercedia na boa educação dos filhos; pelo contrário, era hostil comigo e com as crianças. Doía mais quando destratava as crianças; dava para ver a falta de amor em seus olhos, em suas palavras.

Começou a beber de segunda a segunda. Percebi que meu Linho, como eu o chamava carinhosamente, não estava mais ali. Quando eu o conheci, ele detestava bebida alcoólica; fui eu quem o ensinou a beber vinho, tradição que herdei dos meus nonos.

Tristemente vi meu marido se transformando em outra pessoa na minha frente, e não fui sábia o suficiente ou também não me sentia forte suficiente nem para ajudar a mim mesma, que dirá ajudar Saulo a vencer essa fase.

Capítulo 3
A CARÊNCIA

Quando você está triste e perdido, quando a carência de um parceiro em todos os sentidos se instala, você fica vulnerável aos maus conselhos; pela carência você acha que todos são teus amigos; quando seu barco está à deriva, você enxerga a todos como um porto seguro.

Nessa fase houve alunos que eu chamava de amigos, e desabafei em meio aos vinhos que eles me proporcionavam ao final do expediente clandestino da pandemia. Deixei-me levar como uma ovelhinha ao matadouro.

Não importa sua idade, seu intelecto, o quão se ache experiente na vida, quando estiver se sentindo vulnerável, só existe um caminho: estar entre os que temem a Deus, os que seguem os Mandamentos de Deus; caso contrário, o abismo é certo; temos inúmeras histórias que comprovam essa verdade.

Um dos conselhos torpes foi que todo casamento para dar certo deveria ter um *folguista* – ríamos imaginando a situação *dando certo* e me esquecia de tudo que aprendera e ensinara quando fui catequista (Levítico 20:10, Deuteronômio 22:22, Provérbios 6:20 e 7:27). Principalmente, me esqueci dos votos matrimoniais, não somente perante o Saulo e o Padre, mas no altar, perante Deus, quando jurei fidelidade e amor na saúde, física e mental, ou na doença, até que a morte nos separasse.

Quase todo final de expediente terminava com uma resenha, tipo jogar conversa fora; na pauta estava conversar sobre o futuro da nação, ou apenas o nosso futuro, se iríamos sobreviver àquele vírus, conversas fiadas regadas a vinhos caros e gargalhadas, enquanto minha família estava lá trancada no apartamento.

Numa dessas horas *felizes*, aproximou-se um colega, que se achegou demais, veio aos poucos rodeando tipo beija-flor que sobrevoa sua flor e acabou se declarando, pegando-me totalmente de surpresa. Nem minha cabeça, nem meu coração estavam pra romance. Ficava 24 horas mergulhada em problemas e mais problemas, pensando como e quando iria acabar todo aquele pesadelo de vírus mortífero, academia fechada e família enclausurada.

Por um momento parei o tempo e com ele dei um *pause* para meus problemas... Parei para escutar o que o colega queria me dizer. Enquanto ele falava palavras agradáveis ao meu ouvido, tocou meu telefone; era Saulo me chamando para a realidade. Pedi desculpas, mas tinha que ir... Olhei-o com ternura, agradeci suas palavras e disse que falaríamos melhor em outra oportunidade.

E no dia seguinte, lá estava o Beija-Flor criando outra oportunidade. Bateu na porta de minha Sala de Treinamento enquanto eu treinava sozinha, pediu licença e já foi entrando meio sem jeito, meio tímido, mais ofegante do que eu que estava treinando.

Num ato impulsivo, sacou o celular, onde me mostrou um textão que escrevera na noite anterior. Fiz leitura dinâmica; resumidamente deu para entender que ele me admirava como pessoa e como profissional, mas o que ele estava sentindo por mim era como mulher, que se eu o enxergasse na multidão ele seria o homem mais feliz do planeta, ou algo assim.

Sorri. Achei tão meigo, tão infantojuvenil que sorri, mas não com o intuito de constrangê-lo ou expô-lo, e sim com admiração; fazia muitos anos que não via uma declaração dessas, até raro, em extinção, acredito, ainda mais vindo de um rapaz de 30 e poucos anos, tão puro, tão romântico. Será que ele é o último romântico citado pelo Lulu Santos? Isso não é magnético? Ou será que eu estava tão carente a ponto de cair numa conversa dessas pra comer gente?

Abracei-o sem segundas intenções, como forma de agradecimento, por tanto reconhecimento, por tanto carinho.

Cheguei a verbalizar um "muito obrigada, mas sou muito melhor como amiga, você vai ver como é verdade o que digo". Eu sempre repetia essa mesma frase para todos os *amigos* que lançavam um *se colar, colou*. Eu era a Rainha do Drible.

Porém, enquanto o abraçava e falava sem parar, a mágica acontecia. Ele pegou em minha mão e colocou em seu coração. Senti seu coração batendo forte quase pra fora do seu peito, como nos desenhos animados. Senti um calor que nos envolvia, uma energia. Acho que era a tal da química.

Do abraço para o beijo foi um escorregão. E deu liga.

Ficamos juntos enquanto meu marido cuidava das crianças, e isso mexeu com minha consciência de um jeito que neguei ter sentido algo por ele. Falei no ato que foi apenas um beijo de amigos e de agradecimento por suas palavras, por ter sido tão gente boa comigo e só, que eu era casada e blá-blá-blá, que não era possível mesmo. Terminei o clima numa frase:

– Por gentileza, vai embora! Preciso fechar a sala, meus filhos estão me esperando para ver lição, essas coisas de mãe, entende?

Acredito que não entendeu ou eu não o convenci, pois saiu sorridente dizendo que já estava feliz com um beijo meu e tudo bem, que daria tempo ao tempo.

O problema foi que a pandemia continuou e com ela os problemas lá em casa, as crianças demandando, o Saulo brigando com Deus e todo mundo, e quando eu chegava para dar aula, lá estava o colega sorrindo e me fazendo sorrir; fazia de tudo para me agradar, até mimos me dava. Comecei a querer fugir da minha realidade e fui criando uma realidade paralela ao meu caos.

Começamos a ser amigos do tipo pro que der e vier, tudo compartilhávamos; tanto ele quanto eu buscávamos a opinião um do outro sobre qualquer coisa que iríamos fazer.

Ele me dedicava músicas nos *"stories* de amigos próximos". Quando eu via a bolinha verde, já sabia que era ele a me mandar as mais belas declarações de amor em forma de melodia, sempre com letras que traduziam o que ele estava sentindo por mim; fazia questão de frisar isso em texto na postagem da música.

Menino ligado! Não sei como ele descobriu, mas se há duas coisas que me ganham é curtir música comigo; sou 100% musical, e me fazer rir e sorrir, quando vem de brinde babar por mim, me tratar feito Rainha, daí fico encantada; isso normalmente ganha meu coração, imagina estando carente.

Ele era exatamente como era o Saulo no começo, lembrei.

O Beija-Flor estava tornando minha pandemia mais suportável, digamos assim.

Foram meses tão agradáveis junto ao colega onze anos mais jovem e que não me via como um *bulldog* velho; pelo contrário, ele ressaltava sempre minhas qualidades, me enchia de elogios e me incluía em todos os seus planos para o futuro, que eu me sentia muito segura ao seu lado.

Estávamos vivendo um romance estilo adolescente, daqueles que têm trilha sonora e tudo.

A ocitocina, considerada o hormônio do amor, fez maravilhas lá em casa. Saulo brigava e eu não revidava; respondia calmamente como um ser equilibrado e com domínio próprio. Dizem que a paixão te deixa burro, ou burra; no meu caso, encheu-me de inteligência emocional e devolveu-me o brilho, fazendo-me sorrir à toa.

Estava acreditando piamente que o tal conselho do *folguista* estava *dando certo* para meu casamento.

Nesse mesmo período, uma amiga que morava fora convidou-me para implantar um programa de emagrecimento aqui no Brasil, e eu entrei de cabeça, desde ser garota-propaganda e me expor de biquíni nas redes sociais até criar o nome do programa, divulgar e montar o grupo brasileiro, enfim tudo encontrava minhas digitais. Entreguei-me de corpo e alma com a esperança de melhorar nossa renda, que havia caído pela metade na pandemia.

Meu marido não quis me apoiar, alegando que já estava sobrecarregado demais cuidando das crianças.

Em contrapartida, meu colega enamorado me apoiou tanto, ficou atento de tal maneira que, só de observar, sem que eu dissesse uma palavra sequer, ele se deu por conta da exploração da minha imagem e de todo meu tempo envolvido, e cadê o retorno? Ele questionava se valia a pena toda essa exposição e entrega, se a moça do exterior me pagava o que eu merecia por eu estar levando tantos alunos para sua rede, além de ter criado o nome do programa. Chegou a ficar indignado quando eu falei o que ela havia me dito: Que estava investindo na marca, que estava fazendo um *site* e que começar um negócio do zero no Brasil é dispendioso.

Blá-blá-blá, disse ele, indignado, e se ofereceu para falar por mim. Que fofo! Sentia que tinha alguém por mim, mas agradeci; já sou grandinha, sei bem me defender.

A cada dia me encantava mais com os cuidados, a preocupação comigo, a forma carinhosa de me tratar, a parceria, admiração por mim e meu trabalho; eu era grata por todo o cuidado, mas gostava mesmo quando ele pegava em minha mão, me abraçava e me erguia no ar como um adolescente em tempo de escola, quando colocava as mãos em minha cintura e me olhava nos olhos desejando um beijo meu; achava tão fofo, que cheguei a desejar que todos no mundo pudessem viver algo semelhante. Imagina o quão maravilhoso seria se o mundo inteiro se contaminasse com o vírus do Amor? Desejei a todos essa ocitocina encantadora que fortalecia a cada dia minha autoestima.

Em cada momento desses, a cada gesto carinhoso, afetivo, me remetia ao início do relacionamento com o Saulo.

Lembrei-me das vezes que eu, morrendo de cólicas pelo período menstrual, Saulo me pegava no colo e, aconchegada a ele, me fazia dormir até a dor passar.

Chorei. Como as pessoas mudam, se transformam ou simplesmente se revelam.

Em meio às lembranças e ao choro, procurava me consolar, que ao menos estava sendo amparada pelo "meu Beija-Flor", que me tirava daquela realidade contaminada e contagiosa do meu casamento em declínio.

Beija-Flor tinha planos de morar fora e me perguntou se eu iria com ele. Assumo teus filhos, disse ele, pegando-me mais uma vez de surpresa. Eu os tratarei como se fossem meus, prometo. Vamos trabalhar juntos em meu novo projeto europeu.

Olhei-o com ternura, mas parecia nada me deslumbrar. Agradeci e respondi que eu já estava pensando em desacelerar, aposentar-me mesmo, ficar mais com as crianças... Mas que o apoiaria em todos os seus projetos; afinal, ele ainda era jovem.

Ele se indignou.

– Como assim, aposentar-se? Você tem muito ainda para produzir. Você está na flor da idade. Afinal, você é um monstro na área, uma referência no mercado e pra isso, quanto mais experiência, melhor, mais respeitada.

Finalizou dizendo:

– Acho que de vez em quando você se esquece de quem você é.

Fiquei tão maravilhada com aquela reação inusitada e com todas aquelas palavras, que resultou numa injeção de ânimo, me fez pensar que poderia mesmo começar algo nessa altura da vida com o nome que havia construído com muito trabalho, conhecimento e dignidade. De fato, eu era uma autoridade no mercado de treinamento e academia, isso ninguém poderia me tirar.

Nesse momento pensei ser coisa de Deus – só pode ter sido Deus que enviou esse anjo para me levantar, já que o Saulo estava sendo minha âncora. Resumidamente, eu estava no Titanic afundando, mas havia encontrado meu Jack e estávamos vivendo momentos felizes em meio ao naufrágio, momentos de leveza e encantamento, sem brigas, sem lamentos, sem crises, sem vírus, apenas me afogando num mar de ocitocina.

Porém, o Titanic afundou e Deus não estava nesse negócio pelo simples fato de que Ele não participa de cenários de traição. Ingenuidade a minha em achar que Deus pudesse estar aprovando um relacionamento extraconjugal, mesmo que pudesse ser amor, e Deus é amor, mas também é justiça.

Em momento algum minha intenção foi vingar-me pelo fato de Saulo ter me chamado de *bulldog*, vela derretida, velha... mesmo porque não fui eu quem procurou o Beija-Flor, mas foi incrível alguém uma década mais jovem exaltar minhas qualidades e não enxergar meus defeitos; se existe castigo, Saulo foi castigado.

Realmente é adorável ser desejada e tratada do jeito que eu merecia. Porém, eu sabia muito bem o que diz a Palavra de Deus:

1. "Não paguem o mal com o mal" (Romanos 12:17-18). Em outras palavras, não se justifica um erro com outro erro.
2. "A mulher sabia edificar sua casa" (Provérbios 14:1). E eu estava sendo a mulher insensata, a mulher tola que derruba, destrói sua casa com as próprias mãos.
3. "Melhor serem dois do que um... porque se um cair, o outro levanta seu companheiro..." (Eclesiastes 4:9-12). Nenhum dos dois atentou para a Palavra.

Em poucas palavras, se o Saulo caiu primeiro, o correto seria eu ter me colocado de joelhos a orar pedindo a Deus o fortalecimento para o casal, o resgate do meu marido. Dar ouvidos às escrituras, onde orienta que a esposa sábia edifica o seu lar. Deveria ter me agarrado aos pés do altar, me aproximado mais de Deus, e não ter procurado ajuda e conselhos com amigos e principalmente não ter cedido aos encantos dos prazeres da vida – "Mas a que vive para os prazeres, ainda que esteja viva, está morta". (1 Timóteo 5:6)

"Então resolvi me divertir e gozar os prazeres da vida. Mas descobri que isso também é ilusão. Cheguei à conclusão de que o riso é tolice e de que o prazer não serve pra nada. Procurei ainda descobrir qual a melhor maneira de viver, e então resolvi me alegrar com o vinho e me divertir. Pensei que talvez fosse essa a melhor coisa que uma pessoa pode fazer durante a sua curta vida aqui na Terra. Realizei grandes coisas. Construí casas para mim e fiz plantações de uvas. Plantei jardins e pomares, com todos os tipos de árvores frutíferas. Também construí açudes para regar as plantações." (Eclesiastes 2:1-13)

Ou seja, não é de hoje que o ser humano cai na gandaia e se arrepende depois; entre erros e acertos vai vivendo, tentando se divertir, ser feliz, tentando entender o sentido da vida, construindo e plantando... mas a única coisa certa mesmo é a colheita.

A Palavra é clara:

1. "Não se deixem enganar; ninguém pode zombar de Deus. A pessoa sempre colherá aquilo que semear." (Gálatas 6:7-9)

2. "Entra no teu quarto, fecha a porta e ora em segredo" (Mateus 6:6). Veja bem, a Palavra de Deus não diz: "Desabafe e peça a opinião de um ou mais amigos ou ainda faça farra com os amigos e conte teus problemas em meio à bebedeira". Realmente a Bíblia nos orienta, nos adverte: "Aquele que tem ouvidos para ouvir, que ouça". (Mateus 13:9)
3. "Pois nada há em oculto que não venha a ser revelado, e nada em segredo que não seja trazido à luz do dia" (Lucas 12:2). Podemos esconder algo por um tempo de alguém, mas não para sempre e jamais de Deus. Não demorou muito para que Saulo descobrisse tudo através de nossas conversas pelo WhatsApp.

Em um ano de pandemia, vi minha família sendo destruída por nós mesmos, não pelo tão temido vírus matador, tão pouco pelos conselhos inúteis dos outros, mas sim por termos propiciado as brechas, permitindo com que os outros invadissem nosso espaço sagrado por meio de conselhos torpes. "Não vos enganeis: as más conversações corrompem os bons costumes." (1 Coríntios 15:33)

"Evita, igualmente, os falatórios inúteis e profanos, pois os que deles usam passarão a impiedade ainda maior." (2 Timóteo 2:16)

É só pensar: se você não abrir a porta, a visita indesejável não entra.

Todos os conselhos que precisávamos estavam logo ali ao alcance de nossas mãos – a Bíblia Sagrada. Inacreditavelmente, já havíamos lido ou ouvido em algum momento de nossas vidas, mas naquele momento fomos "o terreno cheio de espinhos, no qual as sementes caíram, cresceram e foram sufocadas..." (Mateus 13:7). Graças a Deus, Deus não desistiu de mim.

"Feliz é aquele a quem Deus corrige." (Jó 5:17-19)

"Pode a mãe esquecer de um filho que ainda amamenta? Pode deixar de sentir amor pelo filho que ela deu à luz? Mesmo que isso fosse possível, eu não me esqueceria de vocês" (Isaías 49:15-16). Uma das verdades mais emocionantes que encontramos na Bíblia é esta: Deus não desiste de nós! Ele não nos esquece! Isto é uma promessa, e Deus não é homem para mentir.

Porém, o que eu não sabia é que muitas das vezes Deus te leva para o deserto para te corrigir. E o deserto é pra lá de desconfortável; o mormaço distorce os conhecidos, tornando-os estranhos dentro da mesma casa. À noite o frio intenso maltrata, distanciando os pés gelados.

Começamos a dormir em quartos separados, e as crianças sem entender nada.

Lembrei-me de certa noite, quando ainda dormíamos juntos, escutar uma voz que simplesmente dizia:

– Confia!

Acordei no susto e perguntei ao Saulo:

– O que você disse? Confiar no quê?

Ele nitidamente, acordando naquele momento com meu questionamento, disse:

– Confiar o quê, no quê? O que você está falando?

Expliquei que acordei com essa voz dizendo: confia! E achara que tivesse sido ele que havia me acordado.

Estava tudo acontecendo ao mesmo tempo, eu tentando trabalhar para sobrevivermos, o Saulo de mal comigo, vivendo como estranhos na mesma casa, enquanto meu romance adolescente recebera um banho de água fria chamado medo. Parecia que o encanto havia acabado da noite para o dia quando fomos descobertos.

Beija-Flor, vendo minha preocupação, minha aflição, com medo que Saulo saísse de casa, nos abandonasse, sentiu-se incomodado e acabou a relação comigo. Com toda a razão.

Por mais estranho que pudesse ter terminado assim repentinamente, após um romance de novela, muito verdadeiro e cheio de histórias boas pra contar, esse era o certo, aliás o certo seria nunca ter começado.

Racionalmente falando, eu tinha consciência de que não iríamos ficar juntos pra sempre; a diferença de idade uma hora pesaria, principalmente por ele não ter tido seus filhos ainda.

Foi melhor pra ele, ponderava eu.

Eu estava mais estranha do que triste; mais confusa do que com a razão, só tinha a certeza de que Beija-Flor ficaria bem, iria se refazer rapidamente, pois, além de ser jovem, bonito e inteligente, ainda era solteiro e sem filhos, um bom partido para muitas mulheres jovens, solteiras e sem filhos, que havia aos montes no mercado.

Foi o melhor a ser feito, o mais sensato.

Senti-me totalmente sozinha. Lembrei-me de Adão e Eva quando se sentiram sem roupa, envergonhados sem a presença de Deus. Certamente senti o que eles sentiram; acredito que pior, pois Adão estava com Eva, e Eva tinha seu Adão, enquanto eu estava totalmente envergonhada e sozinha no Universo. Senti um vazio tão grande que naquele momento entendi o que era estar fora da presença de Deus; a sensação era como se eu tivesse caído num buraco-negro, sem som, sem cor, sem sentimentos, vazio.

Corri pra casa, implorei o perdão de Saulo, sugeri terapia de casal, prometi que não faria mais, tentei colocar a culpa nele por não ter me valorizado, por ter me chamado de *bulldog*. Por fim, brinquei dizendo que achava até bonitinha essa raça de *dogs*. Fiz de tudo para colar os cacos, arrependimento nível *hard*! Mas nada parecia convencê-lo da restauração do nosso casamento, afinal quem nunca errou que atire a primeira pedra! João 8:7

Estávamos já em março do ano seguinte à pandemia. Saulo já faria seus 51 anos; notoriamente ele estava na crise da meia-idade, e eu ainda colaborei tendo um caso com um cara bem mais jovem que ele.

O balanço da pandemia foi o fechamento da nossa academia, elo que nos unia muito. Saulo não tinha mais o que administrar, tudo isso somado à crise financeira, mais a crise dos 25 anos de casados, mais crise dos 50 anos de Saulo, mais minha traição... Fomos sucumbidos pelos acontecimentos. O vírus que nos contaminou não se chamava coronavírus, e sim depressão.

Capítulo 4
FÉRIAS DE JULHO

Nossos filhos, Anne e Benny, vendo seus coleguinhas comentarem para onde iriam nas férias de inverno, nos pediram para passar pelo menos um final de semana na serra, cidade próxima a nossa, mas Saulo fez as contas e disse que não seria possível sairmos nem um final de semana em suas férias.

Os professores faziam um verdadeiro jogral de quem havia ido onde e mais longe. Rolava até redação sobre o quão maravilhosas tinha sido suas férias na praia, na fazenda, na serra ou no exterior. Isso deixava as crianças estressadas, ansiosas por terem que ir para algum lugar diferente, só para falar aos professores e aos colegas o quão magicas haviam sido suas férias.

Crianças geralmente são muito influenciáveis pelo seu meio. Adultos também.

De fato, os tempos mudaram. No meu tempo férias era pra ter tempo ocioso para brincar, andar de bicicleta, de carrinho de rolimã, soltar pipas, jogar taco, pular elástico, cantar no Karaokê, tocar violão em frente de casa com os amigos e entrar tarde para o banho ou fazer vários nadas, isso já eram umas baitas férias. Lembro que também fazíamos redação sobre as férias, mas em momento algum o tema era onde, e sim com quem, qual foi a boa, a diversão, as sensações.

Mas, enfim, não fomos a lugar algum. Meu marido alegou não haver dinheiro para férias. Mesmo um ano após o início da pandemia, ainda estávamos tentando nos recuperar financeiramente e nos acharmos em meio à confusão do nosso ainda casamento.

Fiquei furiosa por batalhar tanto, correr tanto dando aulas nas praças, a domicílio e não conseguir proporcionar um mísero final de semana na serra para meus filhos.

Saulo e eu brigamos tanto nessas férias que ele foi ao futebol e não retornou.

Fiquei eu a pensar em algo de que as crianças pudessem se alegrar em contar de suas férias de inverno.

O que fazer com duas crianças de 8 e 11 anos trancadas num apartamento nas férias de inverno? Por sorte, tive uma ideia: que tal irmos ao supermercado comprar alguns ingredientes para fazer uma receita salgada e uma doce, retiradas do livro *Tem Criança na Cozinha*? Todos vibraram alto com a ideia de colocar as mãos na massa. E eu mais feliz ainda ao perceber que os havia motivado.

– Façamos a lista dos ingredientes e vamos às compras!

Felizes da vida, colocaram os ingredientes no carrinho, ingredientes esses que significavam bem mais que uma receita, e sim a possível redação sobre suas férias de inverno.

Ao passar no caixa, levei um susto: "Saldo insuficiente". Não acreditando, pedi que repetisse a operação, pois a única coisa que eu tinha certeza é de que havia saldo.

– Realmente, não está passando, disse a moça do caixa meio sem jeito.

Incrédula, constrangida e totalmente humilhada, principalmente perante meus filhos, tivemos que deixar todas as compras no caixa.

Não contive o choro na frente das crianças; saí chorando até o estacionamento, pouco me importando se alguém estivesse olhando aquela situação constrangedora. Não sabia bem o que estava acontecendo. Tentei explicar para as crianças até onde eu sabia:

– Meus filhos amados, me perdoem. Quando o papai voltar, ele nos explicará o que aconteceu com nosso dinheiro do banco, OK?

Saulo não atendia minhas ligações, tampouco respondia minhas mensagens. Fato é que ele não havia me perdoado pela traição na pandemia. Nosso casamento estava na UTI, estava em coma. Falávamos o necessário para atender as crianças.

Ele realmente estava muito estranho, como quem planejasse uma fuga. Parecia que passava um letreiro por sua testa: "Vingança é um prato que se come frio", mas logo eu me repreendia dizendo: É coisa da tua cabeça, Marcy. É a culpa te condenando. Mesmo porque ele tem todas as razões para estar agindo desse modo.

O problema é que quando traímos, ou nos vingamos, nunca é isoladamente contra seu cônjuge, e sim contra sua família, seus filhos. Todos participam de suas escolhas, de seus erros, todos sofrem juntos.

Cheguei em casa, pedi um tempo para as crianças, fechei a porta do meu quarto e caí de joelhos como nunca tinha feito antes.

Chorei tanto, tanto, que quase me afoguei em minhas lágrimas. Orei, clamei. Admiti, reconheci meus erros. Pedi a Deus que tomasse minha vida em Suas poderosas mãos. Nesse momento parecia que as lágrimas haviam limpado minha cegueira espiritual, e comecei a enxergar o óbvio. Como fui uma mulher insensata, egoísta que pensava somente em mim mesma e no que os outros iriam pensar. Houve um profundo arrependimento por todos os erros cometidos por anos e anos e anos e pela distância que havia tomado de Deus.

Orei incessantemente, incansavelmente, até sentir a presença de Deus novamente.

Lembrei-me da voz que dizia: "CONFIA", o que só nesse momento fez sentido para mim.

Na ocasião cheguei a comentar com minha aluna que é psicóloga se eu não estava ficando esquizofrênica, pois realmente escutei a voz que dizia "CONFIA". E ela, sem poder avaliar meu caso, foi amiga, empática, dizendo tratar-se de um estresse devido a tudo que estávamos passando, que não era pouco: fechar a academia, dar aulas em praças, passar por uma relação extraconjugal que veio a balançar o casamento, e até agora eu estava na corda-bamba, ou seja, tudo dentro da normalidade *ouvir vozes*. O.K. Estresse explica tudo hoje em dia.

Deixei tudo quieto em minha memória e em meu coração.

Saulo retornou para casa sem dar muitas explicações. Porém, nossa briga foi de novela mexicana; exigia todas as explicações que nos eram de direito, desde de onde um pai de família estava todos aqueles dias e principalmente onde estava nosso dinheiro, aliás o dinheiro dos alunos que haviam me confiado para investir numa academia dentro de um clube esportivo em Pequenópolis.

Ah, sim! O clube.

Capítulo 5
O CLUBE

Depois que fechamos nossa academia, não demorou muito e fui chamada para investir numa academia dentro de um clube arborizado, a céu aberto, ar puro! Parecia um oásis em meio à cidade. A impressão que dava era que ao entrar no clube a poluição cessava e o barulho também, quebrando o silêncio apenas com o cantar dos passarinhos sobrevoando as árvores e dando um *show* à parte para quem estivesse prestando atenção na natureza.

Fiquei encantada e aceitei o desafio de começar mais uma vez uma academia do zero. Parecia que eu era incansável ou não aprendia nunca.

Dizem que, na vida, quem perde o telhado ganha as estrelas, e foi isso que eu pensei.

O problema é que estávamos totalmente descapitalizados. Abrir uma academia requer muito investimento, porém fechar uma academia requer muito mais, pois tua energia cai na mesma proporção que teu saldo bancário.

Apesar de não ter parado de trabalhar na pandemia por achar meu trabalho essencial para meus alunos e para o sustento da minha família, mesmo trabalhando muito, correndo pra lá e pra cá, dava apenas para o sustento, pois a renda caiu e as despesas continuavam as mesmas.

Eu, que sempre fui a Rainha da Aglomeração, me vi escassa. Meus alunos se dispersaram, uns por medo do coronavírus, outros por também estarem tentando reinventar-se, outros ainda por estarem estressados com respaldo coletivo... Cada um teve seus motivos, seus corres, sua história. Ficaram ao meu lado aqueles raízes, que me deram a chance de um recomeço.

Somente eu trabalhando e Saulo desempregado, não conseguimos segurar nada, nem financeira nem emocionalmente.

Sem dinheiro e com uma vontade imensa de investir na academia do clube Paraíso, com uma certeza cega de que ali era meu lugar, recorri exatamente a todos os meus amigos e conhecidos, uns que já tinham sido meus alunos e outros que me conheciam a ponto de saberem toda minha trajetória e nome consolidado no mercado *wellness fitness,* com uma experiência de mais de 25 anos no mercado, ou seja, todos já me conheciam de longa data, em nível pessoal e profissional, de forma a terem certeza em quem estariam investindo, e com uma vantagem: eram apreciadores do meu trabalho e de minha pessoa, não precisava ninguém me validar.

Porém, para minha surpresa, recebi uma sequência de nãos históricos e sobrenaturais, inacreditáveis, e todos com o mesmo argumento, que somente eu parecia não enxergar: investir numa academia dentro de um clube seria o mesmo que você fazer um filho na barriga de outra pessoa, poderia mudar a diretoria e perderíamos o investimento, pois a academia seria "do clube".

Alguns chegaram a fazer uma contraproposta, de investir em mim numa academia nos moldes da saudosa MR – com portas para a rua. Mas eu não queria mais ficar exposta; queria paz. Eu estava tão convicta de que ali era meu lugar, quietinha, dentro de um oásis, em meio às árvores, com os passarinhos cantantes, na paz, isolada, que não conseguia sequer enxergar os sinais que o próprio Criador me mostrava.

A cada reunião enchia-me de esperança e, motivada, mostrava o projeto, os números, o futuro saudável e a cada *não* sentia que minha energia ia findando como a bateria de um celular no final de tarde. Fiz inúmeras propostas a cada um dos abordados: investimento, sociedade, empréstimos com juros e correção monetária, parcerias, tudo para que pudesse viabilizar esse novo lugar ao sol, e a cada não o projeto ia diminuindo nos custos, no entusiasmo, no discurso. Enquanto isso, não vi passar nove meses do ano de 2021; só vi que nada havia nascido.

Nesses nove meses pagava uma mensalidade para a coordenadora do complexo esportivo do clube, que não era nada barato, para fazermos aula no salão de festas ainda desativado pela pandemia.

Mês a mês via meus alunos desistirem por estarem num local improvisado e por não ter uma estrutura de academia com aparelhos, e eu apavorada vendo diminuir meus guerreiros e com eles nossa chance de construir a nova MR Paraíso. Na medida em que eles iam desistindo, a mensalidade do clube ia apertando ainda mais meu financeiro, que já estava pra lá de estreitado.

Como um consolo, veio à minha memória a narrativa bíblica registrada no livro de Juízes, capítulo 7: a batalha de Termópilas, combate heroico no qual o rei Leônidas e seus 300 bravos guerreiros espartanos (Os chamados "300 de Gideão") lutaram contra o numeroso exército persa, composto, estima-se, por 300 mil homens, liderado pelo rei Xerxes.

Resumindo, Gideão e seu exército de 300 homens derrotaram o imenso exército dos midianitas.

No início o exército de Gideão era de cerca de 32 mil homens, reduzidos a 300 selecionados por Deus.

A ideia dessa passagem perpetuou por gerações: primeiramente, precisamos confiar em Deus, entendendo que nós + Deus somos a maioria. E outra grande lição que tiramos dessa passagem é que quantidade não significa qualidade; antes poucos guerreiros do que inúmeros covardes.

Ao me lembrar dessa passagem bíblica, me sobreveio uma força especial; senti um refrigério, tipo uma esperança; nitidamente minhas forças foram renovadas.

Nesse meio tempo fui chamada pela coordenadora do complexo esportivo, que não mediu forças para me humilhar. Fui pega tão de surpresa que não tive outra reação a não ser chorar em sua frente. Lembro bem o gosto amargo que senti, a vergonha que senti de mim mesma; não conseguia sentir nada ruim por ela, pois tudo que ela falava fazia sentido; ela tinha razão.

– Você precisa desistir! Já tentou tudo que estava ao seu alcance e até entendo que o local seja incrível e você queira aceitar o convite, mas tem que cair em si. Você não tem dinheiro para o investimento e, pelo jeito, nem amigos que comprem essa ideia com você. Além do mais, você está perdendo alunos a olhos vistos. Cai na real, Marcy! Você fracassou na missão! Desista! Por mais que inicialmente apreciamos tua parceria, aqui é *business*, precisamos do teu investimento ou de outra pessoa.

Ela falava, falava, falava, mas chegou um momento em que eu só consegui escutar o som do meu choro; já não assimilava nada mais da sua razão.

Suas palavras me soavam familiares. Lembrei-me do motivo pela qual desisti da parceria de minha amiga do programa Antitoxic; ela também usou essa afirmação: aqui é *business*.

Detectei que ambas não tinham minha energia. Discordo plenamente. A carroça não vai na frente dos bois. Em primeiro lugar para mim estão as pessoas, só depois as coisas, o *business*.

Outra palavra que me marcou vinda de minha amiga tóxica que trabalhava desintoxicando as pessoas, foi *mimizenta*, quando se referiu a uma aluna que desmaiou no programa por ela – e por mim – liderado. Fiquei apreensiva, liguei no ato quando vi sua resposta no WhatsApp para aquela situação:

– Como assim, *mimizenta*? Você quer me dizer que ela quis desmaiar para chamar a atenção de alguma forma?

Olhando nos meus olhos, por videochamada, tentou contornar o que disse, mas fiquei muito perplexa quando sugeri que incluíssemos um médico e uma nutricionista, para termos mais segurança no programa.

– Não acho necessário, Marcy. Foi um caso isolado, com certeza ela tem algum problema que não nos foi relatado, já deve ter desmaiado outras vezes. E, no mais a mais, para colocarmos mais gente a dividir os lucros, você teria que abrir mão de tua parte... Não me leve a mal, isto é *business*.

Não consegui digerir toda aquela informação; então respirei fundo e disse que iria pensar sobre suas observações, mesmo porque havia me dado por conta que eu também poderia estar em sua lista de *mimizentas*, uma vez que tinha aberto meu coração a ela sobre minha crise conjugal e não tive o acolhimento merecido; tive acolhimento do Beija-Flor, mas não de minha amiga Abelha.

Fiz uma retrospectiva dos sinais e pensei: Porque mesmo ela me acolheria em minha crise conjugal e familiar se seus próprios filhos pequenos estavam há mais de ano longe dela na casa do pai, enquanto ela viajava o mundo com o namorado?

Essa história me chocava muito quando ela a usava para me incentivar a focar no trabalho, dizendo que devido à pandemia não podia ficar indo e vindo, uma vez que eles estavam do outro lado do mundo, mas que ela ficava tranquila, pois sabia que estavam bem com o pai.

É incrível como cada um tem suas prioridades e modo de pensar, suas próprias opiniões. Definitivamente eu não pensava assim. Abriria mão de qualquer trabalho, de qualquer viagem, de qualquer namorado para estar ao lado das minhas crianças, para colocá-las na cama, para ver cada fase de suas vidinhas crescendo.

"Os filhos são herança do Senhor." (Salmos 127:3-5)

As aves da mesma plumagem voam juntas, lembrei.

Avaliei, coloquei tudo na balança e deixei finalizar o programa Antitoxic, orando e torcendo para que ninguém mais passasse mal, e então me despedi com a certeza de que eu não queria aquela parceria para minha vida.

Enquanto chorava e pensava se eu não estava sendo *mimizenta*, me lembrava de tudo que havia passado até ali: o fechamento de minha academia, a crise em meu casamento, o programa Antitoxic frustrado, meu caso extraconjugal, que já estava com outra; lembrei-me de cada não que recebera dos meus amigos e conhecidos investidores e, ainda por cima, desse fechamento histórico, sendo humilhada e chorando em frente à coordenação do espaço, não do clube.

Ao mesmo tempo que eu tinha a certeza de que era o fim, que ela tinha toda a razão, que eu deveria jogar a toalha, desistir, passava por minha cabeça: "Os humilhados serão exaltados". (Mateus 23:12)

Pedi licença à Peppa Pig – sim, ela lembrava a Peppa, mas nunca a chamei assim por respeito à amada porquinha.

– Vou assimilar tudo que você me disse nesse monólogo e logo lhe darei uma resposta.

Fui para casa com a certeza de que eu era uma fraude; na verdade, eu já não sabia mais quem eu era; só sabia quem eu fui um dia.

Sentia-me perdida, confusa; não estava entendendo muito bem o que estava acontecendo; acreditava que aquele lugar tinha sido direcionado por Deus. Também não estava entendendo o que eu estava sentindo, se era ódio da Peppa ou de mim por ter chorado daquele jeito em sua frente, escutando de cabeça baixa tamanha humilhação com requinte de crueldade.

Lembrei que nesses nove meses, em que estava lutando bravamente por minha sobrevivência e de minha família havia emagrecido muito, a ponto de num belo dia ela me olhar e dizer:

– Nossa, Marcy, você está *desmilinguida*! A olhos vistos passou do ponto da magreza.

Não tive resposta, pois as respostas que me vieram com certeza seriam motivo para expulsão do local por justa causa.

Fui procurar no dicionário o que significava *desmilinguida*, pois, como *mimizenta*, essa palavra não constava em meu vocabulário. Fiquei surpresa com seu significado: "Que se desmanchou, desalinhado, desfeito. Que se desfez, desmantelado, desmontado, figura sem energia, sem forças, abatido, alquebrado, debilitado, enfraquecido..." Exatamente como me sentia, e, lógico, piorei depois de saber seu significado.

Lembrei-me então da passagem bíblica que diz: "A boca fala do que o coração é cheio". (Mateus 12:34)

"Da mesma boca procedem bênção ou maldição." (Tiago 3:10)

Então se é uma questão de escolha, seja um incentivador de pessoas! Já existem críticos demais nesta vida! Só abra a boca se for para edificar a vida de alguém. (Efésios 4:29)

A forma como falamos a mesma coisa também faz toda a diferença no dia, na vida de uma pessoa.

Se você tem Deus em seu coração, já abala; imagina quem não tem, se mata.

Por isso que diz em Provérbios 18:21: "A língua tem poder sobre a vida e sobre a morte".

Nessa altura do campeonato todas as áreas da minha vida estavam de mal a pior: minha área sentimental, familiar, profissional e pessoal estavam em frangalhos; eu só queria um canto para chorar sossegada sem ter que dar explicações pra ninguém. Geralmente era o banheiro meu canto de pranto, mas tinha que ser rapidinho entre uma aula e outra, entre uma correria e outra, nem tempo para chorar eu tinha.

Enquanto falava com Deus, deixava as lágrimas descerem ao rosto. Questionei se não era essa a Sua direção, então qual era? Estou me sentindo perdida, minhas parcerias eram todas *sepulcros caiados?* (Mateus 23)

Foi após uma oração que recebi a mensagem do construtor me propondo uma parceria; ele seria meu sócio, porém eu precisaria dar uma entrada para que ele comprasse o material e começasse as obras.

Meu coração pulou de alegria, e, banhada pela esperança, tive a ideia de propor a cinco alunos um investimento de R$ 5 mil cada um para dar de entrada nas mãos do empreiteiro.

Para minha surpresa, meus alunos parceiros prontamente aceitaram a ideia. Três dos cinco depositaram no mesmo dia numa conta conjunta com o Saulo, explicando a ele que não poderia mexer, pois era para o investimento de nossa nova academia no clube.

Minha ideia era dar R$ 25.000,00 de entrada para o construtor começar a obra e depois com o andar da carruagem ir pagando em vezes, estilo colocar o pé e Deus colocar o chão. O construtor já havia me sinalizado que seria meu parceiro; quem diria, nem meus amigos, nem meus conhecidos investidores, e sim meus alunos que nunca me abandonaram juntamente com o construtor do clube; a solução estava bem ao meu lado.

Dei saltos de alegria! Minha esperança ressuscitou, e cheia de energia fui falar com a Peppa.

– Consegui o dinheiro, e vamos começar as obras. – Informei.

De tanta humilhação já não sentia mais vergonha, mesmo porque acreditava piamente que meu lugar era ali, e a Peppa não era a dona do clube, ou seja, era somente *business*, segundo suas próprias palavras.

Ela ficou surpresa com minha notícia, e eu disse apenas:
– Vamos ao *business*!

Nunca saberemos o poder de uma energia negativa, da inveja, de um olho-gordo, principalmente quando, inocentes, não conhecemos bem o adversário e ainda não estamos preparados para receber a descarga elétrica.

Naquela semana estávamos com R$ 15 mil, na verdade R$ 18,5 mil, pois do nada recebi uma quantia inesperada de dois ex-alunos, uma de R$ 2 mil e outra de R$ 1,5 mil.

Fiquei surpresa e emocionada. Mesmo que esses dois alunos tivessem parado na pandemia e seguissem em seus corres, se lembraram de parar para ver como eu estava no meio aos escombros da pandemia.

Eu creio no cuidado de Deus, mesmo no deserto de nossas vidas; senti Seu cuidado através da vida desses alunos e pedi a Deus que os abençoasse em dobro.

Vieram à minha memória as provisões de Deus no deserto, o maná que caiu do céu, as codornas (Êxodo 16:13-36) e a água pura da rocha (Êxodo 17).

Mesmo passando por um deserto, Deus não te deixa passar necessidades, a não ser que isso venha a edificar teu testemunho.

Nesses três longos anos de escassez, o meu Deus nunca deixou faltar nem o pão nosso de cada dia, nem a vestimenta que meus filhos perdiam dia após dia pelo crescimento, e do nada alunas doavam roupas novas, muitas vezes até com a etiqueta, alegando que seus filhos não davam conta de usá-las. Graças a Deus, meus filhos nunca se importaram em usar roupas doadas.

Eu me emocionei muito quando minha filha, aos 11 anos, me disse:
– Mãe, não me importo mesmo de usar as roupas dos outros; até acho bem bonitas e sou grata às tuas alunas, mas adoraria uma

ou duas peças da Shein, que é mais o meu estilo. Será que poderíamos comprar para meu aniversário de 12 anos?

Nesse momento meus olhos se encheram de lágrimas por entender que, mesmo ela tendo seu estilo e no auge de sua pré-adolescência, estava entendendo nossa situação e nunca reclamou ou reivindicou seus direitos de pré-adolescente. Que bênção! Muito amor por minha filha, por quem ela estava se tornando.

Aprendemos a economizar na escassez, no deserto. Nossas necessidades eram supridas nitidamente por Deus, enquanto nossas vontades eram administradas diariamente.

Doía meu coração quando as crianças me pediam para ir comer comida japonesa, nossa comida predileta além do tradicional churrasco gaúcho. Chorei quando num dia qualquer o Benny foi correndo para a janela, respirou fundo e gritou: "Aiii, que cheirinho gostoso de churrasco!" Meio choroso perguntou se não poderíamos fazer um em nossa churrasqueira, que não era usada desde a pandemia.

Nessa altura eu já me sentia aliviada por estar gostando de ser vegetariana; nos alimentávamos basicamente da feira, ovos, feijão com arroz, comida muito saudável, nutritiva e barata.

A economia estava na ponta do lápis para que pudéssemos pagar tudo e ainda investir em nosso ganha-pão, a academia do clube.

Expliquei para as crianças que no dia seguinte iria dar todo o dinheiro economizado na mão do construtor, e eles teriam orgulho da mamãe ao ver a nova Academia MR Paraisópolis.

Já havia sonhado cada detalhe da MR Paraíso, com a ajuda de minha aluna arquiteta.

Aguentem mais um pouquinho, crianças. Daremos a volta por cima.

Envolvi-os com essa história com tanto entusiasmo e satisfação que contagiei as crianças, e isso as fez esquecer do gosto da comida japonesa e do churrasco. Fiz um pão com ovo, e fomos dormir.

No outro dia, ao passar pelo caixa do supermercado com as compras de nossa receita de férias, descobrimos que os R$18,5 mil haviam sumido. Tive um mal súbito. Nunca desmaiei, mas a sensação só poderia ser aquela, do chão se abrindo debaixo dos meus pés.

Quando Saulo retornou do *futebol*, questionei-o, e ele alegou que gastamos tudo com as contas atrasadas, que ele estava negociando ainda aluguéis atrasados na pandemia, mensalidades atrasadas do colégio das crianças, etc., etc., etc.; foi me relatando e dizendo calmamente que eu não me dava por conta, mas nosso custo fixo tornou-se alto demais depois do fechamento da academia e que se não fossem aqueles R$ 18,5 mil provavelmente seríamos despejados ou teríamos que tirar as crianças do colégio particular.

Surtei! Surtei mais uma vez de forma épica! Queria matá-lo! Gritei como nunca havia gritado antes – graças a Deus as crianças já haviam voltado às aulas –, soltei todos os palavrões possíveis e imagináveis, aqueles que escutara outrora por meus vizinhos em um dia de Grenal.

– Como ousou tocar num dinheiro que não é seu? Nem meu! Era dos meus alunos investidores! Os únicos que confiaram seu dinheiro a mim, os únicos que me estenderam as mãos, os únicos que me apoiaram! Com que direito você fez isso, ainda mais sem me consultar? Com que cara eu vou falar pra eles e para a Peppa Pig? Mais humilhação! Você matou minha esperança! Você acabou com nossa chance de ter uma nova academia. Você deveria ao menos ter me consultado. Santo Deus! O que vai ser de mim, dos meus filhos? Não aguento mais! Inacreditável! Não posso acreditar no que está acontecendo! É injusto! Você me traiu! Justo eu falando em traição..., mas era uma traição diferente...

E antes que acabasse em tragédia, me tranquei no quarto e caí de joelhos chorando em alta voz, clamando, pedindo misericórdia a Deus. Não estava entendendo mais nada: um dia estava tudo certo com o dinheiro que limparia minha dignidade para retomar minha vida empreendedora, no outro dia já não tinha mais nada. Orei chorando, pedindo a Deus que me mostrasse o profundo e o escondido. (Daniel 2:22-32)

Uma tristeza profunda tomou conta do meu ser. Senti o gosto amargo da depressão, do desamparo, da culpa... Fiquei ali por horas me esvaindo em lágrimas, que rolavam pelo meu rosto e desciam como cachoeira por minha garganta, a ponto de me afogar algumas vezes. Chorei de soluçar até cansar e adormecer ali mesmo, no chão do quarto.

Não sei se foi sonho ou se passou um filme em minha cabeça. Lembrei-me de que já havia passado por algo semelhante, mas Saulo estava do meu lado, comigo, e não contra mim.

Certa vez, quando eu trabalhava em uma academia enorme, a maior e melhor de Pequenópolis, na verdade a única ampla, superequipada com aparelhos italianos de última geração, ali eu tinha uma equipe de 12 professores, para a qual eu passava alunos que vinham me procurar; por não ter mais horários disponíveis, os encaminhava a esses colegas treinados por mim e ganhava um percentual deles.

Crescemos de tal maneira nesses quatro anos trabalhando nessa grande academia que chamamos a atenção dos coordenadores, que *orientaram* o proprietário a mandar embora todos os *personals* e montar sua própria equipe de treinadores pessoais como um novo serviço, uma nova fonte de renda para a academia.

Mediante isso, não tivemos outra escolha a não ser ir embora e abrir um espaço para nossa equipe, com uma bagagem de quatro anos trabalhando juntos.

Fui convidada a participar de um conchavo de cerca de 50 *personals* para colocar a academia na justiça; não aceitei por três grandes motivos:

1. Aprendi na catequese que não se paga o mal com o mal. (Romanos 12:17-18).
2. Nós éramos e sabíamos que éramos autônomos e não funcionários da academia, ou seja, por mais injusto que nos parecesse ser, o Tortilha era o dono da academia e por mais autoritário que fosse, ele poderia fazer e desfazer o que ele quisesse.
3. Nunca havia colocado ninguém na Justiça, e não queria "sujar meu nome" no mercado.

Por esses motivos, pedi que me excluíssem, e por isso conquistei alguns inimigos naquele momento.

Eu mesma estava apavorada, pois há cerca de um ano tínhamos comprado nosso apartamento e não sabia como iria honrar as prestações. Enfim, foram nos dados 30 dias para levantar acampamento após quatro anos de dedicação e parceria; triste, soberbo, injusto, não importa o que achávamos; o que importa era que precisávamos arranjar outro local e continuar a vida na honestidade, fazendo o que sabíamos fazer e fazíamos com dedicação, amor, técnica e métodos que substituem qualquer aparelho importado de última geração.

Foi aí que Saulo e eu encontramos a casa ideal, lindíssima e bem localizada em bairro nobre. Logo na entrada havia um grande jardim, bem cuidado, com paisagismo, uma grande porta branca, imponente, estilo europeu. Ao entrar na casa comecei imediatamente a visualizar, literalmente a sonhar em cada canto da casa comercial: "Essa será a Sala de Treinamento, essa de Avaliação Física e montagem de treinos, essa de Nutrição, essa será a Sala de Fisioterapia, essa de Massoterapia, essa de reuniões, e tem até uma piscina do tamanho ideal para reabilitação".

Fechado! Começamos a juntar a papelada para a locação da casa, nossa primeira Academia MR. E eis que enquanto corríamos para juntar toda a documentação solicitada, nos ligaram avisando que já havia sido locada.

– Mas como assim? Incrédula, argumentei. – Estamos na prioridade, está faltando apenas uma das documentações solicitadas por vocês.

– Sinto muito. – Respondeu alguém do outro lado. – A prioridade é de quem entrega primeiro toda a documentação completa.

Joguei-me na cama de barriga pra cima e de braços abertos feito o Cristo Redentor, e chorei de tal maneira que as lágrimas não rolavam; elas saltavam; nunca tinha visto algo semelhante.

Chorava e dizia:

– Voltamos à estaca zero! Tempo perdido! O sonho acabou!

Saulo, numa mistura de piedade e tentativa de me alegrar, dizia:

– Sim, o sonho acabou, mas ainda tem pão doce. Não podemos e não vamos desistir.

Inconsolável, não tinha nada que ele pudesse fazer para me alegrar; sentia-me cansada, estava com a fadiga da batalha. Apavorada por ter que abrigar 12 professores e inúmeros alunos sob minha responsabilidade aos 20 e poucos anos. Ainda não tinha toda essa inteligência emocional nem profissional que o momento exigia.

Saulo era mais razão e eu cem por cento emoção. Tanto é que ele era das exatas e eu das humanas; não me imaginava trabalhando sem ser com gente, com pessoas.

Saulo levou menos de 24 horas para recompor-se do baque. Acredito que no mesmo dia começou a procurar outra casa comercial, e eis que logo veio com a notícia de que havia achado uma casa mais bem localizada e com um valor de barbada.

A contragosto fui com ele olhar a tal casa, que mais parecia uma casa mal-assombrada, cujos fantasmas eram os mendigos que moravam sob sua marquise. Tivemos que pedir licença a eles para entrar. Ao entrar vi a visão do inferno, casa mofada, com toda a fiação elétrica exposta descendo teto abaixo feito uma cascata de uma maneira bizarra e descuidada, feio de se ver.

As janelas, de persianas antigas e podres, caindo aos pedaços. A casa toda era cheia de divisórias, impossibilitando-nos de visualizar qualquer coisa boa naquele lugar.

Imediatamente entendi por que o aluguel estava tão abaixo do preço de mercado e questionei o investimento naquele lugar. Saulo já havia se informado de tudo e tinha todas as respostas na ponta da língua: carência de no mínimo três meses e, conforme o investimento, este seria abatido nas mensalidades, num contrato de no mínimo dez anos, ou seja, promissor.

Estava tão desanimada, triste e cansada que entreguei para Deus e para o Saulo:

– Faça o que você achar melhor, mesmo porque não temos outra opção.

Foi um mês de quebradeira total. Enquanto Saulo tomava a frente da obra, fazendo tudo conforme a sua vontade, eu e a equipe dávamos aulas nas casas dos alunos, para não deixar o desânimo tomar conta e ninguém se perder; eu não estava animada, mas animava a todos.

Aos poucos a casa ia sendo transformada e nosso ânimo também.

No meio da obra fomos surpreendidos por uma ligação nos informando que a locação da *casa dos sonhos* havia caído e que nós éramos prioridade na locação.

Saulo disse:
– Agradecemos a preferência, mas já estamos no meio de outra obra.

Fiquei perplexa, sem entender por que tudo acontecera dessa forma, porque não deu certo de primeira.

A pergunta ficou sem resposta por meses. Reformamos. Treinamos a equipe no sistema de treinamento MR dentro de um circuito criado por mim, e quando tudo estava redondinho fizemos uma festa de inauguração com direito a refletores e luzes coloridas. Foi lindo, energético, radiante! Todo time estava feliz.

Logo após a inauguração da Academia MR presenciamos a implosão do prédio ao lado da *casa dos sonhos* para a construção de um espigão em seu lugar. Foram meses de poeira alta na qual tínhamos que passar com as janelas do carro fechadas por tamanha poeira. O barulho dos guindastes era ensurdecedor e não demorou muito para a vizinhança mudar-se; eram placas de *Aluga-se* para todo o lado naquela quadra. A *casa dos sonhos* virou um pesadelo. Ficou exatos três anos para locação.

A resposta para aquela minha pergunta: "Foi um livramento".

E naquele momento fiz uma promessa de nunca mais questionar a Deus.

Caíram as vendas dos meus olhos e percebi que nossa reforma ficou lindíssima; nem parecia aquela casa mal-assombrada. O aluguel era quase metade em relação à outra e a nossa era até mais bem localizada. De fato, os planos de Deus são melhores que os nossos. (Isaías 55:8-9) Prometi que nunca mais questionaria a Deus sobre seus planos em minha vida.

Ao relembrar minha promessa, ergui-me do chão e pedi perdão a Deus. Retomei minha consciência e entendi que Deus sabe de todas as coisas. (Mateus 26:18)

Aos olhos humanos perdemos quase um ano no clube jogados no chão de um Salão de Festas, mas aos olhos da fé "tudo tem um propósito de ser". Deus tem um propósito para minha vida.

De fato não foi um ano perdido; conheci gente que valia a pena conhecer e principalmente conheci quem eram de fato meus alunos, meus parceiros, além de ter finalmente conhecido meu marido.

Tive experiências ali que nenhum outro treinador teve em qualquer outra academia.

Entendi que Deus permite passarmos por estreitos para nos conhecermos e conhecermos as pessoas que nos rodeiam. O autoconhecimento e o reconhecimento das pessoas em nossa volta se fazem necessários para nossa evolução.

É igualzinho à escola: se não aprendemos, precisaremos repetir a lição até que haja entendimento.

E há colegas que são reprovados e ficam pra trás; não irão para o próximo nível com você.

Deus é um professor maravilhoso; Ele corrige, Ele educa, Ele dá sinais...

Capítulo 6
OS SINAIS

Incrível como Deus nos dá sinais, e nós os ignoramos por acharmos que sabemos tudo ou por acharmos que nossos planos são melhores que os Dele.

Muitas vezes fizemos tipo uma cartinha, uma lista de exigências e dizemos assim:

– Olha aí, Deus! Assina minhas ideias, meus pedidos...

Quando deveria ser o contrário: uma carta em branco assinada por nós e entregue a Deus. Essa seria a verdadeira demonstração de fé, confiança e obediência.

Mas como Deus é maravilhoso, misericordioso, bondoso e conhece nossas falhas, nossas limitações como seres humanos, Ele, em Sua perfeição, vai nos dando sinais que nos propõem estar atentos ao caminho que devemos seguir, ou podemos simplesmente ignorá-los, na ânsia de fazer do nosso jeito.

Pois bem, Deus me deu vários sinais que eu, ignorante, ignorei.

O mais óbvio foi a sequência incrível de nãos... Amigos, conhecidos que me conheciam muito bem e gostavam de mim, não importa! Todos tinham um não na ponta da língua para me dizer. Foram inúmeras reuniões, gastando meu tempo e meu latim, explicando o empreendimento e recebendo nãos e nãos. Só a partir disso eu já poderia ter me ligado: não era para continuar ali.

A cereja do bolo foi o sumiço do dinheiro dos alunos destinado a pagar o construtor. Isso definiu literalmente que meu lugar não era ali, uma vez que retirou meus recursos.

Esse bolo estava recheado de sinais a que eu não dei ouvidos e a merecida atenção.

O primeiro sinal, e o mais chocante e que por isso fiz questão de ignorar, foi quando a Peppa Pig falou de sua sócia.

Peppa disse que o motivo de ter me chamado para a parceria seria porque sua sócia já iria fazer 60 anos e, portanto, não teria mais muitos anos de vida na ativa. Fiquei só olhando para ela e pensando: só diz isso pro Mick Jagger.

Na hora não julguei esse comentário, mesmo porque não conhecia a sua sócia; vá que ela estivesse mesmo rengueando, corcunda, cheia de artrites e doida para se aposentar; pensei que não tinha que me meter no assunto delas.

O espanto foi quando conheci a sócia; sua energia jovial me contagiou, e instantaneamente viramos ótimas amigas, para a tristeza da Peppa.

Fechamos tanto em nossa sintonia que logo fizemos um evento juntas que foi um sucesso.

Percebi naquele momento que geramos ciúmes na Peppa e rapidamente procurei incluí-la em tudo que fosse fazer, como fotos e registros, mas percebi que a ciumeira era de sua natureza.

Outro episódio que me chamou muito a atenção foi quando a sua recepcionista, sua faz tudo, seu braço direito, me pediu ajuda para emagrecer, contando-me que tinha uma meta: gostaria de sair bem nas fotos no álbum de formatura de seu filho – Baita meta! Amo metas! Ainda mais quando cheias de significado. Prontamente me desdobrei para auxiliá-la nessa missão, e já no primeiro mês os comentários pelo clube foram notórios, e ela radiante com suas conquistas, falando em mim para Deus e todo mundo.

Não demorou muito para a Peppa me chamar e jogar um balde de água fria em nosso Projeto Formatura. Pediu para que eu não a ajudasse, alegando que ela era uma referência em acolhimento para as clientes, alunas do espaço esportivo, que se sentiam bem vendo a recepcionista gorda; sentiam-se acolhidas e sem aquela pressão de emagrecer, no padrão estético das academias.

Fiquei perplexa com o motivo fútil e também não consegui assimilar tamanha intromissão na vida alheia, mesmo que esta fosse sua empregada.

Ignorei seus motivos e observações, e passei a atendê-la escondido. Pedi para a recepcionista que ficássemos mais quietas, para fazer surpresa no final. E assim foi feito.

Outro momento, digamos, esquisito, foi quando uma amiga do meu Grupo de Oração mandou uma mensagem pedindo para indicar seu marido para o time do professor de Jiu-jtsu do clube e fui pedir o número do telefone do professor para Peppa, que estava na recepção, e ela disse:

– Ah, não me diga que você tem Grupo de Oração?!

Por um momento achei que ela fosse pedir oração ou para ingressar no grupo e quase vibrei achando que estava a resgatar uma alma perdida, mas a bomba veio logo em seguida.

– Eu já participei de um Grupo de Oração, mas foi com o objetivo de pegar mais alunas para o nosso clubinho.

Na hora eu ri por achar patético seu comentário, e apenas respondi:

– Eu, hein?! Você devia ser o terror do maternal.

Somente isso me veio à mente para uma observação tão infantil, sem noção. Misericórdia! Que Deus tenha piedade.

Eu acredito que o grande pulo do gato seja a temência a Deus, não propriamente no sentido de ter medo que Deus castigue, mas pelo respeito e a certeza de que Deus é amor, mas também é Justiça: "Ele mesmo julga o mundo com justiça; governa os povos com retidão". (Salmos 9:8)

"O Senhor é tardio em irar-se, mas grande em Poder, e ao culpado não tem por inocente." (Naum 1:3)

"Não se deixem enganar; ninguém pode zombar de Deus; porque tudo o que o homem semear, isso também ceifará." (Gálatas 6:7)

Se prestássemos atenção nas orientações bíblicas, já nos livraríamos de muitos encostos nesta vida. Falo porque eu mesma não prestei atenção e apanhei tanto da vida que quase fui a nocaute.

Só existem duas formas de aprender: pelo amor ou pela dor, e eu fui escolher o pela dor.

Graças a Deus estamos falando de um Deus de amor justo, que tem propósito com tudo que Ele faz ou permite ser feito: se não for bênção, é lição, ou seja, aprendemos com exatamente tudo que nos acontece, especialmente com os nossos erros, basta querermos aprender.

Do clube tirei a conclusão de que valeu a pena essa passagem; precisei passar por ela; além de aprender muito, conheci muita gente que valia a pena conhecer; também tive a oportunidade de ajudar muitos e lembrei de uma frase que sempre me acompanhou: "Onde Deus me plantar irei florescer".

Saí desejando à Peppa evolução física, mental e espiritual. Que um dia ela aprenda que inveja, ciúmes, soberba, humilhar os outros e se achar superior não levam a nada nesta vida; vai morrer e vai feder igual.

E o que adianta ganhar o mundo inteiro e perder a sua alma. (Marcos 8:36)

Tive muitos momentos abençoados no clube, e a Peppa foi uma lição, um baita exemplo do que eu não quero ser. Gratidão, Peppa! Aprendi muito contigo.

E eu sigo em minha evolução, agora menos ingênua, menos emocional, mais atenta às energias ruins.

Infelizmente, a Peppa não é a única. Costumo dizer que o Diabo se aposentou e deixou seus súditos na Terra.

O ser humano é digno de estudo, e eu tive um excelente laboratório em minha primeira academia MR, na qual já deveria ter aprendido a lidar com todo tipo de gente, mas como não aprendi, tive que repetir a lição.

Capítulo 7
A TRAJETÓRIA MR

Muitas vezes precisamos retornar às nossas raízes para não nos perdermos de vista.

Meu pai dizia que eu seria uma grande advogada, mediante minha facilidade em lidar com questões para resolver. Já minha mãe acreditava que eu seria uma excelente psicóloga ou psiquiatra, por resolver com facilidade o problema das minhas amigas. Psicóloga? Psiquiatra? Logo eu que me considerava uma "maluca beleza"? Achava improvável. Fato é que minhas amigas chegavam depressivas lá em casa e saíam maníacas, às gargalhadas; eu não sabia medir muito bem a dose; estava mais para comediante.

E por que não uma grande professora? Uma grande educadora física? Em momento algum me perguntaram o que eu achava e, meio sem jeito, os deixava sonhar e achar o que quisessem; afinal, ainda faltava algum tempo para eu acabar com seus sonhos, pois o meu sonho era dançar, praticar esportes e tornar a vida das pessoas mais leve por meio da Educação Física. Já tinha até um *slogan*: "Animar almas através do corpo em movimento". Isso me animava, me fazia vibrar. Sentia em meu coração que esse era o meu propósito, a minha missão.

Cresci ouvindo minha mãe contar para suas amigas o quanto eu seria uma bailarina maravilhosa se ela tivesse condições de me colocar no balé ainda muito pequeninha. Dizia que antes mesmo de eu aprender a andar eu já sabia bailar, colocava-me nas pontas dos pés em frente à televisão quando passava a propaganda do Cisne Negro; "era lindo de ver", dizia ela, orgulhosa.

Morávamos em São Paulo, tudo muito longe e sempre com o dinheiro contado para as contas do mês; por esse motivo não fui ao balé, mas a bailarina morava dentro de mim.

Chegou o dia de me preparar para o vestibular e responder a grande pergunta: "Você fará vestibular para o quê?".

Eu não tinha a menor dúvida da resposta para essa pergunta, mas respondia com cautela, para não chegar aos ouvidos dos meus pais antes da hora; tinha medo de suas reações e principalmente de decepcioná-los.

Chamei primeiro minha mãe e pedi ajuda. Ao me ouvir, ficou por um momento com cara de paisagem e pediu para eu confirmar o que falara:

– Você tem certeza disso? OK. Não conta para teu pai agora. Vamos esperar para ver se vai dar mesmo; não precisamos desse desgaste antes do fato consumado.

Concordei. Combinado.

Minha mãe é fera! Agiu muito rápido. Na mesma semana veio com o folheto da melhor Faculdade especializada e focada em Educação Física, Nutrição e Fisioterapia de Pequenópolis.

Só tem um probleminha: é Faculdade particular.

Ela já havia se informado, e a Federal, além de ter cadeiras espalhadas nos turnos da manhã, tarde e noite, impossibilitando-me de trabalhar, ainda estava em greve.

– Coragem, Marcy! Se você passar, eu faço uns tricôs para te ajudar a pagar as mensalidades.

– Se eu passar? É lógico que eu vou passar! Então já vai começando a produção dos Tetê Tricôs, forma carinhosa como chamávamos dona Tereza, minha mãe.

– Ah, tem mais um probleminha, disse ela: em 30 dias haverá as provas práticas eliminatórias, e uma delas é de natação, pelo menos um estilo de nado.

– Meu Deus! Isso é de fato um problemão! Não sei nadar.

– Calma, Marcy! Você tem 30 dias para aprender.

Borboletas no estômago. Eu nunca havia nadado. Piscina olímpica? Semiolímpica? O que é isso? Seria mesmo necessário, uma vez que eu tinha certeza de que não seria uma professora de natação? Mas não tinha escolha; então o negócio era encarar a piscina.

E mais uma vez minha mãe saiu na frente:

– Te prepara para fazer uma aula experimental ainda esta semana na própria piscina em que acontecerá a prova.

– Como assim? Ainda não havia assimilado que teria que fazer uma prova de natação e já iria cair na piscina. E foi exatamente o que aconteceu.

Na mesma semana em que recebi todas as notícias juntas e misturadas, lá estava minha mãe e eu na piscina da Faculdade, enquanto eu colocava meu maiô, touca de natação, tudo feito por minha mãe – sim, ela também tinha o curso de costureira e a grande maioria de nossas roupas eram feitas por ela –, estava ela lá conversando com o professor e já providenciando os óculos de natação emprestados.

– Ela não sabe nada? Não tem nem noção? – Indagava o professor à minha mãe.

– Nenhuma noção mesmo. – Respondia ela.

– Nossa! Que desafio! Tanto pra ela, quanto pra mim. – Disse o professor. – Um mês são no mínimo oito aulas.

– No máximo! – Alertou minha mãe. – É o que podemos pagar, no máximo oito aulas.

O professor olhou com cara de preocupado. Nisso cheguei na borda da piscina, onde senti um cheiro forte de cloro, que embrulhou meu estômago. Pensei mais uma vez ser desnecessária uma prova de natação, pois no meu sonho de cursar Educação Física nunca teve natação, e sim dança, voleibol, basquete, handebol, até as Olimpíadas, tudo menos natação.

Olhei profundamente para minha mãe com minha cara de apavorada, pedindo socorro, mas, antes que eu verbalizasse uma palavra sequer, ela me deu um empurrãozinho pra dentro da piscina.

Conhecendo minha mãe, ela deve ter pensado: "Quando a água bater na bunda ela aprenderá a nadar".

Mas o professor nem pensou duas vezes; ao me ver diminuindo o nível da água de sua piscina, jogou-se e me trouxe até a borda. Foi quando eu percebi minha mãe sorrindo, ou rindo de nervosa. Meio sem graça, pediu desculpas ao professor, que nitidamente não tinha em seus planos molhar-se naquele momento.

Bom, pelo menos ele entendeu no que estava se metendo.

Aceitou o desafio, porém pediu que, além das 8 aulas, eu me comprometesse a praticar nos outros dias.

– Estarei na piscina, disponibilizarei uma raia para você.

Baita professor! Comecei a gostar de natação.

Nas primeiras aulas, eu começava nadando em uma raia e finalizava na outra. Batia a cabeça, as mãos, o ombro nas bordas, na certeza de que eu era a atração do meu horário. Noção nenhuma de piscina, raia, nado, nada. Era desanimador. Mas aos poucos fui me aprumando.

Vencemos a primeira batalha! Em 30 dias aprendi o estilo nado costas, considerado pelo professor um dos estilos mais fáceis de aprender, uma vez que não exige muito da respiração nariz dentro d'água.

Milagrosamente, passei na prova prática e fui para a segunda parte, prova teórica.

A alegria que senti, misturada com alívio, era indescritível – Uhuhuhuhuhu! Estava 50% dentro da minha Faculdade querida.

Sou do tempo em que se esperavam ansiosamente os listões de aprovados pelo jornal, e a sensação era como se fosse ganhar na loteria, com aquele grito vindo do esôfago ao ver seu nome no listão. Emoção que não se mede.

Minha mãe vibrou comigo. Nós nos abraçamos, choramos, rimos juntas.

– E agora? Como contar para seu pai? – Disse minha mãe.

E eu que achei que a parte de passar no vestibular seria a mais difícil...

Para nossa surpresa, meu pai já estava sabendo; afinal, saiu no jornal, não é mesmo?

Ao invés de um abraço, os parabéns, recebi um alerta:

– Professora? Vai passar fome!

Triste ouvir isso, mas minha vibração estava tão no alto, eu estava tão feliz, que meu pai teria que se esforçar um pouco mais para me tirar desse estado de ânimo.

E completou:

– Faculdade particular? Não vou ajudar com um tostão! Lembre-se que teu compromisso financeiro será mensal, por anos.

Meu pai sabe como abalar as estruturas. Caí na real, e um medo roubou minha alegria momentaneamente. Entreguei a Deus. Seja o que Deus quiser! Deus não iria me deixar chegar até aqui por nada, tentei me consolar.

Eu tinha 16 para 17 anos e já fazia um ano que trabalhava como estagiária numa revendedora de automóveis, no estilo Jovem Aprendiz; eu era Secretária Júnior que é um tipo de auxiliar da secretária. A Bolsa-Auxílio era o mínimo do mínimo, mas não iria partir do zero, pois já tinha parte do pagamento da mensalidade da Faculdade mais a ajuda da minha mãe com seus lindos tricôs; com isso, tinha a esperança de conseguir honrar as mensalidades.

Os tricôs de minha mãe não eram apenas tricôs, e sim tricô-arte; não é por serem da minha mãe, mas realmente eram muito diferenciados. Fazia vestidos com uma linha de seda que mais parecia fita mimosa. Ficavam lindos!

Não achava justos os valores praticados por minha mãe ao colocar seus produtos no mercado; realmente não era justo. Então tive a ideia de rifar, e assim vendia por um preço que todos poderiam pagar e que me permitiam angariar um valor que achava justo para seu tricô-arte.

Vendia a rifa nos ônibus que eu pegava de casa até o trabalho, no trabalho, do trabalho até a Faculdade, na Faculdade e depois nos ônibus de volta. Na verdade, vendia onde quer que eu passasse, onde quer que eu fosse.

Foi incrível nossa parceria, que durou até minha mãe apresentar LER – Lesão por Esforço de Repetição, impossibilitando-a de continuar a me ajudar nas mensalidades.

Já estava rumo aos 18 anos. Tomei coragem e fui ao Departamento de Pessoal da empresa pedir um aumento, uma promoção ou qualquer ajuda para seguir na minha Faculdade. Para minha surpresa, atenderam rapidamente meu pedido; parecia que estavam apenas esperando eu pedir.

Em uma semana a secretária titular já estava me treinando para ocupar sua posição de Secretária Sênior, e ela passaria para um setor mais burocrático de notas fiscais dos veículos.

Passei a fazer o trabalho dela e o meu. O salário não dobrou, porém melhorou consideravelmente, e eu consegui pagar a Faculdade sozinha. Exatamente o cheque que eu recebia na empresa eu repassava inteiro para a Faculdade, sentindo-me realizada.

Minha mãe não me ajudava mais com os tricôs, em compensação ela foi a peça fundamental nesse processo de eu continuar na Faculdade e no próprio emprego.

Eu acordava todo santo dia às 5 horas da manhã para pegar o ônibus das 5h50. Com esse ônibus eu conseguia chegar no trabalho às 7h30; caso eu me atrasasse e pegasse o próximo, chegaria após as 8h, ou seja, atrasada. Então não tinha escolha, chegava antes.

Trabalhava o dia inteiro e ia para a Faculdade às 19h30 e só saía às 22h45... Até chegar em casa, após pegar dois ônibus, era meia-noite ou um pouco mais. Ou seja, eu dormia cerca de quatro horas e meia, quando muito.

Houve vezes em que o relógio despertava, eu tentava abrir os olhos, e eles faziam barulho, como se tivesse areia na engrenagem. Ia apertando a soneca até sair correndo sem café da manhã. Muitas e muitas vezes minha mãe saía correndo, atirando uma maçã ou uma banana em minhas costas, gritando:

– Pega, Marcy! Você quer ficar doente, guria?

Em toda a trajetória que segui, minha mãe foi o ponto alto para a minha continuidade, tanto na Faculdade, quanto no emprego. Do jeito dele, meu pai também.

Muitas vezes, quando o relógio despertava às 5 da matina, eu o desligava, com total consciência de que não levantaria – apertava com vontade o botão do *foda-se*, não quero mais, desisti... E lá vinha ela, a senhora minha mãe, verificando se eu já havia levantado e, ao ver que não, começava chamando-me normalmente, depois aos gritos e por fim com água gelada na cara. Como se já não bastasse sua eficiência, me puxava para fora da cama de um jeitinho todo dela.

– LEVANTA, MARCY! – Gritava ela.

– DESISTO! – Dizia eu, muitas vezes chorando feito uma criancinha de 5 anos, embora com 13 anos a mais.

No calor do momento, não era bom pra ninguém, nem pra mim, tampouco para minha mãe, que se esforçava também, mas mal sabia ela que essa atitude me fazia seguir e, principalmente, não desistir dos meus sonhos.

O fato é que estava muito puxado pra mim. Fui enganada, pensava eu. A Faculdade de Educação Física mais parecia uma Faculdade de Medicina. Eu achava que iria dançar, jogar vôlei, basquete, handebol, ginástica rítmica desportiva, como via nas Olimpíadas, desopilar, relaxar, e tive que estudar anatomia, cinesiologia, fisiologia, bioquímica, lesões, tratamentos, nutrição e, pasmem, até psicologia do esporte.

Somado tudo isso com o dia todo de trabalho, eu já estava por desistir no primeiro ano da Faculdade.

Foi aí que recebi uma proposta para dar aula numa academia na sala de musculação, onde eu colocaria em prática toda aquela teoria de anatomia com cinesiologia e fisiologia.

Fui conhecer, e me apaixonei. Não tive dúvidas de que ali era o meu lugar.

O único problema é que o que eu ganhava por semana na revendedora de automóveis eu ganharia por mês na academia, porém a carga horária era somente pela tarde; poderia dormir um pouco a mais pela manhã, enfim qualidade de vida! Vi vantagem.

Complementarei a renda com venda de roupas de ginastica, planejava eu.

Primeiramente falei apenas para minha mãe, que achou loucura, e pediu que eu não comentasse com meu pai, uma vez que eu já estava decidida.

Aceitei a oferta de estágio. Agora precisava dar o aviso prévio para meu chefe, que não era de mostrar os dentes.

Respirei fundo e lá fui eu encarar a diretoria, explicar a situação.

Entrei sorrindo em sua sala, como alguém que vai contar uma novidade maravilhosa para um amigo, alguém que irá vibrar com você.

– Consegui uma vaga em minha área! Não é maravilhoso com apenas dois semestres já conseguir uma colocação no mercado?

Ele, bem tranquilo e parecendo não ter escutado toda a frase, disse:

– Quanto você irá ganhar? Quero fazer uma contraproposta.

Meio sem jeito, totalmente sem jeito e com a voz inaudível, respondi:

– O que eu ganho aqui por semana irei ganhar por mês na academia.

– O quê? – Respondeu ele quase gritando. – Repete, que eu não entendi bem.

Ele mesmo repetiu:

– O que você ganha aqui por semana irá ganhar na academia por mês?

– Você é burra? – Disse ele, agora visivelmente alterado.

Eu acredito que ele não quis me ofender; apenas foi pego de surpresa. Preferi interpretar aquela rude reação como se ele gostasse demais do meu trabalho e não quisesse me perder. Afinal, trabalhei dos 16 aos 18 anos de pura dedicação e horas extras, não faltava por nada e era incansável na busca por meu melhor atendimento; não era da turma dos fumantes e também não ficava saindo para tomar cafezinho. De fato, eu seria uma enorme perda.

Por mais que eu estivesse me sentindo humilhada, não me sentia burra. Consegui explicar isso a ele com um nó na garganta:

– Burra eu seria se cursasse Educação Física, a Faculdade dos meus sonhos, e não aproveitasse essa oportunidade, ora bolas!

"Só assina minha demissão e passar bem!" – Pensei, pois na realidade saí chorando da sala dele direto para o Departamento de Pessoal.

O mais incrível é o bumerangue da vida. Eu tenho medo dele.

Nem tantos anos mais tarde, tive a oportunidade de dar aulas particulares para a irmã do meu ex-chefe, uma baita coincidência, pois não foi ele quem me indicou. Ela veio indicada por outra aluna.

Numa dessas festas de família, lá estava eu dando de cara com meu ex-diretor. Graças a Deus, não fui rude com ele na ocasião em que trabalhávamos juntos. É muito importante, vivendo em sociedade, você ter a certeza de que não fez mal para ninguém. Embora isso não te isente de ter feito mal para alguém, grava isso como uma verdade comprovada cientificamente, pois jamais saberemos o real sentimento alheio, como ele se sentirá com as tuas decisões, com a tua opinião e, aqui no caso, decisão e opinião sobre minha própria vida.

Ele veio me cumprimentar nitidamente surpreso por minha presença ali – em seu ambiente – e eu inevitavelmente lembrei que ele me chamou de burra.

Sua irmã tentou chegar a tempo para nos apresentar, mas já havíamos engatado uma conversa amistosa, eu explicando como havia parado ali e tal.

Será que, por curiosidade, ele fez as contas? Em três horas semanais treinando sua irmã, eu ganhava infinitamente mais do que ele me pagava por 40 horas semanais... incrível como eu sou burra, pensei eu.

Sua irmã e eu tentamos convencê-lo a investir na prática de exercícios físicos, uma vez que ele se encontrava com sobrepeso, aquela barriga proeminente sinalizando propensão a doenças cardiovasculares, somado a seu trabalho, que lhe exigia muito mental e fisicamente; em outras palavras, era estressante e estressado.

– Nem precisa ser comigo! Posso te indicar um colega para deixá-lo à vontade. – Na verdade, eu que não me sentia à vontade para atendê-lo.

– Ah, obrigado, vou pensar no assunto. – Disse ele.

– Enquanto o Senhor vai pensando, vá caminhando ao ar livre mesmo e alongue no final de uma caminhada de pelo menos 20 minutos diários. Isso o ajudará a oxigenar os tecidos e a ter vontade de progredir num posterior treinamento. Foi meu conselho gratuito.

Ele não seguiu meu conselho.

Nem tantos anos mais tarde, ele morreu de uma parada cardíaca, com o mesmo sobrepeso que, conforme eu o alertei, deveria eliminar.

Senti muito, muito mesmo. Homem jovem e muito inteligente. Deixou uma empresa consagrada e muitos bens.

Há um ditado popular que diz: "Caixão não tem gaveta", mas entendemos que cada um escolhe e prioriza o que quiser levar para sua vida. Livre-arbítrio. (Moisés 3:17)

Desde sempre fui ligada mais na saúde do que na estética; aliás, fui saber o que era celulite na Faculdade, quando uma colega comentou que estava cheia de celulite e eu, sem jeito, perguntei se era uma doença; ela riu e disse:

– Você acabou de fazer eu pensar sobre isso... Só pode ser uma doença horrenda!

Anos mais tarde entendi que celulite é um dos sintomas de um corpo inflamado, doente, ou seja, celulite faz parte de um corpo não sadio. Celulite sinaliza que algo não está bem, ou por seu estilo de vida, alimentação ruim e sedentarismo ou algum desequilíbrio hormonal.

A Faculdade pra mim foi como um portal de um mundo totalmente desconhecido e cheio de descobertas.

Perdi minha avó materna, Dona Maria Joana, aos 65 anos para o diabetes literalmente do dia para a noite. Num dia ríamos, brincávamos, ela me dava conselhos sábios, preciosos, que guardo até hoje, no outro dia por complicações do diabetes não estava mais conosco.

A perda repentina de alguém tão jovem nos faz pensar, repensar e pensar diferente, dar valor ao que realmente tem valor, a saúde.

Desde muito novinha em minha profissão, eu dizia: "Estética é uma consequência da boa saúde", e é!

Todos nós temos o mesmo esqueleto. Uns mais altos, outros com os ossos um pouco mais largos, porém os mesmos ossos, a mesma quantidade inclusive. Não é justo o sobrepeso. O sobrepeso não é justo com o seu esqueleto.

Pensando assim, não importa se você acha bonito uma pessoa fofinha; por mais linda que ela seja, é um sofrimento para todo o sistema locomotor e uma sobrecarga incalculável para todo o sistema orgânico, órgãos, principalmente o coração.

Em contrapartida, existem as que exageram no cuidado com a estética, passando inclusive por cima da saúde.

Ao finalizar a Faculdade, ficaram claros para mim alguns princípios básicos para o meu profissional:

1. Saúde é o que interessa, o resto vem sem pressa.
2. Dar aula sempre por amor; o dinheiro seria uma consequência.
3. Sempre amei e valorizei meus colegas; queria sempre os melhores ao meu lado; isso me motivava e me fazia vibrar positivamente, desejando aprender e me desenvolver mais. Mais tarde entendi que somos a média das cinco pessoas com que mais convivemos, e isso fez todo o sentido para mim. Além do mais, a admiração e a confiança nos colegas propiciava-me encaminhar, compartilhar, repartir aqueles alunos que eu não conseguia colocar em minha agenda por falta de horários ou por não ser a minha especialidade.

Criei um guia de especialidades igual ao dos médicos, dividi o Time MR conforme suas especializações e o que eles mais amavam trabalhar – gestantes, crianças e adolescentes, idosos, reabilitação de lesões, e assim ia encaminhando os alunos conforme sua avaliação física e especialização dos professores.

Todos nós temos um perfil que desenvolvemos com excelência; não somos e não devemos ser *experts* em tudo; isso serve apenas para nos sobrecarregar, estressar e nos tornar chatos, os "sabe tudo de tudo"; quem sabe tudo de tudo não sabe nada direito.

Eu me especializei em musculação, sou especialista em treinamento de força para a saúde; estética é uma consequência da saúde. Uso a prática de yoga como complemento, e a dança é meu *hobby*. Mas a musculação é a modalidade por mim escolhida; as outras modalidades deixo para meus colegas serem *experts*, principalmente os atletas, que amo, respeito, mas não gosto de trabalhar por não achar seu tipo de treinamento saudável.

Considero o sedentário 8 e o atleta 80, e nós, seres saudáveis, o meio termo.

O grande problema é a confusão que fazem com os atletas e os amadores, praticantes de exercício.

Uns querem fazer treinos de *bodybuilder* e não entendem que têm ônus, pagam um preço alto para seu corpo, articulações, tendões, organismo em geral, visto que o atleta ultrapassa seguidamente todos os seus limites saudáveis.

Outros falam mal de um *bodybuilder* dizendo:

– Que corpo horroroso! Jamais quero ficar assim!

Quem fala mal não tem a visão, não sabe avaliar a diferença entre um atleta e um praticante, visto que o atleta tem um propósito, uma missão de conquistar o pódio, o cinturão, ou uma medalha, enquanto o praticante tem como objetivo a saúde, o reforço muscular para seu dia a dia, para sua profissão, ou seja, mundos diferentes. Também não tem a mínima noção do quão difícil é chegar num corpo daqueles.

Muitas vezes, ouvindo um comentário depreciativo desses, julgando seus corpos, pensava ou até dizia:

– Não se preocupem! Vocês não ficarão com um corpo desses. Quem nasceu para ser lagartixa jamais virará jacaré.

E eu não falava especificamente em sua incapacidade de ser, pois acredito piamente que tudo que você quiser ser você será, mas minha observação era sobre a ignorância, a arrogância e a falta de empatia ao avaliar, analisar, julgar, falar mal de um ser que se esforçou tanto para subir num pódio, sobre o respeito que devemos ter pelo atleta.

Defendo mesmo os atletas. Sou apaixonada por Olimpíadas, choro vendo Olimpíadas. Meus filhos me olhavam meio estranhos ao me ver chorando quando uma daquelas ginastas lindas caía de bunda no chão depois de quatro longos anos de árduo esforço. Chorava com elas e dizia:

– Longe de mim filho meu ser atleta! Quanto esforço! Quanta dor, quanta entrega para tão pouca valorização e ainda sofrer as críticas de quem não tira a bunda do sofá!

Atleta é lindo de se ver! É *show*, é brilho, é espetáculo, é entretenimento para quem está olhando, porém os bastidores são de muita renúncia de sua vida pessoal, muita entrega, muito esforço. O treinamento não é focado em sua saúde física, mental, e sim no milésimo de segundo que vai lhe trazer o pódio, a medalha, a vitória, esse é o foco. O tipo de treinamento é passar de seus limites, é vencer a dor.

Vencedores = vence-dores.

Por mais que eu tenha essa visão, ame e respeite os atletas, não concordo em aplicar esse tipo de treinamento em cidadãos comuns.

Hoje em dia muitos amadores confundem e fazem treinamentos como se fossem atletas, proporcionando lesões e até os impossibilitando de dar continuidade para seu treinamento.

Quando eu ingressei na Faculdade, era nítida essa divisão: atleta era atleta e praticante de atividade física chamavam de esportista amador; acho que foi aí o erro, pois ninguém gosta de ser chamado de amador.

Começaram a surgir modalidades que mesclavam o treinamento resistido com o peso do próprio corpo, tipo flexão de braços sobre o solo, que nada mais é que o apoio quartel e a preparação física de atletas, também inspirada nos árduos treinamentos do quartel com uma adaptaçãozinha aqui outra ali. Foi aqui que os fisioterapeutas lotaram seus consultórios com pessoas comuns que trabalhavam o dia todinho sentadas em seus escritórios, ou madames do lar, e acabavam abandonando o treinamento por dores e lesões.

Lógico que havia aqueles que sobreviviam aos treinos de atletas, e esses divulgavam como verdadeiros troféus seus resultados, levando mais pessoas comuns aos treinos de atletas e aos consultórios médicos.

Os melhores cursos de treinamento na época estavam em São Paulo e no Rio de Janeiro, e foi pra lá que eu fui inúmeras vezes, incansavelmente para entender o que eu já desconfiava: os métodos de treinamento, ao mesmo tempo que precisam respeitar o princípio da individualidade biológica: cada ser é único com seus objetivos e metas individuais, somos todos da mesma espécie e por esse motivo não temos que inventar a roda, ou seja, não há segredo; basta sair da teoria e partir para a prática.

Nesse momento criei o Método de Treinamento MR = Respeita o Princípio da Individualidade Biológica somado a um apanhado de métodos já comprovados cientificamente, que lida com o indivíduo como um todo, de forma especial em seus movimentos funcionais.

Anos mais tarde surgia o Treinamento Funcional, com o marketing e divulgação que todos ficaram sabendo. A propaganda é a alma do negócio.

Sempre tive uma visão holística, sempre vi o meu aluno como um todo, mas nunca divulguei isso.

Desde muito cedo percebi que não adiantava eu me esforçar tanto, buscar a melhor metodologia, estudar tanto os tipos de treinamento se meus alunos zeravam nosso ganho nos eventos, nos finais de semana e nas férias, comendo e bebendo além da conta.

Eu dizia: sou 50% e você 50%, por isso preciso de sua parceria para lhe dar o resultado almejado.

Explicava para eles que o emagrecimento e a definição muscular tão desejada em avaliação física se dava basicamente pelo "balanço energético negativo", ou seja, comer menos, gastar mais.

Em contrapartida, eles me explicavam que era muito estresse no trabalho e na vida e por isso viam na comida e na bebida um modo de relaxar.

Nesse momento, além de encaminhar para algumas psicólogas de minha confiança, busquei a psicóloga que minha mãe dizia existir dentro de mim para motivá-los extraclasse.

Bolei uma camiseta com os dizeres: "Vigie sua boca, mexa seu corpo", e outras frases motivacionais como: "Leve a vida na esportiva", com o objetivo de chamar a atenção para a pratica de atividade física aliada a uma boa alimentação, e a leveza da prática de esportes inclusive nos finais de semana como forma *no stress*.

Aos poucos fui descobrindo que não era tão matemático assim; o emocional não estava nem aí para teu planejamento de 2 + 2 = 4;

infinitas vezes ele próprio bagunçava toda nossa continha e perdíamos totalmente a razão.

Precisava pensar num plano B para ajudar essa gente a entrar nos trilhos de uma alimentação saudável, adquirir uma melhor consciência sobre o assunto e com isso potencializar nossos resultados no treino.

Em 1996, quando me especializei em Fisiologia do Exercício em São Paulo, entrei profundamente nos estudos dos metabolismos de lipídios, carboidratos e proteínas, os macro e micronutrientes, e nesse momento minha mente se iluminou e criei um plano alimentar que batizei de "Dieta das quatro semanas" – tinha como objetivo a retirada de velhos hábitos e a introdução de novos em quatro semanas.

Como minha formação era de Educadora Física e Fisiologista, chamei uma nutricionista que acompanhava meus alunos na época e pedi que ela analisasse minha invenção.

Alessandra ficou encantada com a dinâmica e a proposta, e assinou embaixo.

Com sua parceria, ajudamos dezenas de centenas a alinhar sua dieta e eliminar até dez quilos em quatro semanas.

Em 1996 não havia as redes sociais, porém essa notícia se alastrou feito caminho de pólvora em Pequenópolis, e, na mesma velocidade que aparecemos em todos os jornais e programas televisivos, como Vida e Saúde, também fomos alvejadas pelos críticos de plantão, que nos metralharam, dizendo que a Dieta da Proteína era tóxica, que ela sobrecarregava rins, fígado e até matava.

Enquanto os críticos nos sovavam, nosso pão – proteico – crescia e ajudava muita gente a vestir pela primeira vez sua calça *jeans* tão sonhada.

Na mesma proporção que falavam mal de mim e de minha nutricionista, levantando falsos testemunhos e visivelmente tentando nos parar, havia pessoas tão felizes e realizadas falando bem, eliminando seus remédios ao invés de tomar remédios para emagrecer e nos trazendo mais e mais alunos, pacientes que compensavam o mal-estar das fofocalhadas.

Esses ataques, gente falando mal, eram muito desgastantes. Muitas vezes levavam a um cansaço físico, moral e emocional; pesavam e nos faziam pensar se realmente estávamos prejudicando de alguma maneira aquelas pessoas, porque só queríamos vê-las bem e saudáveis por meio de uma alimentação nutritiva.

Nessas horas voltava para meus princípios, minha missão, meu coração e me resgatava, relembrando que um dos meus princípios era saúde e, como consequência dela, a estética.

Quando há muita zoeira com seu nome, você deve parar imediatamente e voltar-se para suas raízes, sob pena de você acreditar no que os outros dizem de você.

Quando sabemos quem somos, não acreditamos nas opiniões pré-formadas a nosso respeito. Aprendi que não devemos nos importar se alguém não gosta da gente; há gente que não gosta nem de si mesmo.

Não demorou muito para começarmos a ver as cópias da Dieta das quatro semanas no mercado, e daí tivemos a certeza de que estávamos no caminho certo.

No início dos anos 2000 surgiram a dieta South Beach e a Dukan, e ao ler os livros fiquei muito impressionada com a semelhança da Dieta das quatro semanas, minha criação.

Mais tarde surgiram artigos comprovando cientificamente que em 21 dias podemos eliminar um hábito ruim e introduzir um hábito bom, ou seja, em quatro semanas eu já havia comprovado isso.

Existe uma frase popular que diz: "Se a galinha não cacarejar ao botar o ovo, é capaz de o ovo apodrecer ali no galinheiro e ninguém tomar conhecimento dele".

Eis aí o motivo pelo qual eu não me tornei a pioneira nem em Treinamento não convencional nem em minhas criações nutricionais, uma vez que eu as criava e não cacarejava, mas me consolava dizendo: "Eu sou águia e não galinha".

Outra criação MR foi o ALONG-LAX = 10, 20, até 30 minutos de alongamento com massagem, verdadeiro relaxamento. Amava fazer as pessoas dormirem.

No ano 2000 criei minha primeira equipe de treinadores, que batizei como MR TEAM. Foi sucesso absoluto por 20 anos, até a chegada da pandemia.

Eu não media esforços para passar tudo que eu havia aprendido durante todos aqueles anos. Todos os professores que passavam pelo meu treinamento eram gratos por minha doação, uma vez que eu não cobrava nada pelos cursos e treinamentos, tudo que eu havia pago para aprender.

Não era raro eu escutar:

– Parece que eu não aprendi nada na Faculdade. Teu método de treinamento é único, realmente diferente de tudo que eu já vi.

Foram inúmeros comentários como esse, e isso me fazia vibrar e continuar a buscar a excelência.

Mas como nem tudo são flores, havia também os espinhos, os ingratos.

Capítulo 8
OS TRÊS CASOS DE INGRATIDÃO

Nesses 20 anos de MR Team, tivemos três casos de ingratidão graves, surpreendentemente envolvendo os três professores que nós mais havíamos ajudado. Eu os treinei, ajudei, passei alunos, os impulsionei, e mesmo assim eles foram ingratos, pagaram o bem com o mal. (Provérbios 17:13)

O primeiro caso foi o Judas.

Pedrinho era um dos profissionais mais amados do nosso time, e ele tinha moral comigo para me pedir o que quisesse. E foi aí que ele fez o pedido de contratar Judas.

Fui com Pedrinho até a academia em que ele trabalhava para conhecer o tal professor, e presenciei uma cena deprimente. Ele sentado na porta onde "cuidava das esteiras". Sentado sob a sua coluna com aquela postura de barriga caída para fora das calças, coisa feia de se ver, principalmente vindo de uma profissional da área da saúde.

Dei de ré e nem o abordei; fui logo indagando Pedrinho:

— Como você pôde indicar um profissional fora do padrão MR com uma barriga dessas? Que postura deprimente!

Foi aí que Pedrinho surpreendeu-me com uma observação:

— Se você não o colocar no padrão, quem poderá fazê-lo? Marcy, tenha piedade dele! Ele não tem dinheiro nem para o futebol da semana... Muitas vezes o time rateia a sua entrada para que ele possa jogar conosco.

Confesso que isso me pegou. Uniu vários sentimentos, o de compaixão, o de transformação do ser humano e o de atender um pedido do meu colega, que tinha meu apreço. Aceitei o desafio.

Naquela época não tinha o entendimento, a experiência que adquiri inclusive com esse caso, mas hoje eu sei: se tiver dó do coitado, daqui a pouco o coitado será você. Precisamos estudar caso a caso, pois se trata de um negócio de alto risco contratar por dó sem conhecer seus merecimentos.

Chamei-o, propus um antes e depois para alinhar sua postura e a diminuição daquela pança.

Trabalharmos um ano em cima desse propósito e, paralelamente ao seu pessoal, trabalhamos também o seu profissional, postura ao tratar o aluno e método de Treinamento MR. Tudo lhe foi dado: treinamento, *shape*, postura física, alunos, menos o que já vem de berço, sua índole, caráter e ética profissional.

Inacreditavelmente, ele estava há 11 anos cursando a Faculdade alegando que precisava trabalhar e por esse motivo atrasou tantas cadeiras a ponto de ainda não ter se formado. Perguntei-lhe como seria possível ficar 11 anos na Faculdade, e ele explicou que de vez em quando dava uma *trancadinha* e depois retornava, mas que agora faltavam poucas cadeiras.

Mesmo com tudo jogando contra, resolvi ajudá-lo e, após dois anos com meu total apoio, formou-se e partiu para carreira solo da pior forma possível, pela porta dos fundos.

Num evento do Sábado Saudável MR, lá estava ele falando às escondidas sobre sua saída da academia para cada aluno, antes mesmo de falar comigo e com o Saulo.

Sua postura antiprofissional chegou numa velocidade máxima aos nossos ouvidos, detonando o clima saudável do nosso evento.

Abordei-o questionando o que estava a acontecer e, sem resposta, se retirou do evento, deixando um clima desagradável.

Na segunda-feira já não veio na academia, e ficamos sabendo de vários atos estranhos, típico de Judas Iscariotes.

Nesse momento entendemos que se tratava de um crime pelo código de ética profissional. Foi premeditado, intencional em trazer prejuízo para a academia, houve roubo de conteúdo, listagem de contatos de alunos, entre outros pertences, porém o roubo de confiança e a falta de gratidão são inafiançáveis, e isso é imensurável; não temos como cobrar.

Aqui fica a pergunta: o que leva um ser humano que foi tão ajudado agir com tamanha frieza?

A história do sapo e do escorpião explica: o escorpião, afogando-se, pediu por misericórdia para que o sapo o levasse até as margens do lago, tirando-o daquela situação. O sapo prontamente o colocou nas costas e o levou até a margem, onde o escorpião o picou. Incrédulo, o sapo perguntou o porquê, e o escorpião respondeu: "É de minha natureza fazê-lo".

É uma boa reflexão: o sapo é ingênuo por desconhecer a natureza das pessoas que ele ajuda, ou o escorpião é ingrato e cruel, desonesto, inclusive?

Como se não bastasse a trairagem, assediando alunos e virando o cocho, ainda colocou a Academia MR na Justiça do Trabalho, uma verdadeira injustiça com quem o tirou do limbo.

A sensação de injustiça, traição, ingratidão, nos entristece, nos faz sentir como se um ladrão nos roubasse e ainda nos desse uma coronhada. Triste sensação de impotência e dor.

De todos os sentimentos, a ingratidão é a mais perversa, uma vez que se aproveita, usufrui de tudo e de todos, deixando as pessoas que o ajudaram se sentindo idiotas por terem perdido o bem mais precioso, seu tempo. Dinheiro você recupera uma hora ou outra, mas o tempo investido num ser desses é irrecuperável.

Depois de tanto chorar de uma forma indignada, com raiva de mim por tê-lo ajudado tanto, lembrei-me de Jesus Cristo, que foi açoitado e crucificado injustamente; pensei: o que Jesus Cristo fez a Judas para que O entregasse aos Romanos? Nada! Só o bem. (Mateus 26:14:25)

Se Jesus Cristo, um homem justo, que só fez o bem aos outros, teve um Judas, quem sou eu para não ter ninguém contra mim?

Realmente esse pensamento consola, conforta e nos faz levantar da lona e continuar nosso trabalho honestamente, mesmo que para a Justiça do Trabalho o empregador não tenha muita chance de vencer o empregado, que no caso era autônomo igualzinho ao que ele é hoje em outras academias em que trabalha livremente.

Com o meu dinheiro suado que ele conseguiu na ação injusta, investiu numa quadra de Beach Tennis e o mais inacreditável foi tê-la instalado debaixo de nossa janela, onde todos pudessem ver seus feitos.

Não é coisa demoníaca?

Ainda me resta a Justiça de Deus, pensei eu. Isso também me consola. "Esperarei com paciência no Senhor..." (Salmo 40:1-3)

No segundo caso, tentando aprender com o primeiro, fixamos professores nos turnos da manhã e da tarde e fizemos contratos com os autônomos utilizando os préstimos de um advogado que utilizava nossos serviços e assim entendia exatamente como nós trabalhávamos.

Mesmo assim, deixei minha emoção atuar em cima da razão.

Tínhamos um professor que trabalhava fixo conosco pela manhã, e pela tarde ele trabalhava em uma academia na Zona Sul.

Certo dia veio a mim chorando e contando uma história triste de que sofria muito com o deslocamento até a Zona Sul, que gastava muito com combustível e assim não valia a pena para ele continuar nessa vida, que estava até pensando em largar a profissão.

Fiquei totalmente comovida com sua história e seu sofrimento; sempre tive dificuldade em ver alguém chorando e não fazer nada para que pudesse aliviar seu fardo. (Gálatas 6:2)

Pedi um tempo para que eu pudesse conversar com o Saulo, uma vez que era o setor dele.

Saulo imediatamente disse que não, que, de acordo com a CLT, não podia trabalhar mais de oito horas diárias.

Pedi que Saulo o escutasse. Chamei o Professor Chorão e conversamos os três. Chorão, chorando, contou sua história triste, e Saulo explicando por que não era possível, e que poderia complicar para a empresa caso o ajudasse.

Depois de uma hora de conversa, fizemos um acordo de cavalheiros, segundo o qual o turno da manhã seria CLT e à tarde teria a mesma remuneração, porém sem carteira assinada, tudo com o objetivo de ajudar o professor.

Depois de um tempo de empresa, precisou de um dinheiro fácil e não viu outra maneira que não fosse a Justiça do Trabalho.

Estávamos errados, ponto. A Justiça do Trabalho não quer saber de caridade, e sim de leis que devem ser cumpridas. Correto.

O dito professor foi morar na praia com nosso dinheiro. Eu já deveria ter desconfiado de que com aquele cabelo ele queria mesmo era ser surfista e ter seu escritório na praia.

Quando eu pensei que já havia visto de tudo, veio a terceira situação, ainda mais decepcionante, pois éramos *amigas,* e jurei que seria a última vez da MR na Justiça do Trabalho.

Tratava-se de uma professora de natação que veio para nossa equipe sem saber a diferença entre um *halter* e uma anilha.

No treinamento que eu dava sagradamente ao ingressar um novo professor no time, eu solicitei a ela que me trouxesse uma anilha, e ela veio com um *halter*.

Olhei-a com carinho e disse:

– Você vai aprender o *beabá* da musculação, vamos com calma.

Dia após dia, a Falsiane ia aprendendo a dar treinos na musculação, ia se revelando como profissional e também como pessoa.

Para mim ela se mostrava uma pessoa agradável e amigável, disponível para trabalhar com meu método.

O método MR era como franquias: além de dar o treinamento para os professores o usarem, passava os alunos que vinham procurar meu método de treinamento e ainda fornecia o local para execução do trabalho sem cobrar taxa alguma dos *personals*, como é nos dias de hoje.

Com minha experiência de hoje, consigo identificar inúmeros erros e quanto dinheiro perdi não cobrando por meus cursos, treinamentos, mensalidades de alunos e professores, uma vez que cobrávamos um pacote somente com as aulas e retirava um percentual para a academia.

Nossa única combinação era um trabalho em equipe num ambiente harmonioso, podendo um cobrir o outro em caso de faltas.

Era a única combinação e que a Falsiane conseguia quebrar com louvor.

Para o segurança e para a recepcionista da academia, bem como para alguns colegas, ela era individualista, autoritária e prepotente, de maneira a não colaborar com o bom andamento das agendas, impossibilitando um trabalho em equipe; nunca podiam contar com ela fora da sua própria agenda, porém utilizava com frequência a cobertura dos colegas.

Um exemplo eram os Planos de Treinamento MR, que eu criei para alcançar mais camadas da sociedade e não somente o público AA, dando condições para os recém-formados treinarem com meu método. Batizei-os de Vip 1, Vip2 e Vip3, permitindo-se dar aulas individuais, em duplas e em trios. Cada plano tinha um valor a ser pago pelo aluno, sendo que quando havia os três alunos completos no Plano V ip3, o professor ganhava o triplo, e, lógico, era muito bom para todos.

Porém, a única professora que não saía de casa se não tivesse completo o Plano Vip 3 era a Falsiane, e eu só ficava sabendo caso a recepcionista se apertasse muito em achar outro profissional que a cobrisse.

Como nós tínhamos uma relação muito próxima, muitas vezes ela chorou no meu ombro suas desilusões amorosas, e toda a equipe acreditava que eu a protegia por ela ser sozinha na cidade, pois seus pais moravam no interior, e ela veio sozinha tentar a vida em Pequenópolis; acabava que ninguém se metia com ela e também não me traziam suas atitudes antiprofissionais e anticoleguismo.

Certa vez nosso segurança, que trabalhava conosco havia nove anos, veio meio sem jeito me alertar:

– Marcy, você sabe de minha admiração por você. Você sempre é a primeira a chegar e a última a sair, dá seu sangue pela academia. Como sou mais velho e tenho alguma experiência a mais, permita-me dizer-lhe para que tome cuidado com essa professora. Não sinto confiança nela. Sinto que ela tem inveja de você.

Totalmente pega de surpresa, pois em nove anos meu segurança, distinto e discreto, nunca comentara de ninguém, nem de aluno, nem de professor; era admirado por todos por sua cordialidade, e apesar de ter seus 50 e poucos anos já era aposentado da Polícia Civil.

Esse comentário me fez parar.

Sorri e disse:

– Obrigada, muito obrigada por se preocupar comigo, mas eu acredito que seja somente uma pessoa um pouco imatura e muito atrapalhada.

– OK. Apenas vigia, não dê as costas.

Arrepiei. Fiquei pensativa naquela noite, relembrando as histórias que ela mesma me contava a respeito de suas transas e desavenças amorosas.

Certa vez, relatando uma transa, disse que tinha a mania de mijar em cima do cara, segundo suas próprias palavras. Eu morria de vergonha de suas histórias, mas quando menos esperava lá estava ela contando e achando o máximo seus feitos.

Achava que era coisa de menina pelos seus 20 e tantos anos, e, com minha mania de salvar o mundo, tentava aconselhá-la para que tomasse juízo, que já não era tão novinha assim para andar de mão em mão, trocando de namorado o tempo todo, mas não via luz em seus olhos; parecia que cada vez que eu a aconselhava seus olhos me julgavam.

Não poucas vezes me ligava chorando por ter brigado feio com o namorado, que já não era o mesmo da última vez que chorara. Ninguém a assumia, e ela não sabia o porquê, dizia ter o dedo podre... Será que não é porque você mija em cima de seus namorados?, pensava eu, lembrando de suas histórias bizarras, e tinha a certeza do porquê ela não era levada a sério.

E lá ia eu procurar um colega que a substituísse ou eu mesmo assumia seus alunos, para que ela curtisse mais uma fossa.

Quando ela estava bem, fazia cirurgias estéticas, como a vez que parou para colocar silicone, e nós a cobrimos, dando total força para a colega.

Ela era atleta de natação e por esse motivo também falhava, indo nas competições, e nós prontamente a cobríamos para aplaudir suas conquistas na natação.

O problema era um só: a reciprocidade não era verdadeira. Quando a equipe precisava dela ou quando vez ou outra nos reuníamos no final do expediente para estudo de caso, trocar ideias sobre a evolução do método MR, ela falhava, alegando que não era paga para ficar após o expediente; não falava isso para mim, e sim nos bastidores; somente em sua saída da academia que fiquei sabendo de sua real personalidade.

Eu já devia ter desconfiado de uma pessoa que seca as mãos com incontáveis papéis-toalha.

Pensando bem, eu estava sendo negligente mantendo uma professora com esse perfil entre nós, a legítima batata podre tão temida pelas empresas.

Porém, várias questões faziam-me mantê-la:

1. Eu era de dar chances. Acreditava na transformação das pessoas, acreditava que ela pudesse evoluir como pessoa e profissional.
2. Pesava-me a ideia de despedir, de descartar pessoas; isso era um trauma que eu carregava do tempo que meu pai ficou desempregado aos 40 anos; sofremos muito na ocasião, inclusive com escassez; enfim, não gostava dessa sensação de que eu pudesse estar prejudicando alguém de alguma forma.
3. Pensava em todo meu tempo envolvido em seu treinamento; era muito envolvimento, desgaste, cansaço, para depois não dar certo.
4. Quando ela dava aula normalmente, tinha carisma e cativava os alunos, de modo a entenderem quando por A ou B motivos pessoais não comparecia para dar aula.

Minha função, além de trazer alunos para a equipe pelo meu nome já consolidado no mercado, era dar suporte tanto para o professor quanto para o aluno por meio de uma avaliação física.

O passo a passo MR era fazer a avaliação física e, a partir de suas limitações, cuidados médicos, objetivos e metas traçadas em avaliação, encaminhar os alunos para os professores da MR Team com seus respectivos treinos e acompanhar sua evolução, fazendo periodicamente sua reavaliação física e trocas de ideias com os professores.

Os alunos ficavam sempre muito felizes e motivados em me ver em Sala de Treinamento e não somente enclausurada na Sala de Avaliação Física ou fazendo avaliações, ou montando treinos, ou estudando, ou tendo uma reunião de caso, pois éramos 12 professores.

Ouvia seguidamente a expressão: "O olho do dono engorda a boiada", e de fato sentia que mudava o clima quando eu entrava em sala; os alunos vibravam, e por isso criei uma dinâmica de agenda para tentar ver todos os alunos pelo menos uma vez na semana em cada horário.

Numa dessas passadas, me deparei com a Falsiane literalmente montada nos joelhos do aluno que estava fazendo abdominais em cima de um banco de supino.

Aquela cena me chocou de tal maneira que saí de cena sem falar com nenhum aluno. Pedi na recepção que quando a Falsiane terminasse as aulas, passasse na Sala de Avaliação falar comigo.

Expliquei a ela que a esposa desse aluno também treinava conosco e que se ela pegasse aquela postura com o seu marido poderíamos nos incomodar, uma vez que a postura era inadequada.

"Corrija um sábio e ele se tornará mais sábio, corrija um ignorante e ele se tornará teu inimigo." (Provérbios 9:8-9)

Sim, arranjei uma inimiga.

Além de nos colocar na Justiça do Trabalho, me indiciou por calúnia e difamação.

Saulo é quem ia nas audiências, e eu, além da academia, agora tinha bebês para cuidar.

E tudo de novo, mais uma vez contratar e treinar professor para substituir a Falsiane.

Quando Saulo voltou da audiência, foi direto para o banheiro, onde vomitou muito. Fiquei assustada, pois nunca havia visto Saulo naquele estado.

Contou as barbáries que ela alegou, as histórias que inventou envolvendo meu nome e o da academia.

– Ela é muito do mal. – Só isso que ele conseguia dizer, poupando-me dos detalhes sórdidos.

Sim, ela é muito do mal mesmo, não respeitou nem meu filho recém-nascido. Ainda estava me recuperando, no pós parto, e ela se aproveitou de um momento de fragilidade; tive até medo que secasse meu leite.

Dessa vez algo havia mudado dentro de mim, o que pode ter sido pela maternidade; afinal, agora já tinha filhos para sustentar, já não éramos somente eu e Saulo a trabalhar freneticamente para entregar o dinheiro ao bandido, no caso para a bandida. Dessa vez dois serzinhos dependiam de nós, do nosso sustento.

Tranquei-me na Sala de Avalição Física e me joguei no chão a chorar, o mesmo chão que me acolhera tantas vezes nos dias que, vencida pelos hormônios da gravidez, dormia num colchonete ali mesmo, naquele chão, por não ter tempo para ir pra casa descansar.

Com a cara no pó, gritei pra dentro, aquele grito que eu não dei outrora e estava preso em minha garganta.

– Essa bandida não irá tirar o leite dos meus filhos! Traidora ingrata! Não darei um centavo sequer do meu trabalho para essa oportunista! Promíscua! Vagabunda!

Depois de tanto chorar, coloquei-me de joelhos e desabafei com Deus.

Primeiramente pedi perdão a Deus por estar sentindo tanto nojo da Falsiane; não queria sentir ódio, raiva, ranço, esses sentimentos que não me pertenciam.

Depois disse a Ele que por mais que eu fosse grata por tudo que conquistara, que vivi naqueles anos todos naquele lugar, a decepção conseguia ser ainda maior. Era uma dor insuportável; eu não queria mais aquela vida pra mim. Por mais que eu ame meu trabalho, esta academia, os alunos e os professores, eu quero abrir mão, não quero mais essa academia, e concluí dizendo:

– Quero paz em vida e não apenas em minha lápide: "Descanse em paz".

Era um cansaço absurdo, uma mistura de hormônios da amamentação somados com noitadas acordadas atendendo nossos bebês, mais tristeza, decepção, raiva de ter ajudado tanto uma pilantra que não merecia um ovo de codorna.

Em todos esses anos eu sempre acordei feliz e contente, motivada a ir pra academia, mas não desta vez.

No dia após a audiência na qual eu não havia participado, só ouvido falar, acordei com 200 quilos e zero vontade de ir trabalhar, mas precisava continuar, não mais por mim, mas pela Anne e pelo Benny.

Ao chegar na academia, dei de cara com o segurança que outrora me avisara da cobra que estava à espreita e abaixei a cabeça. Lembrei-me de seus conselhos, os quais negligenciei; ele não fazia ideia o quanto estava sentindo por não tê-lo ouvido antes; certamente Deus o usou para me alertar.

A academia estava vivendo um clima estranho; parecia um som distorcido, não sei explicar; parecia que todos já estavam sabendo, ou também poderia ser só eu que estava com um *delay* de tristeza e derrota.

Em Provérbios 15:13 diz: "O coração alegre aformoseia o rosto, mas pela dor do coração o espírito se abate", e certamente minha alegria, energia e principalmente meu sorriso haviam sido roubados, abatidos.

Minha resposta de oração veio em forma de uma carta da imobiliária nos oferecendo a casa para a compra.

Olhei aquela carta e senti a presença de Deus de um modo muito forte.

Lógico que a Falsiane, por meio daquele golpe perverso, teve peso em minha decisão de não ficar mais na academia. As ações trabalhistas matam o entusiasmo, o empresário, o empreendedor que existe dentro de você.

Certamente existem histórias verídicas de trabalhadores que foram salvos pelo respaldo das ações trabalhistas. Como existem empregados pilantras, também existem empregadores de mau caráter, uma vez que de ambos os lados existe um ser humano envolvido.

O que manteve a MR em pé por mais de 20 anos foram as inúmeras histórias de sucesso, o reconhecimento dos colegas gratos por minha entrega, compartilhamento do conhecimento e dedicação em suas vidas, não só no aspecto profissional, mas também no pessoal, e os alunos que, satisfeitos, indicavam para toda a família e os amigos.

Quantos colegas que passaram por entrevistas comigo para o preenchimento de uma vaga na MR e eu os ouvia atentamente e quando percebia que não preencheria a vaga buscada, me importava em sugerir e encaminhar para outras áreas.

Tinha certeza de minha participação em seu futuro quando alguém voltava para me agradecer, dizendo que encontrara seu propósito, aquilo que fazia seus olhos brilharem e acordar com vontade de sair para o trabalho.

Nesse momento me lembrava de minha mãe dizendo que eu seria uma excelente psicóloga, e sorria. Estava ajudando meus colegas para, de alguma forma, se encontrarem na vida.

Casei muita gente também. Muitas histórias de amor e construção de sua família partiu da MR. Apresentava muita gente, muitos se conheceram na MR, muitos amigos saíram dali.

A Academia MR era puro amor e trabalho recheado de *networks*. Adorava apresentar o Empresário X que precisava do trabalho do Empresário Y, e assim íamos formando uma rede maravilhosa de ajuda mútua.

Orgulho-me de dizer que promovi casamentos, trabalho e amizades que duram até hoje. Chamava-os carinhosamente de Família MR.

Conhecia muito cada um que ingressava em nossa família, suas histórias. Para mim era fácil enxergar quem combinava com quem e que podia *shippar*. Era lindo de ver as famílias se formando a partir de minhas apresentações.

Profissional e pessoalmente, fui muito realizada e feliz na Academia MR. Muitos profissionais formados por mim me faziam sentir que havia valido a pena meu tempo envolvido e até mesmo os que me fizeram perder tempo me ensinaram na prática o que eu já sabia na teoria e não havia aplicado: "Não deem o que é sagrado aos cães, não atirem suas pérolas aos porcos..." (Mateus 7:6)

Pena mesmo que demoramos para entender que é sagrado nosso tempo, nossa vida, para perder com gente que não vale o investimento.

Infelizmente eu não consegui separar o profissional do pessoal. Deixei-me contaminar pela raiva que senti daquela gente miserável que pagava o bem com o mal e perdia tempo demais falando, comentando e expandindo o problema.

Graças a Deus, minha essência não era essa; eu buscava o consolo na Palavra de Deus. "Não se deixem vencer pelo mal, mas vençam o mal com o bem." (Romanos 12:21)

Quanto àquele que paga o bem com o mal, não se apartará o mal da sua casa (Provérbios 17:13), ou seja, o melhor sempre é deixar para Deus, que Ele irá nos justificar por tamanha maldade.

Deus é amor, mas Sua justiça vem a galope. No mesmo mês que a Falsiane nos colocou na Justiça, ficamos sabendo que ela caiu de moto e se quebrou toda; inacreditável, pois era uma daquelas motos vespinhas que parecem não apresentar grandes problemas.

Não consegui me alegrar; pelo contrário, senti sua dor. Pensei como ela se sentiria sem nadar ou trabalhar por meses. Fiquei triste por ela.

Até pensei que ela pudesse se dar por conta, associar com castigo divino o que lhe acontecera e tirar a causa da Justiça por temência a Deus, mas estava pensando com minha cabeça, o que definitivamente não era a dela.

Enquanto isso, estava tomando a decisão mais importante dos últimos tempos em minha vida: a devolução da nossa casa onde passamos mais de década, onde passou muita gente boa, onde vivemos momentos incríveis, onde com certeza muita gente tem histórias maravilhosas para contar.

A despedida da MR Casemiro de Abreu foi triste, muita gente chorando e se lamentando pelo fechamento, e eu, ao mesmo tempo que era empática com aquela tristeza toda, me sentia aliviada por estar me livrando de tamanha dor, decepção.

Dizia: Vou tirar férias e dar um pouco de atenção para meus filhos, uma vez que tive apenas 30 dias de licença-maternidade nos dois partos.

Conversei primeiramente com cada professor e com cada colaborador da MR. Éramos em, dois seguranças, duas recepcionistas, duas na limpeza, dois no bistrô, um auxiliar na montagem de treinos, um auxiliar na avaliação física, 12 *personals*, dois professores CLT, dois professores de Spinning contratados por turno, um professor contratado de yoga, dois professores contratados de dança, um fisioterapeuta, uma nutricionista e centenas de alunos.

Depois conversei com um por um dos alunos e os encaminhei para os professores aos quais já havia encaminhado desde a avaliação física, estando, portanto, habituados a treinar com eles.

Minha surpresa foi quando cerca de 50 desses alunos disseram que aguardariam minha recolocação no mercado e iriam comigo.

Ao mesmo tempo que fiquei feliz e agradecida por aquelas reações, avisei que nem eu sabia o que faria da minha vida. Precisava de um tempo até colocar as ideias no lugar.

Esses alunos me apoiaram, dizendo que tinham certeza de que eu me reergueria logo, afinal tinha filhos para sustentar.

Ah sim, meus filhos, era por eles que eu estava abandonando tudo; nem por um momento me esforcei para buscar um investidor ou um sócio para manter a casa; só pensava no pedido que tinha feito a Deus e em Seu pronto atendimento.

Fiquei sabendo que a Falsiane vibrou com o nosso fechamento, dizendo: "Consegui até fechar a Academia MR com meu golpe de mestre". Enquanto ela fica com sua razão, eu fico com minha paz.

Só pensava em sair daquele lugar que lembrava tantos momentos felizes, quanto aqueles momentos de intensa desilusão e ingratidão do ser humano.

Senti exatamente o que o Profeta Elias sentiu quando se escondeu numa caverna a fim de se sentir seguro, mas na verdade estava esperando a morte. (1 Reis 19:13)

Quando fechamos as portas da MR e eu apaguei as luzes, pensei que eu fosse morrer, tamanho o cansaço físico e mental, um esgotamento inacreditável, nunca vivido antes.

Minha nutricionista, Rita, aconselhou-me a procurar o Doutor Samuel. Esforcei-me, juntei meus cacos e fui.

Capítulo 9
DOUTOR ANJO SAMUEL

Mais uma vez confirmava em minha vida a passagem bíblica que diz: "Todas as coisas cooperam para o bem daqueles que amam a Deus". (Romanos 8:28)

E mais uma vez eu não tinha dúvida alguma de que eu amava a Deus sobre todas as coisas. (Mateus 22:36)

Deus não me poupou de eu viver minha dor, mas colocou verdadeiros anjos para aliviá-la.

Doutor Samuel foi um desses anjos que com certeza Deus enviou.

Com menos de 10 minutos de conversa, já aliviou minha dor quando ele disse: "Você precisa viver seu luto. Ou você acha que luto é somente para CPFs? Não mesmo! Luto também é para CNPJs e você precisa se dar esse tempo; não negligencie sua dor."

Fez todo o sentido para mim. De fato, estava negligenciando minha dor.

A cada despedida, a cada professor ou aluno que chorava em meu ombro eu os consolava dizendo:

– Estamos todos bem, com saúde; não temos câncer ou qualquer outra doença terminal, graças a Deus; é apenas um ciclo que se fechou. No andar da carruagem as melancias se ajeitam. – Adorava dizer.

Eu mal conseguia chorar; estava meio fria devido à apunhalada da Falsiane; não conseguia focar nas coisas boas que vivemos ali, e sim nas três ações judiciais, que doíam tanto ou mais que facadas.

As ações trabalhistas, de modo especial a da Falsiane, que veio recheada com requintes de crueldade, atacando não só o profissional, a empresa, quanto o meu pessoal, desencadeou uma síndrome chamada *burnout*, que é o distanciamento físico e emocional que vai além do cansaço, do esgotamento.

Os sintomas eram bem parecidos com os do *overtraining*, que se dá quando o treinamento é excessivo, passa da medida de sua recuperação; é uma fadiga constante; sentia-me com 100 anos; mal conseguia subir um lance de escada.

Tive um *overtraining* com 18 anos, quando saí do meu emprego na revendedora de automóveis e fui para São Paulo num final de semana fazer um congresso, quando entrei no ginásio com aulas práticas de todas as modalidades, das 8 às 20h, só parando para tomar água e lanchar bolachas ali mesmo, sentada no ginásio, no pequeno intervalo entre uma aula e outra. Ao retornar para casa, passei uma semana com febre e sem condições de me levantar da cama, tamanha a dor; sentia cada músculo de sua origem à inserção.

No caso mais recente, não passei do limite do meu treino físico, e sim aconteceu por ter passado do meu limite emocional.

A fadiga muscular é a ponta do *iceberg*, digamos assim. A fadiga mental e emocional agrava ainda mais o caso. As emoções depressivas, tristes, se encarregam de excretar mais e mais hormônios do mal na corrente sanguínea, inundando cada canto do teu ser.

Resumindo, *burnout* é a própria areia movediça.

Meu resgatador foi o Doutor Samuel, que fez um diagnóstico preciso não só em âmbito físico, como também no emocional, e isso fez toda a diferença no tratamento, pois consegui chorar, coisa que eu ainda não havia feito.

E como é importante chorar, derramar-se antes que se tenha um derrame.

Ele falava minha língua: ser saudável por terapias naturais, tratar a causa e não somente os sintomas, fortalecer a saúde e não alimentar a doença, e assim fomos nos encontrando como seres altamente compatíveis, pois é importante essa sintonia em qualquer relação, para que haja confiança e o tratamento seja eficaz.

Tudo era incrível: o consultório era impecável, limpo, cheiroso; aliás, cheirava à saúde e ali mesmo na recepção já começava o processo de cura, pois relaxava, era agradável. O consultório era a cara do Doutor Samuel; ele era a própria extensão do seu consultório médico.

A cereja do bolo é que ele também era espiritual; acreditava em alma, espírito, que não somos apenas uma explosão cósmica.

Em relação à religião, eu sempre digo: Deus não é Grêmio nem Inter, Deus é Universal. Ele é infinitamente maior que quatro paredes. Nenhuma religião pode monopolizá-lO.

Porém, há uma passagem bíblica que me encanta: "Deus conhece nossos corações" (Provérbios 21:2 e Romanos 8:27). Ou seja, cada coração aprovado pelo Senhor, com certeza Ele o buscará onde quer que esteja, seja na Católica, seja na Evangélica, seja na Espírita; onde quer que esteja, Ele dará um jeito de encontrá-lo.

Deus ama pessoas, Sua criação. Deus não faz acepção de pessoas. (Atos 10:34)

Apenas acho que quando queremos conquistar alguém ou agradar alguém, procuramos saber tudo que essa pessoa gosta e não gosta, a fim de não desagradá-la e conquistá-la, então por que com Deus seria diferente?

Tanto é que por receio de desagradar o Doutor, em momento algum questionei sua religião, suas crenças; percebi o quanto seu coração era bom e se importava com seu próximo, e apenas orei para que Deus cuidasse do meu Doutor e usasse cada vez mais sua vida na obra de levantar seu próximo. (Mateus 5:44)

Da mesma forma, o Doutor Anjo Samuel não questionou sobre minha religião para ver se ele ia ou não me atender, estender-me a mão.

Lembrei-me da Parábola do Bom Samaritano. (Lucas 10:25-37)

"Certa ocasião, um perito da lei levantou-se para pôr Jesus à prova e lhe perguntou: Mestre, o que preciso fazer para herdar a vida eterna?

O que está escrito na Lei? – Respondeu Jesus. – Como você a lê?

Ele respondeu: Ame o Senhor, o seu Deus, de todo o seu coração, de toda a sua alma, de todas as suas forças e de todo o seu entendimento e Ame o seu próximo como a si mesmo.

Disse Jesus: Você respondeu corretamente; faça isso e viverá.

Mas ele, querendo justificar-se, perguntou a Jesus: E quem é o meu próximo?

Em resposta, disse Jesus: Um homem descia de Jerusalém para Jericó, quando caiu nas mãos de assaltantes. Estes lhe tiraram as roupas, espancaram-no e se foram, deixando-o quase morto. Aconteceu estar descendo pela mesma estrada um sacerdote. Quando viu o homem, passou pelo outro lado. E assim também um levita, quando chegou ao lugar e o viu, passou pelo outro lado. Mas um samaritano, estando de viagem, chegou onde se encontrava o homem e, quando o viu, teve piedade dele. Aproximou-se, enfaixou-lhe as feridas, derramando nelas vinho e óleo. Depois colocou-o sobre o seu próprio animal, levou-o para uma hospedaria e cuidou dele. No dia seguinte, deu dois denários ao hospedeiro e lhe disse: Cuide dele. Quando eu voltar, lhe pagarei as despesas que tiver.

Qual desses três você acha que foi o próximo do homem que caiu nas mãos dos assaltantes?

Aquele que teve misericórdia dele, respondeu o perito da Lei.

Jesus lhe disse: Vá e faça o mesmo".

É incrível que, mesmo sendo a Bíblia milenar – foi escrita há mais de 2.000 anos –, ela é atual, moderna, muito aplicável nos dias de hoje, da mesma forma surpreendente, como você pode se enxergar em várias passagens bíblicas.

Nessa passagem do Bom Samaritano certamente me vi, sendo saqueada, surrada, humilhada, estando quase morta, porém muitos que passavam do meu lado fingiram não me ver sangrando, seguiram suas vidas numa boa, sem se importar com minha dor.

O fato é que existem pessoas que te adoecem, mas também existem as que te curam.

O Doutor Samuel é um ser humano restaurador, que valeu a pena conhecer, uma das pessoas que eu só conheci por ter fechado a minha academia. Já estava vendo propósito naquele fechamento.

Quantas pessoas maravilhosas tive a oportunidade de conhecer por ocasião do fechamento da Academia MR; por isso lembrei: "Em tudo, dai graças". (1 Tessalonicenses 5:18)

Lembrei também desta outra passagem bíblica: "No mundo tereis aflições, mas tende bom ânimo". (João 16:33)

Ou seja, em momento algum Deus disse que não passaríamos por tribulações, aflições, mas que em todo momento estaria conosco, como com Daniel na cova dos leões (Daniel 6:22) ou Davi enfrentando o gigante Golias (1 Samuel 17) ou com Elias na caverna (1 Reis 19:12) ou Gideão com seu exército de apenas 300 homens. (Juízes 7-9)

Há muitas histórias bíblicas que comprovam o que estou dizendo: que Deus não te deixa só nas batalhas, nas lutas, nas aflições.

Eu mesma tive inúmeras provas disso quando a vida me jogava na lona; lá estava Deus amaciando minha queda com verdadeiros anjos em forma de gente.

O Doutor Samuel cuidou de mim por três vezes, mesmo sabendo o motivo de uma única vez.

A primeira vez que cheguei com *burnout* foi quando fechei a MR da Casemiro de Abreu; nessa ele escutou por completo, com toda a paciência do mundo, minha triste história.

A segunda vez foi na pandemia, no fechamento de minha segunda academia, quando eu estava redondinha, maravilhosamente bem, quietinha no meu canto, inclusive com tempo para meus filhos; na ocasião, não tive coragem nem de reclamar, uma vez que o mundo inteiro estava sofrendo.

A terceira vez foi em minha crise conjugal, quando não sabia o que dizer a ele, pois nem eu estava entendendo nada.

Todas as três vezes foram muito especiais, porém nas duas últimas vezes nitidamente me abraçou, respeitando meu silêncio, e, mesmo eu não dizendo nada, absolutamente nada, ele conseguiu apertar os botões certos para que minha saúde não fosse novamente a pique.

Pela pandemia eu até consigo entender que tenha acertado, pois o estresse foi geral, e todos apresentavam sintomas parecidos dentro da *normalidade*. Mas na terceira vez, eu toda inchada, com queda de cabelo, fadiga generalizada e apontando um cortisol desgovernado de novo, acredito que o não falar falou mais alto em seu diagnóstico.

Eu sentia que, se algum médico me fizesse falar alguma coisa que eu estava passando e/ou sentindo, eu teria um colapso nervoso, implodiria.

Há casos em que é melhor chorar, derramar-se, como eu disse, mas há outros inexplicáveis, e por isso é melhor ativar o *mode* "poupar energia", e Samuel é um AZ quando o assunto é respeito ao próximo e ao momento vivido.

O Doutor Anjo Samuel foi assertivo nos três momentos mais delicados de minha vida, e atribuo a Deus minha sobrevida através da vida do Samuel.

Considero o Doutor Samuel um maestro; sabe orquestrar com maestria seu ofício, de modo a nos proporcionar uma sinfonia divina, coesa e saudável.

E não foram somente suas habilidades médicas e seus conhecimentos técnicos. Samuel me acolheu nos piores momentos financeiros de minha vida. Ou seja, nem foi por dinheiro que ele me socorreu.

Estava sem plano médico ou hospitalar e ele prontamente ligou para seu amigo do laboratório, e já conseguiu que eu fizesse os exames de cortesia. Como se não bastasse, ligou para outra amiga farmacêutica e conseguiu todo meu tratamento.

Simplesmente não tinha como agradecer, nem com palavras e tampouco com o dinheiro que ele merecia; então só orava por ele, pedia a Deus que o conservasse e multiplicasse seu celeiro, como está em Provérbios 3:10.

Durante esse período pandêmico, por muitas vezes não estávamos conseguindo pagar nossos compromissos, e a ameaça de despejo estava às portas da nossa casa.

Urgentemente comecei a fazer atividades que complementassem minha renda.

Mesmo sabendo de sua agenda lotada e de seus inúmeros compromissos, tanto no consultório local quanto em seus atendimentos em São Paulo, arrisquei convidar o Doutor Samuel para fazer um Grupo de Detox *on-line* comigo.

Ao invés de me dizer "não tenho tempo", o que seria pra lá de aceitável, ele buscou uma solução para ajudar-me: sugeriu que um de seus nutricionistas da Clínica me desse total apoio, enquanto Samuel nos daria assessoria por meio de seus vídeos pré-programados.

Achei o máximo e aceitei a parceria junto a seu nutricionista Oto, profissional incrível, com a mesma energia do meu médico anjo.

Minha surpresa foi ao finalizar o Programa Detox, quando ambos abriram mão de sua parte na renda, e eu consegui o aluguel de dois meses, trazendo um refrigério para minha vida.

O detalhe foi que em momento algum eu expus meu drama a nenhum deles, em momento algum eles souberam que eu e minha família estávamos quase na calçada.

Gratidão é uma palavra que parece pequena demais para dizer o que sinto pelo Anjo Samuel e sua equipe que tem a mesma *vibe* de amor, harmonia, empatia, união, saúde e prosperidade.

Nesses sete anos de cuidado sem querer exatamente nada em troca pelo simples fato de que eu não tinha nada para lhe oferecer, estava vivendo meus sete anos de vacas-magras, nem prestígio, poucos alunos presenciais e até meus seguidores virtuais pareciam ter me abandonado, poucas curtidas, poucos comentários, ou seja, não tinha nada mesmo para permutar; meus vídeos não bombavam mais, e mesmo assim o Doutor Samuel me tratava e fazia todos os que estavam a sua volta me tratar como uma grande celebridade, que, aliás, um dia eu fui.

A sensação era como se eu estivesse em coma e o Doutor ali do meu lado não permitindo que desligassem os aparelhos e me falando palavras de positividade, motivando-me a continuar viva.

A clínica que leva seu nome merece todo meu respeito, reconhecimento e gratidão.

Vida longa e saudável para o Doutor Samuel e sua equipe humana-celestial de excelência.

Capítulo 10
JOIO E TRIGO

Esta foi outra parábola que Jesus contou: "24 O reino dos céus é como um agricultor que semeou boas sementes em seu campo. 25 Enquanto os servos dormiam, seu inimigo veio, semeou joio no meio do trigo e foi embora. 26 Quando a plantação começou a crescer, o joio também cresceu. 27 Os servos do agricultor vieram e disseram: O campo em que o senhor semeou as boas sementes está cheio de joio. De onde veio? 28 Um inimigo fez isso, respondeu o agricultor. Devemos arrancar o joio? Perguntaram os servos. 29 Não, respondeu ele. Se arrancarem o joio, pode acontecer de arrancarem também o trigo. 30 Deixem os dois crescerem juntos até a colheita. Então direi aos ceifeiros que separem o joio, amarrem-no em feixes e queimem-no e depois, guardem o trigo no celeiro." Está escrito em Mateus 13.

Aprofundei-me nessa parábola e descobri que, aguentando firme o crescimento do joio até a chegada da colheita, dava para distinguir exatamente quem era quem, uma vez que o trigo dá frutos, e, pesando suas sementes, eles se curvam, enquanto o joio segue altivo, e assim fica fácil de arrancá-lo sem dano ao trigo.

Em contrapartida, também em Mateus, no capítulo 5, versículos 45 e 46, diz assim: "45 para que vocês venham a ser filhos de seu Pai que está nos céus. Porque ele faz raiar o seu sol sobre maus e bons e derrama chuva sobre justos e injustos. 46 Se vocês amarem aqueles que os amam, que recompensa vocês receberão? Até os publicanos fazem isso!"

Meu Deus! Como é difícil seguir Teus princípios! Mas como são preciosos, cheios de veracidade! Inquestionáveis!

Verdade verdadeira! Que mérito tenho eu ao amar somente os que me amam?

Amar o Doutor Anjo Samuel, que me acolheu, foi maravilhoso comigo, é fácil demais; amar meus filhos, amar meus amigos, amar quem me ama, me agrada, me cuida, fácil e cômodo demais! E as pessoas que puxam teu tapete? Que te magoam, te agridem, fazem mal pra você e para os teus? Como perdoar e seguir amando?

Creio eu que seja a parte mais difícil de ser seguida na Palavra de Deus: "pagar o mal com o bem" e deixar para Deus o julgamento.

Um belo dia uma aluna questionou a Bíblia; ela disse:

– Você acredita mesmo na Bíblia, Marcy? Ingênua você! A Bíblia foi escrita pelos homens.

– Oi? Você acredita mesmo, Lucélia, que a Bíblia foi escrita pelos homens? Ingênua você! Os homens não têm coerência suficiente ou quiçá união suficiente para sustentar a mesma palavra por mais de dois mil anos. Francamente, amiga! Dá pra ver que você não leu nem um capítulo deste livro tão antigo e tão atual que é a Bíblia.

Olhou-me com a certeza de que não tinha mais nada a dizer, e seguimos nosso treinamento como se ela não houvesse dito ou escutado nada. É aquela velha história: quem diz o que quer, ouve o que não quer.

Não a julguei e não julgo ninguém que não acredita em Deus, porém se falar mal do meu Deus, vai escutar o que não quer ouvir.

Ainda em Mateus está escrito: "A colheita é grande, mas os trabalhadores são poucos". (Mateus 9:37)

Quantas pessoas você conhece que não acreditam em Deus e outras que acreditam, mas dizem "não serem praticantes"? Quantas pessoas que estão mortas na fé e por consequência disso se sentem perdidas, com um vazio que comida não preenche, compras, roupas de grife não as deixam tão bem-vestidas, nenhum relacionamento dura e por aí vai; resta-lhes invejar o sorriso do outro, a forma como a fulana é tratada, o abraço que o sicrano te dá.

Existe gente que é tão pobre, mas tão pobre, que só tem dinheiro.

Aprendi que quanto mais a criatura é detestável, mais ela precisa ser amada. E foi nesta lição que me lembrei da Falsiane, meu encosto.

Passei todos esses anos da minha vida fugindo da Justiça do Trabalho e batendo o pé dizendo que a Falsiane não tiraria um real do leite de meus filhos.

Só que não é bem assim, toda tua vida tranca, mas tranca de um modo que só Deus na causa.

É como se você fosse uma escrava da pessoa em questão. Seu nome fica vinculado a uma pendência judicial, você que é o devedor, você que é o réu, você que não tem crédito no mercado, com teu CPF e CNPJ sujos; em outras palavras, você que é o marginal, você que vive às margens da sociedade.

Sentia-me com os pés e mãos amarrados e me lembrando dessa bandida todos os dias da minha vida, tipo uma sombra.

Com a graça de Deus, eu já tinha um nome respeitado e reconhecido no mercado e não precisava, não dependia do meu CPF e tampouco agora do meu CNPJ; podia entrar e sair dos lugares com o meu nome. Inclusive ganhava muitos convites de trabalho e parcerias simplesmente pelo nome que construí, sem precisar ser apresentada ou validada.

E assim continuei vivendo e sustentando minha família.

Muitas coisas aprendi e outras me fizeram pensar, como, por exemplo: ser empresário no Brasil é sinônimo de heroísmo; a pessoa tem que ter um perfil com determinadas características; de fato não é para qualquer um.

Avaliei com minha experiência vivida que o perfil de um empresário no Brasil requer os seguintes quesitos:

1. inteligência emocional no nível *hard*, no estilo frio e calculista;
2. ser surdo, mudo e muitas vezes cego também;
3. das 24 horas do dia, dedicar-se pelo menos 12 horas para sua empresa, estudar pelo menos 3 horas, ou seja, dormir cerca de 6 horas e as outras 3 horas do seu dia e noite contabilizar o que sobrou de si para dedicar a sua família, amigos, lazer, a si mesmo... Ah e a Deus, caso nEle acredite.

4. ter excelente advogado trabalhista, pois com certeza irá precisar.

E mesmo tendo um excelente advogado trabalhista não te isentará de perder para uma ação mentirosa de um empregado mal intencionado.

Resumindo, tem que ter muita vocação, e o propósito tem que ser gigantesco, se não, é melhor não se meter nesse negócio.

Quando decidimos abrir uma academia, sonhei lindamente em ajudar meu próximo, tanto o aluno quanto o professor, oportunizando-lhe local e clientes.

Por Deus que não pensei somente nos alunos, e sim que estava gerando empregos, oportunidades. Tanto é que dava cursos, treinamento para meus colegas gratuitamente, com o único objetivo de acrescentar, passando tudo o que havia aprendido em meus cursos, extensões universitárias, pós-graduações, especializações, tudo o que havia pago bem caro para aprender, mas achava que, melhorando todos ao meu redor, a equipe ficaria mais apta e atenderiam melhor, ou seja, todos nós ganharíamos, professores, alunos e empresa.

Como tudo na vida, alguns professores foram investimento, outros perda de tempo irrecuperável, mas como todo negócio tem risco, arrisquei.

Nesse tempo de academia MR, quem cuidava de tudo, dos recebimentos e pagamentos, de toda a contabilidade, era o Saulo, e por isso não fazia ideia como nós conseguíamos sobreviver a tudo isso, às ações trabalhistas, todo dinheiro perdido e seus entraves.

Eu apenas ia vivendo, trabalhando e cuidando dos nossos filhoε.

Enquanto eu acreditava que não estava pagando nada para a injusta Falsiane, Saulo se descuidava, e a Justiça do Trabalho rapava periodicamente nossa conta bancária.

As leis nos obrigam a agir "fora da Lei", mesmo querendo ser inocentes, mesmo querendo ser honestos, mas somos obrigados a lutar para continuar sobrevivendo, mesmo que fugindo.

É só pensar como dar certo um sistema que trava nosso nome, impossibilitando-nos de continuar sermos nós mesmos no mercado e a produzir para pagar nossas dívidas?

Saulo conseguiu um emprego vendendo placas solares, e a causa na Justiça trancava sua conta e pegava o dinheiro. Da mesma forma começou a trabalhar de Uber, e a certa hora o carro trancava, impossibilitando-o de trabalhar.

Mais parecia uma corrida de gato e rato; no caso, a ratazana era a Falsiane.

Quando tentei o trabalho *on-line*, a fim de aumentar meus ganhos, travou por não ter conta para depósitos, e assim perdi o trabalho em escala, impossibilitando-me de seguir trabalhando dessa forma.

Graças a Deus, apareceu mais um anjo convidando-me para parceria, e, assim, mesmo dependendo de sua conta bancária, consegui trabalhar *on-line*.

Estava cansada de ser fugitiva; decidi encarar e resolver o problema; justo eu, que sempre odiei resolver os problemas de matemática na escola, agora estava tendo que resolver problemas que não aprendemos na escola.

De fato, a escola da vida é bem mais problemática e, pior, você faz a prova sem ter estudado antes, sem ninguém ter te ensinado como resolver todos os problemas da vida; acho isso uma falha enorme do ensino; deveríamos ter Educação Emocional, ou Inteligência Emocional, como queiram chamar; deveria ser inserida na grade curricular.

O choque foi quando, num "vamos ver como podemos resolver esse problema", nos deparamos com uma dívida impagável que já tinha corrido juros e correções monetárias e estava em um milhão de reais para nossa surpresa; de fato, não sabíamos que a dívida dava cria, nem colocando os cem mil que ela pediu e ganhou na Justiça na poupança renderia tanto assim.

Mais uma vez caí de joelhos e clamei.

"Tenha compaixão de mim, filho de Davi! Tenha misericórdia! Vem depressa ao meu auxílio; não merecemos isso, Senhor! Nos justifica, Juiz dos Juízes!"

Nessa oração pedi a Deus que colocasse a Falsiane em minha frente. Que, se o Senhor quisesse que eu pedisse perdão por algo que eu não fiz, não me sentia culpada, mas até isso eu faria; apenas gostaria de me livrar daquele encosto, daquela parasita em minha vida.

Quando você ora com todo seu coração, parece que Deus fala assim: "PLIM! Teu desejo é uma ordem", mas na verdade a Palavra diz: "A oração de um justo pode muito em seus efeitos". (Tiago 5:16)

E assim foi.

Orei pela noite, e no outro dia pela manhã dei de cara com a Falsiane na catraca da Academia onde eu prestava consultoria – detalhe, nunca havíamos nos encontrado ali antes; fazia anos que não nos víamos pessoalmente, e foi uma surpresa para ambas.

– Olá, Falsiane! O que aconteceu com teu olho?

Estava fechado com gaze e nitidamente inchado. Fiquei chateada em perguntar; foi no impulso, pois estava na cara.

– Uma borracha do treinamento funcional soltou e o cabo de ferro bateu no meu olho, mas por sorte não furou.

Pensei que sorte foi essa? Sorte seria não ter soltado o cabo, mas, OK, vamos focar na oportunidade de reencontrá-la... Não foi sorte, nem coincidência; foi Deus.

– Sinto muito! – Disse eu, já emendando o assunto oficial. – Falsiane, vamos conversar sobre o que nos prende uma à outra? Gostaria de te dizer que não posso imaginar o que te trouxe tanto dano físico e moral, mas adoraria te escutar para poder te pedir desculpas, pois realmente não foi intenção.

– Não tenho nada a dizer. Fale com meu advogado. – Foi exatamente essa sua resposta, e virou as costas, saindo apressadamente.

Fiquei sem saber o que fazer... correr atrás, gritar no meio da academia dizendo: "É um assalto!!" "Pega que é ladrão!!" Ou o quanto aquela criatura era horrenda, sem escrúpulos e o quanto ela estava prejudicando minha vida e de minha família havia anos? Não sabia como agir, e vi minha oportunidade nitidamente dada por Deus indo embora.

Passei mal, fiquei abatida e orei em pensamento, dizendo – Olha aí, Deus! O que faço? Segura ela! E ao conversar com Deus em pensamento, veio a paz que excede todo o entendimento; percebi que já havia se cumprido o propósito: eu havia pedido perdão a ela por ela ter se sentido mal, fiz minha parte.

Imediatamente me lembrei de um episódio que vivi na catequese quando minha catequista Mônica pegou duas crianças, uma era eu e outra minha amiga Karla e tirou seu lenço do pescoço, pediu que eu segurasse uma ponta e a Karla na outra ponta.

– Agora larga sua ponta do lenço, Marcy. – Larguei.
– Agora pergunto, com quem ficou o lenço?
– Com a Karla. – Respondi.
– Então vos digo que se um pedir perdão e o outro não aceitar seu perdão, a culpa ficará com o que não aceitou, aqui representado pelo lenço.

Repetiu a atividade com a Karla, e depois ambas soltamos o lenço, livrando-nos totalmente de uma culpa que poderia pesar se ficássemos segurando por minutos, horas, dias, meses, anos.

Incrível como uma simples atividade comum com um lenço poderia perpetuar por décadas, fazendo-me lembrar na hora em que eu mais precisava, e mais incrível ainda eu ter participado dessa atividade dentre tantas crianças.

Reanimei de tal maneira que segui vivendo mais um tanto, com os pés, as pernas, as mãos amarradas, porém como aqueles que não têm braços, nem pernas, mas criam outras habilidades fantásticas para continuar suas atividades diárias vitais.

Segui em oração, com minha consciência ainda mais tranquila.

Algum tempo depois, veio a ter aulas comigo uma juíza muito correta e com uma postura admirável, a postura física quanto a profissional.

Confesso que quando eu soube que ela era juíza torci o nariz; acabamos colocando todo mundo no mesmo saco, mas é por puro trauma ou por pura ignorância.

Aos poucos fomos nos conhecendo, nos afeiçoando e por anos ela não soube da minha história. Na verdade, ela soube de minha história com a Justiça do Trabalho por uma outra aluna, e veio a ter comigo.

Explicou-me onde eu errei nessa história, de uma forma tão profissional e ao mesmo tempo empática, que eu assimilei todas as suas sábias observações.

Primeiramente. abri mão de me defender, mesmo que o Saulo fosse o representante da Academia nas causas, essa em específico veio com apontamento para danos morais, era especificamente um ataque a minha pessoa, e eu agindo em minha defesa, relatando a minha história, daria a chance ao juiz de o caso obter outra análise, que poderia ser favorável a mim, disse ela. Fiquei perplexa ao perceber que tudo tem dois lados da história.

Lembrei-me de por que nem cogitara a hipótese de ir pessoalmente defender-me na Justiça do Trabalho. Primeiro, porque estava amamentando, lambendo minhas crias, uma realidade deliciosa que não queria contaminar. Segundo, que estava trabalhando, inclusive tapando o furo deixado pela Falsiane. Terceiro, porque ela não merecia mais nem um segundo do meu tempo, tempo esse que muito dei a ela outrora. Quarto, que eu já havia me entristecido demais com aquele caso; então, só quis delegar, fugir daquela realidade escabrosa em que a Falsiane havia nos inserido injustamente.

Confesso que havia criado um preconceito sobre a Justiça do Trabalho; julgava como sendo defensora do trabalhador e sem chance para o empregador, que eu indo ou não indo à audiência, a Falsiane ganharia a causa e a MR teria mais uma conta a pagar. Mas, ao escutar a nobre juíza, eu percebi que estava sinceramente enganada.

Ela estava em seu momento de cuidados com a sua saúde, em seu momento *relax*, não tinha obrigação alguma de se importar com meu caso. Vejo essa atitude ímpar encontrada somente em profissionais natos, de excelência. Aliás, essa juíza faz jus à forma de tratamento, aos pronomes de tratamento indicados aos juízes: Excelentíssimo Juiz, Sua Excelência...

Essa Excelentíssima Juíza é de excelência e digna de todo meu apreço.

Não adianta faculdade, especializações, pós-graduações, mestrados ou doutorados quando o profissional não é um bom ser humano.

Foi por meio dessa juíza que entendi que a Justiça não falha, nem a Justiça de Deus e tampouco a Justiça dos homens. Porém, os homens, por não serem bem orientados, podem falhar em sua defesa. Escutando a Excelentíssima Juíza falar, consegui fazer uma retrospectiva e detectar alguns furos em nossa defesa:

1. Precisava ter ido pessoalmente explicar para o Sr. Juiz que encostar as partes íntimas no aluno num exercício de abdominais não se faz necessário e tampouco é ético; aliás, ela estava desrespeitando o código de ética da categoria, envergonhando-nos publicamente na Sala de Treinamento, inclusive colocando em xeque o trabalho de toda a equipe, toda a seriedade e confiança construída por anos e anos, caso houvesse denúncia de sua postura pela esposa do cliente ou por qualquer outro aluno incomodado com sua conduta.
2. Poderia pedir para que ela reproduzisse minha abordagem; caso ela não mentisse, diria que a chamei no final da aula dentro da Sala de Avaliação Física, onde eu abordava os assuntos referentes à parte técnica, trocas de ideias sobre os treinos e qualquer assunto comportamental. Em momento algum falei em frente a aluno ou a colegas. Mesmo porque teria vergonha de abordar um assunto desses na frente dos outros; senti-me constrangida até para abordá-la sozinha.
3. Não pegamos alunos como testemunhas por não achar profissional e também não achávamos justo envolver alunos e professores. Outro erro. Pecamos nas testemunhas, e ela pegou ex--colegas que tinham a mesma índole que ela, que cospem no prato em que comem.
4. Deveríamos fincar o pé e não arredar até conseguir um acordo compatível com o que era justo – se pudesse haver algo justo nessa ação – e pudéssemos pagar, já que tinha que pagar. Deixo claro aqui que no caso ela era autônoma, *personal trainer* como

ela é hoje em outras academias, e não CLT; essa era a realidade, a verdade, tanto é que sua agenda era flexível: ela dava aula quando sua área sentimental estava bem, e quando saiu da academia levou alguns alunos e meus cursos e treinamentos investidos nela.

Só pelo fato de eu estar defendendo meu próprio nome, nosso bem mais precioso, acredito que poderia ter um resultado diferente; daria o outro lado da moeda para o juiz avaliar, mas fiquei com esse arrependimento e essa pendência eterna, essa sombra por anos e anos, arrastando correntes de algo que eu não fiz.

Outra elucidação da Excelentíssima Juíza foi que em momento algum poderia ter sido tocado em nosso salário, dinheiro de trabalho que usávamos para o sustento da família, ou seja, mais um equívoco que não foi da Justiça, e sim da má orientação dos homens. Essa juíza defendeu com louvor os juízes e a Justiça para qual ela trabalha com honra ao mérito.

Lembrei-me de vários momentos terríveis que passamos por terem invadido nossa conta bancária e nos tirado o pouco que tínhamos; quantos e quantos momentos que passamos sem dinheiro vivendo de um favor aqui outro ali e milagrosamente sobrevivíamos, justamente por Deus não permitir que o justo seja abalado. (Salmo 112:6-8)

Nesses mais de dez anos carregando a Falsiane nas costas, fiz o exercício de colocar-me no lugar dela e tirei a conclusão nítida de que jamais faria isso com ela, jamais prenderia seu nome em uma armação, em uma mentira, prejudicando-a todos os dias de sua vida por ter manchado seu nome, mais que certeza que não faria isso com ela e com ninguém pelo simples fato de que não é de minha natureza, não me sentiria bem comigo mesma.

Algo que fico feliz da vida é saber que eu nunca prejudiquei alguém, pelo menos não com intenção de prejudicar, e também nunca coloquei ninguém na Justiça nem do Trabalho, nem de qualquer outro tipo; sempre me orgulhei disso, de ter portas abertas em todos os meus trabalhos anteriores.

Outra coisa que me deixa muito feliz é que, por mais que tenham tentado apagar, manchar, destruir meu nome, graças a Deus não conseguiram, pois meu nome foi construído, suado, trabalhado, e por esse motivo segui a vida tendo como alimentar minha família com o fruto do meu trabalho.

Em exatamente todas as academias em que passo me recebem de braços abertos sem perguntarem meu currículo ou consultarem meu CPF; todos conhecem meu profissional, meu trabalho construído por décadas, mas principalmente conhecem minha índole, meu caráter.

Finalmente, depois de tanta experiência vivida, entendi a vida.

Certa vez, depois de ter fechado minha academia, voltei a uma academia da qual gosto muito e fui recebida com festa pelos meus colegas; todos vieram me abraçar; foi uma sensação muito boa, acolhedora e restauradora, num momento de fragilidade pela qual estava passando.

Eis o que um colega muito querido me disse:

– A fulana foi embora daqui, graças a Deus. Ela era uma invejosa.

Fiquei surpresa com o comentário vindo desse colega, uma vez que ele tinha uma postura séria, altamente profissional; nunca havia ouvido ele falar mal de ninguém; então perguntei:

– Amigo, quem é a fulana? Desculpa, não estou lembrada dessa colega... E o que ela te fez para que dissesses que ela é invejosa?

– Ela não fez nada a mim, fez a você!

Fiquei sem respirar por alguns segundos, pensando o que eu havia feito para essa colega e o que ela havia falado mal de mim; aliás, quem era essa colega?

– Aiii, por favor, termine de me contar para que eu possa pelo menos me arrepender do que fiz para essa moça.

O colega respondeu-me:

– Com certeza você não fez nada, você nem sabe quem ela é. E até já me arrependi de te falar, perdoe-me. As bobagens que ela falava de você nas tuas costas para os colegas diz muito mais sobre ela do que sobre você. Quando ela falava mal de você, eu te olhava, e você estava sempre sorrindo e dando teus treinos, focada em teus alunos, e isso deve incomodar as incompetentes; esse tipo de comportamento de certos colegas me irrita. Eu geralmente saio da roda, corto o assunto e sigo meu trabalho; não fico perdendo meu tempo com essa gente.

Meu Deus! Abracei-o e tive a oportunidade de falar o quanto admirava sua postura profissional e pessoal, o quanto me orgulhava de tê-lo como colega e agora amigo, pois vi um amigo nele.

Ele não faz ideia do quanto ele me ajudou a entender grandes coisas ao meu redor.

Fez-me pensar e ver minha parcela de culpa nessa história. Muitas das vezes as pessoas só querem ser notadas, incluídas, e eu não havia sequer notado aquela professora, e isso deve tê-la incomodado a ponto de falar mal de mim.

Cresci com minha mãe falando: "Menina! Você vive no mundo da lua", e eu sempre fui assim mesmo; pra eu saber que a pessoa está falando mal de mim ou fazendo algo para me prejudicar, precisará fazer algo terrível como fez a Falsiane na Justiça do Trabalho; caso contrário, eu sigo o baile, pois tenho mais o que fazer.

Sempre cheguei em meu ambiente de trabalho dando "Bom dia a todos", muito feliz e sorridente; jamais misturava o meu pessoal com o meu profissional; sempre dizia: "Se alguém quer saber da minha vida compre minha biografia", e dava risada, foco no treino. Além do mais, essa hora é do aluno e não minha.

A grande verdade é que você definitivamente não vai agradar todo mundo, por vários motivos, e um deles é porque você não deve mesmo.

É fácil de entender: se eu estou estudando para um concurso ou cursinho e meus amigos só me chamam para beber, festa, farra, e não respeitam meu momento, não me dão o apoio necessário para que eu alcance meus objetivos, está na hora de trocar de turma, simples assim, ou colocá-los no frízer junto com a cervejada.

Muito ajuda quem não atrapalha, já dizia o nosso eterno Chaves.

Outro motivo é que sempre haverá um Judas, e por que não? Até Jesus Cristo, maravilhoso, divino, príncipe da Paz, teve um Judas, então qual é nossa prepotência em nos acharmos melhores e não termos nenhuma oposição? Quem segue os passos de Cristo precisa estar disposto a se indispor. Chamo essas indisposições de musculação espiritual; serve para fortalecer nossos músculos espirituais.

Depois de tanto jejuar e orar, comecei a sentir a energia das pessoas de forma muito evidente, que me dava até um certo medo, e aí entendi que tua luz incomoda seres que estão na escuridão.

Numa analogia, você está dormindo, *blackout* total, daí vem alguém e liga a luz em tua cara. Você, na melhor das hipóteses, fica chateado e pede que ela desligue a luz e saia, sente-se importunado, não é mesmo? Pois o mesmo se dá com a escuridão das pessoas quando enxergam tua luz; elas ficam incomodadas e tentam de qualquer maneira te apagar; isso é fato que existe.

Tendo esse conhecimento é até bom que algumas pessoas se afastem, seleção natural.

Hoje em dia, quando olho para uma pessoa que fala mal dos outros, vive fofocando e espalhando intrigas, penso como deve ser difícil ser ela mesma e me agarro na Palavra de Deus, onde diz que é para perdoar 70x7 vezes, remetendo a incontáveis vezes (Mateus 18:21-22). Afinal, o problema é delas. Porém, diz também para que não andemos nas rodas dos escarnecedores (Salmos 1:1-4) e outras várias passagens, como Provérbios 6:16-19, Provérbios 13:3, Levítico 19:16, João 8:44, Tiago 1:26, Mateus 12:36, que dizem que Deus não aprova esse tipo de conduta. Ou seja, perdoe, mas não ande com quem não respeita os princípios de Deus.

Em contrapartida, só Deus pode julgar.

Por isso é vital o autoconhecimento, entendermos quem nós realmente somos, para não acreditarmos nas mentiras que dizem sobre nós, ou brigar para convencer o outro sobre nossas verdades. Da mesma forma, é importante estudarmos um pouco sobre comportamento humano para que possamos buscar os nossos semelhantes, as aves da mesma plumagem, aqueles que, além de não falarem mal, também não acreditam nas fofocas, calúnias, intrigas e ainda te defendem de modo a calar a boca do caluniador.

Numa analogia, que sejamos iguais à lagarta que disse que iria voar e todos riram dela, menos as borboletas.

Em relação à realidade de hoje nas academias, mudou muito. Atualmente é o *personal* quem paga para a academia por aluno que leva, como se ele estivesse sublocando o espaço, e está, é justo em função do investimento feito pela academia.

Aprendi muito sendo proprietária de academia, sei exatamente onde errei e principalmente conheço todo tipo de pessoa e profissional, e isso é uma experiência fascinante e única, que ninguém pode me tirar ou cancelar em mim.

Profissionalmente falando, sem julgamentos, sei exatamente quem é um profissional de excelência e quem é o medíocre.

Sei exatamente quem é joio e quem é trigo.

Capítulo 11
RELAÇÃO ALUNO-PROFESSOR-COLEGA

Sempre acreditei que, para algo dar certo, meio caminho andado eram as combinações entre as partes, em qualquer área de nossas vidas; em tudo que é bem acordado antes, o resultado tende a ser bom; claro que tem o tal ser humano no meio deste planejamento e esse elemento é um elemento X ou Y, que pode sim acabar com teu 2 + 2 = 4.

Para mim todas as regras poderiam acabar em uma única: "Faça para o outro o que você gostaria que fizessem para você", que inclusive é a regra de ouro na Bíblia. (Mateus 7:12)

Com base nesse princípio:

1. *Você gostaria de ficar esperando alguém sem saber de quanto tempo é o seu atraso ou se esse alguém ainda vem?*

Eu não gosto. Nessas horas fico pensando quanta coisa poderia estar fazendo naquele tempo que não volta mais; essa sensação de tempo perdido me incomoda, independente se o aluno está pagando. Diferente quando te sinalizam de quanto é o atraso, de modo que você possa tomar um cafezinho ou marcar com antecedência um médico ou buscar teus filhos na escola, por exemplo.

2. *Recuperar aula ou teu trabalho em qualquer área, na qual você estava disponível no horário marcado?*

O que poderia ser, falta de noção ou consideração com o profissional, que já usou esse tempo a esperá-lo?

Não é bom nem para o aluno treinar uma vez esta semana e cinco na outra.

3. *Descontar aulas sem aviso prévio?*

Eu nunca me importei em recuperar aulas perdidas, pois, independente se é justo ou não, meu foco sempre foi o bem-estar e o resultado do aluno. O que me chateia é o perfil do aluno que viaja, tira férias e depois quer recuperar tudo ou descontar de forma deliberada, sem aviso prévio.

Já presenciei inúmeros profissionais comentando desanimados por não saberem o que realmente receberiam no final do mês, principalmente naqueles meses em que os alunos debandam para a praia, como se não houvesse amanhã, e depois voltam de boas como se nada tivesse acontecido, como se teus boletos de janeiro e fevereiro pudessem esperar ou não existissem.

Alguns colegas já se organizaram contando com 10 meses no ano, fazendo uma caixinha para os meses de baixa nas academias. Uma boa ideia para não se estressar ou deprimente por esse aluno não se importar com o profissional que o atende 10 meses no ano, uma pessoa que já é da família, igual a ajudante doméstica, penso eu, alguém que lhe serve semanalmente muitas vezes por anos e anos.

Sim, são autônomos, não precisa pagar 13.º ou férias, mas, como eu disse, tudo o que é acordado previamente tende a agradar ambas as partes.

Sem dúvida, essa instabilidade financeira é um ponto baixo na relação professor-aluno. É desagradável demais você contar com um valor X para pagamento de suas contas mensais e receber Y no final do mês; é no mínimo desrespeitoso.

Bem diferente se o aluno te explica antecipadamente sua situação e pede para negociar.

Certa vez, uma aluna chamou-me para uma conversa na qual expôs sua situação financeira de momento e por esse motivo estava cancelando nossas aulas.

Olhei bem em seus olhos e disse:

– Você tem a cara da riqueza! Essa tua situação de momento passará logo, e eu gostaria que me desse a chance de estar ao teu lado neste momento.

Seus olhos se encheram de lágrimas, me abraçou e disse sim, ela também gostaria de estar ao meu lado. E assim demos continuidade aos nossos treinos, felizes e contentes, sem que ninguém soubesse de sua situação. Algum tempo depois cumpriu-se minha profecia em sua vida, e ela seguiu me pagando normalmente.

Acredito que o diálogo sincero traz empatia e fortalece a parceria.

Só há uma coisa pior do que descontar aulas deliberadamente; é descontar seus problemas no professor, humilhando-o na frente dos demais. Esse é com certeza o pior tipo de aluno. Já tive o desprazer de presenciar algumas grosserias constrangedoras, não somente para quem estava recebendo o mau humor, mas para todos ao seu redor.

A grande verdade é que são seres humanos, e tem de tudo no mercado. Vem do profissional submeter-se ou não, avaliar se foi pontual e principalmente se houve arrependimento seguido de pedido de perdão para que siga a parceria após uma agressão verbal, emocional.

Em contrapartida, existem os alunos de excelência com que todo *personal* gostaria de trabalhar, aqueles a quem, se pudéssemos, daríamos treino até de graça, só para estar ao seu lado diariamente.

Há alunos leves, e eu não estou me referindo à balança.

Há outros que, apesar de pesarem pouco na balança, são pesados demais na vida e te cansam só de ficar uma hora ao teu lado. Já tive desses.

Alunos leves são gentis, generosos, empáticos, te tratam com educação e cordialidade, respeitam teu tempo, são parceiros, procuram, além de treinar bem, se alimentar saudavelmente, de forma a aparecer teu trabalho, impactando positivamente sua saúde e também sua estética. Preocupam-se em pagar no máximo até o quinto dia útil do mês, possibilitando-te também pagar teus boletos em dia.

Esses alunos valem ouro. Lembro bem do meu tempo de escassez, quando eu, já desesperada, tentava esticar o máximo meu salário até dia 30, e uma boa alma pagava antes; uma sensação de gratidão profunda envolvia meu ser, e eu orava pedindo que Deus fosse ainda mais generoso com esse anjo.

Outra característica extraordinária desses alunos leves é que eles, por seu exemplo, e por não perderem uma oportunidade de falar bem de você e do teu trabalho, te trazem outros alunos com esse mesmo perfil, essa energia boa que contagia.

Alunos leves são gratos e querem demonstrar sua gratidão divulgando-te e te trazendo alunos, não raro vibram com tuas conquistas, te motivando e te incentivando a melhorar a cada dia.

Falo com tanta propriedade das características de um aluno leve por ter convivido por décadas com todo tipo de aluno.

Para conquistar esse tipo de aluno extraordinário que se preocupa com o professor e não somente consigo mesmo, você também precisa ser um profissional extraordinário, ser merecedor desse respeito, se dar o respeito, fazendo com que o aluno o veja além de sua utilidade, reconheça o seu valor.

E quais são as características de um profissional extraordinário?

Em minhas palestras nos cursos de formação profissional na MR Team, sempre destacava:

1. O profissional é admitido por seu currículo e dispensado por seu comportamento, por sua conduta; e isso me levava a perguntar: Quem aqui já leu o Código de Ética Profissional de nossa categoria? Ética profissional é um grande diferencial e indicador de um profissional de excelência;

A palavra *ética* tem origem grega (*ethos*) e significa caráter. O termo representa as normas e condutas que regem a atuação dos profissionais, seu comportamento humano dentro da sociedade em que estão estabelecidos.

Sendo assim, todos podem ler o Código de Ética, porém será o caráter que o fará aplicá-lo ou não e por esse motivo que é tão importante observar o caráter dos profissionais que colocam as mãos em você.

2. De que adianta o profissional ter mestrado, doutorado e não ter *feeling*? Considero sentir o que o aluno está sentindo um diferencial sem igual na execução do treinamento: dá ou não dá mais uma repetição, mais uma série? É benéfico ou não aumentar a carga neste momento? Há dias em que um quilo pesa uma tonelada.

3. Segurança é fundamental. Eu era repetitiva quanto à segurança para os alunos; não admitia um profissional brincando ou

puxando assunto, falando de sua vida pessoal enquanto o aluno estava em plena execução do exercício. Num descuido, o acidente faz jus ao nome, os alertava. Meu bordão era: "Quer conversar? Chama pra um cafezinho." Na hora do treinamento não dá. Além do mais, tempo de intervalo é carga.

Até entendo que há alunos que vão para sociabilizar; é saudável e até pode ser seu objetivo com a ida a academia, mas tem que partir do aluno e não do professor contar sua vida pessoal, fazendo o aluno perder seu tempo na academia.

4. O tipo de professor que só sabe colocar carga, negligenciando a amplitude do movimento ADM, cadência que é o ritmo de execução dos movimentos que também influencia na percepção de carga, que ignora totalmente a fase excêntrica do movimento que desconsidera os métodos de treinamento e só quer dar *show* na Sala de Musculação, chamando atenção para quem põe mais peso; esses profissionais me fazem querer fugir pra Nárnia.

5. Há aqueles professores que atolam os alunos de carga e depois os ajudam a ponto de fazer o exercício por eles... Fico pensando: qual o sentido disso?

Certamente quando eu tinha minha academia não enxergava o que acontecia no mercado, e isso me poupava de coisas que eu não queria ver. Quem me dera ter um botão para *desver* certas situações em meu dia a dia.

Há de tudo no mercado, e há alunos que se encaixam perfeitamente nesses perfis, e viva a diversidade. O importante é o aluno sentir-se bem, sem lesões.

O único perfil que não tolero é o antiético, o mau caráter. A maldade disfarçada de gente boa.

Ao fechar minha academia e após passar nove meses no Clube Paraíso, fui parar em uma academia de bairro acolhedora e aconchegante, nem grande, nem pequena, do tamanho ideal, possibilitando-me continuar com meu esquema de pequenos grupos.

No primeiro ano foi adaptação geral, eu com eles e eles comigo. Meu sistema de treinamento exigia uma academia no estilo da saudosa MR, mas, não tendo como viabilizar, fomos ficando ali tentando nos encaixar.

O que mais me chamava a atenção era a falta de revezamento nos aparelhos; os alunos sentavam-se e não se levantavam nunca mais, inclusive com seus *personals* conversando e trocando mensagens em seus WhatsApps.

O mais impactante era quando você solicitava o revezamento e alguns, embrabecidos, diziam que não gostavam de revezar, e ainda mais surpreendente era quando essa postura partia de senhoras que certamente já tinham netinhos. Eu, sem jeito e com todo o respeito, informava que o aparelho era de uso coletivo e por isso o revezamento era obrigatório em qualquer academia.

Olhava para aquelas senhoras e senhores e ficava pensando como haviam sido suas infâncias e adolescências; será que seus pais os ensinaram a compartilhar seus brinquedos? E, por sua vez, seus filhos e netos como foram ensinados? Qual o legado que estavam deixando com esse comportamento individualista? Que tipo de cidadão eles formaram ou estavam formando com seus exemplos? Independente de suas idades ou tempo de casa, exemplo, cordialidade, gentileza nunca sairão de moda em qualquer tempo ou idade.

Em contrapartida, suas reclamações em relação a mim e meus alunos também pareciam legítimas; afinal, éramos nós a invadir sua praia, com cerca de 20 alunos povoando todos os cantos da academia espalhados em todos os horários com um novo sistema de treinamento, que não deixava ninguém esquentar banco.

A verdade é que acabei aprendendo com eles também.

Quando é você quem está chegando em um estabelecimento com pessoas que já estavam lá havia anos e anos, acostumados a fazer de uma certa forma, não importa se essa forma está certa ou errada; o que importa é quem chegou lá primeiro, quem é o dono do campinho.

Passei por muita saia-justa e também por algumas humilhações, mas engoli o choro e segui; precisava trabalhar para sustentar minha família; esse era o foco.

A grande verdade é que chega uma hora em que você se acostuma com a dor e a humilhação; é como um soldado ferido no campo de batalha; você só pensa em lutar para sobreviver, mesmo ferido, mesmo sangrando, só respirando e desejando que a guerra acabe e você saia vivo.

Pois fale com um padre ou um pastor sobre seus problemas, e eles te aconselharão. Fale com um soldado de guerra e ele rirá de você.

O que me fez ficar nessa academia foi a maioria avassaladora que me apoiava com sorrisos sinceros, bom-dia, abraços calorosos e muito, mas muito respeito.

Quando me sentia oprimida, triste ou desmotivada por um ou outro que novamente brigava por um aparelho, sempre era este o motivo, logo em seguida vinha um me abraçar e perguntar como eu estava, como tinha passado o final de semana, e essa energia ruim milagrosamente se dissipava no ar, perdia a força.

E dessa forma ia levando, focando nas inúmeras pessoas do bem que tive o prazer de conhecer e que eram legítimas inspirações em todos os sentidos, para mim e para meus alunos.

Passaria horas contando suas histórias de superação aos 60, 70, 80, 90 anos de vida; vê-los treinando com força e energia nos fazia por muitas vezes parar nosso treinamento para observá-los, coisa linda de se ver, verdadeiros *influencers* sem Instagram ou Facebook, pura inspiração e motivação para quem estava ali na vida real, no momento presente.

E quando a humilhação passava dos limites, eu me agarrava a Deus de um jeito que só Ele sabe e clamava até eu sentir que Ele havia me escutado.

Nos períodos mais tensos, quando eu pedia a Deus que me justificasse pra aquela gente que "não me conhecia" e não estava respeitando minha história de vida até ali, lá estava meu Deus me apresentando das formas mais inusitadas, escancarada, para que todos vissem, no maior jornal local, por meio de uma reportagem de página inteira pedindo minha opinião sobre "Vida e Saúde", e lá estava eu estampada no jornal, rolando por toda a academia, mostrando para todos que quisessem me conhecer melhor que eu não vim do nada; tinha um passado de glória, mesmo que meu presente não representasse tanto assim.

Houve um momento bem crítico, antes de o decreto tornar as máscaras de uso opcional, em que alguns alunos antigos da academia foram até a coordenação reclamar de dois alunos meus pelo mau uso das máscaras. Pediram que fossem expulsos no estilo *ou eles ou nós*.

Quando essa história chegou até mim pela coordenação, fiquei perplexa, e expliquei que os alunos citados realmente baixavam a máscara de vez em quando para tomar água, mas que não achava que era motivo para expulsão; aliás, nunca tinha ouvido falar numa coisa dessas nesses anos todos que eu trabalhava em academia.

Nessa conversa, a coordenação cogitou se eu não era "grande demais" para estar numa academia tão pequena. Se eu não pensava em reabrir a minha novamente.

Houve um silêncio constrangedor, e, por fim, aconselhei que fosse repensada a decisão, que não fizessem isso, pois se não teríamos que sair todos; jamais os deixaria passar por uma humilhação dessas e não fazer nada.

– Nos dê sete dias – pedi à coordenadora – e depois reavaliaremos o caso.

Mais uma vez fui para casa humilhada, arrasada e caí aos pés do meu Deus. Em sete dias Deus me justificará. (Romanos 8:33). Depois de orar e entregar a Deus, me acalmei e fiquei convicta de que Deus nos tiraria dessa situação embaraçosa, que não tinha coragem nem de imaginar contando para meus alunos.

Eis que no dia seguinte – sim, eu disse no dia seguinte –, veio o decreto anunciando o fim do uso obrigatório das máscaras, que a partir de então teria uso opcional.

Inacreditável! Deus é fiel demais!

Depois de exatamente um ano, entendi o propósito de Deus com todo aquele constrangimento que passei.

Conseguimos reverter as inimizades em amizades sinceras, e isso alegrou demais meu coração; foi uma conquista maior do que se eu tivesse sido aceita de primeira no recinto; vencemos nossas diferenças e evoluímos como pessoas. Perdoamo-nos! Foi incrível, edificante.

Uma das muitas histórias que fui ouvinte, me emocionou sobremaneira, quando uma dessas alunas perdeu sua mãe e veio desabafar comigo, disse: "E eu que achava que minha mãe era dependente de mim, descobri que eu quem era totalmente dependente dela, ela só dependia de mim financeiramente. E eu agora me encontro num imenso vazio emocional deixado por ela.

Mais uma vez Deus me surpreendeu com seus propósitos em minha vida. Nada é em vão, tudo tem um propósito de ser.

Em um ano vi o movimento da Sala de Treinamento mudar, vi minha dinâmica nos treinos dos colegas, e isso me encantou.

Agora não ficavam mais parados criando raiz em cada aparelho, ou conversando em rodinhas em cima de X aparelhos, nem tanto no celular, como se o aparelho fosse seu escritório.

Viramos essa página com honra ao mérito.

Porém, o autoconhecimento e o conhecimento dos meus colegas ainda estavam em plena evolução.

Planejei uma parada, minhas férias, e quis prestigiar a equipe da academia. Passei uma semana inteira investindo meu tempo em organização, fazendo planos de aulas e passando cada detalhe para os colegas. Deixei tudo esquematizado, reunindo todos os treinos numa pasta; queria ter a certeza de que professores substitutos e meus alunos ficariam bem.

Ausentei-me por 10 dias, e, ao retornar, foi um *show* de comportamento esquisito; cada aluno contava um detalhe; aos poucos eu ia montando o quebra-cabeça e conhecendo cada um de meus colegas mais de perto.

Dois dos alunos me relataram que seus treinos não foram encontrados e por isso foi dado o treino do professor substituto, que gentilmente mostrou seu trabalho para meu aluno.

A pergunta que ficou sem resposta: como não acharam os treinos se eu, além de elaborá-los, os mostrei com detalhes e os coloquei todos juntos dentro de uma pasta?

Senti por ter perdido meu tempo, mas o que mais importa é que esses alunos que ficaram sem meus treinos se sentiram esquecidos por mim, e isso não foi verdade.

Outro relato foi das correções sem sentido, uma vez que a maioria dos meus alunos tem anos, até décadas treinando comigo e perceberam que as correções não eram para corrigir; eram, sim, interferências nos treinos.

Enquanto alguns colegas queriam se sentir queridos e vistos, estava tudo bem; pior foi uma professora que interferiu no treino dizendo ao aluno que aquele ângulo prescrito por mim não estava correto, e mostrou-lhe outro ângulo, que ao seu ver era o certo.

O aluno ficou chocado com a falta de ética:

– Será que essa professora acha que eu sou ignorante ou ingênuo a ponto de não saber quando o profissional quer dar uma rasteira em outro?

Expliquei para o aluno que todos os ângulos de execução dos exercícios são bem-vindos, principalmente para sua evolução, acredito que não existam exercícios contraindicados, e sim pessoas contraindicadas para realizar determinados exercícios, porém o ângulo sugerido pela colega mudava totalmente o exercício proposto.

O primeiro ângulo tratava-se da execução dos oblíquos – região abdominal – em pé com *halters*, cujo quadrado lombar também é solicitado. Já o segundo ângulo pega mais o quadrado lombar, partindo para o exercício de STIFF unilateral, com *halters*, em um ângulo bem meia-boca, diga-se de passagem.

Ou seja, o erro aqui não é o ângulo, e sim a conduta do profissional em questão.

Sorri e disse para o aluno que a colega faltou na aula de ética profissional; rimos e deixamos pra lá, vergonha alheia.

A grande verdade é que é difícil demais deixar pra lá; eu adoraria saber qual a intenção da colega? Ganhar o aluno? Autoafirmação? Maldade? Será que ela achou que meu aluno não me alertaria de sua conduta? Que eu não ficaria sabendo? E caso ele preferisse treinar com ela, ao invés de mim, isso a deixaria confortável?

Enfim, foquei em minha filosofia: o ser humano é igual a vela, se queima sozinho.

E, sim, os alunos verdadeiros se dão por conta e é gratificante demais quando eles mesmos te defendem. Assim eu só fico com a vergonha de ter uma colega deste tipo.

Em minha ausência, alguns alunos se deram por conta do assédio de certos colegas e não foram mais até que eu retornasse de minhas férias, e isso doeu em meu coração, pois além de eles não terem dado continuidade, eu já estava com vontade de tirar outras férias, e adoraria poder contar com meus colegas.

Quando você volta de férias, ainda mais bronzeada, você emite uma energia que contagia, e nesse momento é possível perceber quem vibra contigo, quem te celebra.

Senti cada colega que celebrou comigo e cada aluno também.

Mais uma vez pude receber o abraço confortante dos que sentiram minha falta, dizendo que a Sala de Treinamento não era a mesma sem meu bom-dia, sem meu sorriso, que parecia que eu estava há um ano fora. Gente linda.

Como digo sempre: há pessoas que te adoecem, mas também há as que te curam.

Por isso existem pessoas tão doentes neste mundo, que remédio algum as cura, pois a doença está na alma, no espírito, e não no corpo.

"Tudo é vaidade." (Eclesiastes 1:2-3)

Já me peguei demasiadamente cansada, momentos em que eu pensei que de fato fosse desistir, até mudar de profissão, tamanho o cansaço, preguiça de lidar com egos, vaidades, doenças de alma, gente pobre de espírito.

Nesses momentos, reforço minhas orações, fico meditando nas Promessas de Deus: "Ele dá força ao cansado e aumenta as forças ao que não tem nenhum vigor... mas os que esperam no Senhor renovarão as suas forças, subirão com asas como águias, correrão e não se cansarão, andarão e não se fatigarão." (Isaías 40:29-31)

Definitivamente, Deus não me criou para ser um perdedor, para ficar prostrada, me lamentando, me sentindo uma vítima; então levanto-me e decido continuar.

O poder da oração é algo surreal.

Como eu creio na transformação das pessoas, trabalho com isso, fico ali dando mais uma chance, mais uma e mais uma... Aliás, essa sempre foi minha maior dificuldade: entender a que hora tem que parar de dar chances, quem merece mais uma chance e quem merece minha ausência porque realmente não quer mudar.

Pensava assim: será que essa pessoa é Pedro, que, apesar de explosivo e de ter negado Jesus por três vezes (Lucas 22:54), foi merecedor das chances de Deus, pois Deus conhecia seu coração e seu propósito em sua vida (Atos 2:36), ou será que essa pessoa é Judas, que traiu Jesus, e seu coração era perverso, sem compaixão e sem arrependimento? (Lucas 6:13-16). Será que essa pessoa é joio ou é trigo? Será que essa pessoa é sábia ou tola, que não vale meu tempo, meus conselhos?

"Não jogue pérolas aos porcos." (Mateus 7:6), só para lembrar Marcy.

Sempre tive essa dificuldade em saber como proceder em certos casos: perdoa, dá chance, segue a amizade, segue o baile...

Momentaneamente esquecia que tudo está na Palavra de Deus:

Sobre perdoar. (Marcos 11:25)

Sobre andar com Deus e ser bem-aventurado. (Salmo 1)

Sobre gratidão, não devemos esperar gratidão de ninguém. Cada um dá o que tem. Lembrei da passagem de Lucas 17:11-19, porém devemos ser gratos.

Também me dei por conta de um tanto de prepotência de minha parte em achar que sou eu quem irá mudar Fulano ou Sicrana; definitivamente não sou eu. A mudança é a porta que só abre pelo lado de dentro; a maçaneta e a chave estão dentro de cada um. O que posso fazer pela criatura de Deus é 1) orar por ela, 2) ser um instrumento nas mãos de Deus. (Romanos 6:13-19). Demorei para entender que a única pessoa que realmente posso mudar sou eu mesma.

A oração tem um poder que muitos desconhecem ou negligenciam. (Efésios 6:10-24)

A Palavra de Deus orienta para o mundo invisível, esse mundo espiritual que, por não enxergarmos, fazemos de conta que ele não existe, e aí que está todo o perigo.

A olhos nus não enxergamos os vírus, bactérias e fungos, porém mesmo sem serem vistos podem fazer um estrago irremediável nos seres humanos, que são infinitamente maiores que eles; está aí o Coronavírus para nos comprovar isso.

Em Efésios 6:12 está dito: "Porquanto, nossa luta não é contra seres humanos, e sim contra principados e potestades, contra os dominadores deste sistema mundial em trevas, contra as forças espirituais do mal nas regiões celestiais."

OK, consigo te entender muito bem: que parece coisa de outro mundo, e eu preciso te dizer que você está certo! Existe, sim, um outro mundo, um mundo espiritual que nos cerca, e isso é uma longa história.

Neste momento meu único objetivo é te alertar que enquanto você briga com seu marido, com sua esposa, com seu filho, com seu vizinho, com seu colega, enquanto você briga com pessoas que são iguaizinhas a você, cheios de limitações, medos, carências, existem legítimos encostos espirituais atuando naquelas pessoas, inclusive em você, se você deixar.

É igual à história do "Soltaram o cavalo":

Certo dia, um cavalo estava amarrado a uma árvore.

Um diabo experiente estava a passar por aquela região ensinando um diabo menos experiente, viu aquele cavalo amarrado à arvore e quis mostrar ao diabo aprendiz a arte da confusão.

O diabo experiente foi lá e soltou o cavalo.

O cavalo solto entrou na horta dos vizinhos camponeses e comeu tudo que havia naquela horta.

A mulher do vizinho, quando viu aquilo, ficou apavorada e imediatamente pegou o rifle, atirou no cavalo e o matou.

O dono do cavalo, vendo a mulher matar seu cavalo, ficou enfurecido e também pegou seu rifle e atirou contra a mulher, matando-a.

O vizinho abraçando sua mulher morta revoltou-se e, como forma de vingança, foi atrás do seu vizinho e também o matou.

Os filhos do dono do cavalo, vendo seu pai morto, atearam fogo na casa do camponês, que, ao chegar em casa após enterrar sua esposa, num ato de total descontrole, invadiu a residência e matou os dois filhos do dono do cavalo.

Ao voltar a si, vendo tudo que havia acontecido, vendo toda aquela tragédia e se vendo totalmente sozinho, suicidou-se.

O diabo aprendiz exclamou:

– Olha o que você fez!

E o diabo experiente disse:

– Eu não fiz nada. Apenas soltei o cavalo.

Essa história nos faz pensar em quantas tragédias poderiam ser evitadas mudando nosso comportamento, nossas atitudes, nem que seja só pelo prazer de contrariar o diabo.

Em 1 Pedro 5:8 comprova-se essa história do cavalo: "Estejam alertas e vigiem. O diabo, o inimigo de vocês, anda ao redor como leão, rugindo e procurando a quem possa devorar."

Cresci com meus pais dizendo:

– Existe um anjinho no teu ouvido direito e um diabinho em teu ouvido esquerdo. Olha lá quem você irá escutar, hein, Marcy!

O fato é que eu mal olhava para meu lado esquerdo; morria de medo.

Em outras palavras, o que você alimenta, cresce; o que você foca, expande, cria vida. E a teoria sem a prática não serve pra nada.

Verdade é que nos horrorizamos com as guerras entre nações, brigando por um pedaço de terra, onde todos poderiam viver e ainda sobraria espaço, mas não nos entendemos nem entre colegas dividindo aparelhos na academia.

Enquanto eu andava sobre campo minado em meu âmbito profissional, era porrada e bomba em meu âmbito pessoal, familiar; não tinha para onde correr ou a quem recorrer; meu *bunker* era qualquer igreja mais próxima que estivesse com as portas abertas, meu momento de refrigério.

Capítulo 12
DORMINDO COM O INIMIGO

Essa foi a terceira vez que eu me sentira assim. Sentindo bem, acho que foi a primeira.

Já havia ficado sem chão algumas vezes, mas sem ar era a primeira.

Senti-me anestesiada, com ausência de sentimentos, pelo menos os bons já não sentia havia tempos. Para chegar nessa fase anestesiada, passei pelo desespero, pela incredulidade, pelo ódio... Chorei como se fosse um bebê recém-nascido, após ter levado os tradicionais tapas nas nádegas; as lágrimas me saltavam dos olhos e eu soluçava de dar dó.

Com certeza, essa foi a primeira vez que me sentia assim.

Chorei tanto, a ponto de sentir pena de mim mesma.

Agora entendo o que é ser uma vítima, uma pobre coitada sem chão, sem paredes para se agarrar e sem ar nos pulmões.

Essa sensação de impotência, de vulnerabilidade, de vazio, de estar sozinha, de solidão absoluta, chegava a ser palpável.

Por um momento não consegui apelar para Deus, o meu Deus em que tanto eu cria, de que eu tanto falava para todos em minha volta, eu me esqueci Dele e Ele de mim, achava eu.

Meu erro foi ter olhado para meu problema e não para o meu Deus. Foi exatamente o que aconteceu com Pedro na passagem em que ele andou sobre as águas (Mateus – 25): "Alta madrugada, Jesus dirigiu-se a ele, andando sobre o mar. 26 Quando O viram andando sobre o mar ficaram aterrorizados e disseram: É um fantasma! E gritaram de medo. 27 Mas Jesus imediatamente lhes disse: Coragem! Sou eu. Não tenham medo! 28 Senhor, disse Pedro, se és tu, manda-me ir ao teu encontro por sobre as águas. 29 Venha, respondeu Ele. Então Pedro saiu do barco, andou sobre as águas e foi na direção de Jesus. 30 Mas quando reparou no vento, ficou com medo e, começando a afundar, gritou: Senhor, salva-me! 31 Imediatamente Jesus estendeu a mão e o segurou. E disse: Homem de pequena fé, por que você duvidou?" Pedro olhou para o problema, a ventania, o mar revolto, deixou ser tomado pelo medo e desviou seu olhar do alvo, Jesus.

Ao me lembrar dessa passagem bíblica (Mateus 14:25-31), entendi por que eu estava afundando agarrada ao vazio em meio ao meu problema. Cheguei a escutar: "Mulher de pequena fé!" Imediatamente me veio a lucidez e aquela paz que excede todo entendimento. (Filipenses 4:7)

Coloquei-me em pé. Clamei a Deus. O raciocínio voltou ao meu cérebro e liguei para minha advogada, explicando toda a situação.

O mais inacreditável é que havia bem pouco tempo eu não tinha advogada nem condições de tê-la, porém meses antes o pai das crianças, dito meu marido, havia aberto um processo para o divórcio em que ele exigia coisas que mais tarde fui entender que tinha o objetivo de obter a guarda das crianças, mas o intuito mesmo era de isentá-lo de pagar pensão ou pelo menos diminuir pela metade o valor ou atrasar o máximo que ele pudesse.

Mais uma vez me lembrei de uma passagem bíblica (Ester 7:10): "E eles enforcaram Hamã na forca que ele próprio havia preparado para Mardoqueu".

Quando recebi a intimação, fiquei desnorteada, sem saber muito bem o que pensar, o que dizer, uma vez que estávamos prestes a completar as bodas de prata, sim 25 anos de um casamento que deu muito certo, dois filhos maravilhosos e inúmeros momentos felizes.

Recebi a intimação com todas suas estranhas exigências e caí de joelhos a pedir a Deus que me desse forças para ficar em pé, mesmo ainda sem ter me recuperado do golpe anterior.

Meses antes víamos suas malas na porta e aquela sensação de morte, uma tristeza nunca vista naquela casa; as crianças choravam de uma maneira que sangrava meu coração. Sentia o cheiro do velório. Era uma sensação de que aquilo não estava acontecendo... Certamente um dos momentos mais difíceis de minha vida, de nossas vidas.

Nunca pensei em me divorciar; sou de uma criação em que "o que Deus uniu, o homem não separa". Lembro da oração daquele dia: "Misericordioso, bondoso Deus! Eu bem sei que o Senhor é o Justo Juiz, o advogado dos advogados! Não foi meu planejamento, de minha sã consciência essa situação, mas reconheço minha parcela de culpa, peço perdão dos meus pecados e principalmente de meus filhos estarem sofrendo por consequência dos meus erros. Portanto, entrego em Tuas poderosas mãos! Por misericórdia, por Tua infinita bondade, por Tua graça, me perdoe e escuta meu clamor! Escolha para mim o advogado que irá defender minha causa aqui na Terra. Vá à minha frente, Senhor. Guia os meus passos. Escolha por mim. Confiante, já Lhe agradeço. Amém!"

Lembro-me bem de minhas lágrimas, que, desde que o Saulo saiu de casa banhavam meu rosto de forma muito diferente. Verdade é que passei a buscar a Deus de uma forma bem diferente; verdadeiramente derramava-me a Seus pés.

Como num passe de mágica, veio a minha mente uma ex-aluna que havia se mudado da cidade, mas mantínhamos contato. Ela recentemente havia dado à luz um menino com nome de um anjo. Mandei mensagem para felicitá-la, ao mesmo tempo que, sem jeito, lhe pedia suas orientações na área.

Ela prontamente me encaminhou para uma colega que morava na minha cidade. Além de me indicar, encaminhar e me acalmar, esta jovem advogada pediu a sua colega para me fazer um valor especial e ainda dividir em várias vezes. E assim tive minha advogada e mais um boleto para pagar.

Não demorou muito para eu perceber que foi escolha de Deus. Minha advogada era mais que uma profissional; ela era humana! Ela era mãe! Nossa sintonia foi imediata e nossa conexão, divina. Sem dúvida alguma, foi divina.

Depois de me acalmar, orientou-me a ir na delegacia mais próxima.

Respirei fundo, engoli o choro e fui à delegacia fazer o Boletim de Ocorrência, conforme a orientação de minha advogada.

Essa fora a segunda vez na vida que havia pisado em uma delegacia, e, para minha surpresa, o escrivão era o mesmo.

Ele me reconheceu. Corei. Busquei o fôlego.

Enquanto aguardava a minha vez, passou um filme da primeira vez que eu estivera ali.

Lembro bem do quanto foi humilhante e embaraçoso contar o motivo da minha ida ao estabelecimento, ter que abrir minha vida para um desconhecido.

Delegacia era um local que até então parecia tão distante da minha realidade. Associava Delegacia de Polícia com criminosos, fora da lei... mas é, pois Saulo estava fora da lei.

A primeira vez que precisei dos serviços de uma delegacia foi após as férias de julho, quando, além de descobrir que havia sumido todo o dinheiro destinado ao investimento da nossa nova academia no Clube Paraíso, descobri também que Saulo havia viajado com a amante para Santa Catarina na mesma semana do sumiço do dinheiro.

Sem notícias, após ficarmos com todas as compras no caixa do supermercado e sentir-me humilhada perante meus filhos, tranquei-me no meu quarto e com meu rosto no pó me pus a clamar: "Direciona-me, Senhor. Toma minha vida. Mostra-me a verdade. Quero saber o que está acontecendo, revela-me o profundo e o escondido." (Daniel 2:22)

E só me levantei daquele chão quando senti a presença de Deus e a certeza de que Ele havia me escutado.

Sobrenaturalmente, em tempo recorde, Saulo voltou pra casa. Ele só precisava de um tempo para respirar. Depois dessa pandemia, quem não precisava de um tempo para respirar, não é mesmo? Só que não imaginávamos que esse ar todo tinha que ser com o oxigênio de Santa Catarina, Estado vizinho ao nosso.

Ingenuamente, achava que ele estava na casa de um amigo do futebol, dando um tempo para todas aquelas brigas.

No entanto, enquanto ficávamos trancados no apartamento nas férias escolares das crianças e passando vergonha na caixa do supermercado sem dinheiro, o bonitão estava curtindo férias com uma outra, esta sem noção, que não teve a inteligência necessária para não postar fotos nas redes, pelo menos até se certificar da real situação do seu amante.

Penso que o lírio dourado sem cérebro poderia simplesmente ter feito um questionamento ao delinquente juvenil: Onde você enfiou sua família nas férias de julho? Teus filhos estão bem? Será que uma criatura dessas pensa? Tem cérebro? Certamente ela é desprovida desse artefato, uma vez que expõe seu romance em rede pública sem saber o que está acontecendo do lado de cá.

Outra pergunta muito importante: Com que dinheiro ele gozou férias, já que não tínhamos para as férias das crianças? Será que ela pagou sua parte? Ou ele pagou a parte dela com o dinheiro que disse não ter para seus filhos? As crianças pediram apenas um final de semana em Gramado e ficaram até sem as compras do supermercado.

Vamos pensar juntos com a moça sem noção:
Tutorial: "Eu me interesso por uma pessoa".
O primeiro passo é procurar saber quem é essa pessoa! Casado? Divorciado? Paga pensão? Deixou a mulher, mãe dos seus filhos bem? Viúvo? A esposa morreu do quê? De desgosto? Morte natural? Solteirão há quanto tempo? É do tipo autossuficiente? Tem filhos? Ele os prioriza com as responsabilidades básicas de um pai? Uma investigação em nível do FBI. Lógico que isso é apenas para quem quer um relacionamento sério e saudável, pessoas do bem, pois se atravessar em uma família de uma forma tão irresponsável deveria ser considerado crime hediondo.

O segundo passo, caso tenha precedentes matrimoniais, é procurar a ex-esposa, por que não? Por medo de ela não ser ex-esposa? Esse é um problema terrível entre nós mulheres, pois nos colocamos sempre como rivais. Precisamos acabar com isso urgente! Ou vocês acham que eles não fazem exatamente isso? Sim, fazem um levantamento da nossa ficha, a ponto de saber até a cor da nossa calcinha preferida, tudo entregue pela boca do ex, sem nenhum constrangimento. Por que não procurar, na boa, a ex-mulher e tomar um chá amigavelmente? Te respondo por quê: porque temos medo de ouvir verdades. Temos medo de saber que há cadáver no porão. Temos medo de desencantar no ato. Ou não; vai depender da sua ficha criminal. O fato é que sempre há as que gostam de bandido, mas daí é problema delas e não meu.

Bom, nesse caso a bisca em questão poupou-me de perder meu precioso tempo tomando chá com um ser que não vale a pena conhecer, pois a doida colocou na rede social seu jantar romântico e várias fotos na praia, não se importando com os filhos do delinquente; não teve a dignidade de pensar nas crianças, caso vissem as fotos de seu pai com outra mulher na Internet sem antes conhecê-la; se fosse um caso sério, antes desejaria conhecer as crianças, penso eu. Isso foi o que mais me abalou.

Tudo me abalou. Lembrei-me do meu pedido ao Universo: que todos pudessem sentir a tal ocitocina que eu estava sentindo com meu colega de trabalho. E quando falo todos, isso inclui meu marido, por que não? O Universo entendeu muito bem. Ou seja, por mais que a situação parecesse bizarra, surreal, Saulo estava me absolvendo de minha culpa, pagando na mesma moeda o que eu havia feito a ele. Porém, ao pensar que as crianças pudessem saber por coleguinhas ou até mesmo verem seu pai agarrado com outra nas redes, fez meu sangue ferver.

Mulher sem noção! Sim, ambos! Mas ele estava mais pra tonto, pensando com a cabeça debaixo e não com a de cima; os homens têm disso desde os primórdios; está aí Sansão, em Juízes capítulo 16; para comprovar biblicamente o que falo, ele perdeu toda sua cabeleira mais sua majestade para Dalila, coitado.

Como essas postagens chegaram a mim, se eu não sabia nem da existência dessa Dalila? Você tem alguma dúvida de que a oração tem poder? Eu não. Aliás, mais uma comprovação bíblica que diz que Deus é um Deus de revelação. Ele é Luz: "Pois não existe nada escondido que não venha a ser revelado, ou oculto que não venha a ser conhecido". (Lucas, 12:2)

Certeza de que, se Saulo não me conta, Deus me revela.

Uma amiga, muito amiga minha, veio perplexa me mostrar o que uma cliente dela havia achado no Instagram: "Esse aqui não é o marido da tua amiga? Eles se separaram?" – perguntou sua cliente. Um *mix* de sentimentos banhou meu sangue; na real, não tive reação aparente; acredito que seja como quem recebe a notícia da morte de alguém muito querido ou muito conhecido; a primeira reação é a incredulidade. Pedi por favor que ela não comentasse com ninguém, para que eu pudesse entender o que estava acontecendo, falar com meu marido e então resolver mais essa situação constrangedora na minha vida. Lógico que minha *amiga* não atendeu meu pedido. Minha vida, minha história não ficou entre mim e minha família; fomos o comentário da semana, do mês, do ano na roda dos *amigos*.

Tentei manter a lucidez, o profissionalismo. Respirei fundo e consegui finalizar a aula. Como Deus é bom! Era minha última aula, e não lembro muito bem como fiz a reta até minha casa.

Cheguei pedindo a gentileza de que as crianças fossem para seus quartos e não saíssem de lá até a mamãe conversar com o papai. Eles não entenderam muito bem, mas obedeceram. Felizmente, o apartamento era grande, e fomos para a dependência de empregada, onde a única testemunha era nosso hâmster.

Tranquei as portas e, num instinto animal, esfreguei os *prints* das postagens na cara dele, de tal maneira a quebrar por completo seus óculos. Ficamos num intenso silêncio, numa luta corporal digna de MMA. Bati, apanhei, não lembro. Apenas derrubei por longos minutos toda minha raiva em cima de um homem que eu não conhecia. Como se fosse um ladrão, pois era. Um ladrão de confiança, de família, de sonhos.

Ah lutei!! Em minha área de Educação Física nunca gostei de boxe, MMA, luta-livre, nada em que se bata, que apanhe, que doa, que tire sangue. Aliás, nem considero um esporte, acho isso meio "era das cavernas". Mas foi a primeira vez que isso fez sentido pra mim. Entendi o tal *esporte*. Muitas vezes as pessoas procuram esse esporte para não bater em ninguém ao seu redor, para extravasar sua raiva ou suas tensões.

Não foi preciso colocar Saulo para fora de casa; ele mesmo se foi, nesse momento com a roupa do corpo.

E foi assim que conheci o escrivão da Delegacia, ou melhor, ele me conheceu.

Na primeira vez levei meus hematomas e apliquei em meu ainda marido a Lei Maria da Penha. Triste, nunca pensei.

Ninguém luta sozinho, e nessa luta não existem vencedores, apenas perdedores.

No dia seguinte, tivemos que lidar com a morte do nosso hâmster. Fomos dar sua ração e lá estava ele de barriga pra cima, gelado e duro, Ele morreu subitamente, literalmente presenciando nossa energia negativa. Inacreditável, mas real.

Até hoje lembro dos gritos do Benny dizendo: "Mãe! Me diga que ele está hibernando!" – tentou me explicar inúmeras vezes que os hâmsters hibernam nessa época do ano, mostrando-me nas pesquisas do Google.

Adoraria dizer que é isso, meu filho.

Capítulo 13
MINHA SEGUNDA VEZ NA DELEGACIA

E lá estava eu novamente, pela segunda vez, na Delegacia de Polícia com minha senha na mão e minha vergonha a tira-colo.

Era o mesmo escrivão, um senhor distinto e discreto, que me olhou com um olhar de surpresa e reconhecimento; corei, dei boa-tarde e, impaciente, aguardei.

Chamaram minha senha.

O profissional começou discreto, detendo-se apenas a preencher a ocorrência conforme o protocolo e o que eu ia lhe informando. Porém, ao finalizar o formulário, tomando conhecimento da história toda e sabendo da minha história anterior com a medida protetiva que visa a uma distância de 500 metros, exclamou:

– Mas você ainda não deu entrada nos papéis da separação?! Ele ainda não está pagando pensão?

Aquela pergunta ecoou e me fez sair do ar momentaneamente.

Na verdade, ele não sabia da missa a metade e eu estava exausta para contar. Era realmente uma longa história.

Primeiramente, eu nunca imaginei que um casamento de 25 anos pudesse acabar daquela forma; estava atordoada ainda com os últimos acontecimentos e quem acreditaria que em 25 anos de casada eu nunca havia pago um boleto, não sabia nada sobre a vida, muito menos da minha, meus ganhos, minhas perdas, nada. Estava perdida entre as contas, dívidas e extratos bancários. Era tudo novidade para mim. Sentia-me uma adolescente descobrindo a vida.

Eu só sabia estudar, trabalhar e cuidar da casa, da família; de vez em quando ia nos aniversários, casamentos, formaturas ou eventos corporativos, mas o que mais sabia mesmo era trabalhar.

Não tinha tempo para lazer. Meus amigos eram meus alunos, uma vez que passava todo meu tempo trabalhando, cuidando dos filhos e tentando dormir cedo.

Havia abandonado minha vida pessoal, minhas raízes, meus amigos de época há muito tempo, num lugar do passado.

Trabalhei desde muito cedo e emendei Faculdade à noite; era meio impossível ter vida social. Tive um namorado no Grupo de Jovens que virou padre e outro no meu trabalho que virou meu marido. É o resumo da minha vida sentimental.

Fiquei ali relembrando minha trajetória pessoal e profissional, mas na verdade estava só tentando lembrar onde eu havia me perdido de mim.

Como é possível uma menina batalhadora, dona de si, que rompeu verdadeiras barreiras, saindo de sua cidade natal, depois do vilarejo a cidade grande, conquistando espaço e prestígio na temida Pequenópolis, uma menina que com 16 anos já trabalhava, com 18 anos viajava sozinha para São Paulo a fazer cursos e especializações e com 20 e poucos anos ser a idealizadora do método de treinamento que levava seu nome, tornar-se totalmente dependente do marido, como era no tempo de sua vó?

Dei-me por conta de que eu estava pela segunda vez em uma delegacia e precisava terminar o formulário de uma triste história de fracasso, e não mais de sucesso.

Apenas respondi:

– Não, ainda não me separei oficialmente por estar muito ocupada, aprendendo a me administrar e tapar furos financeiros deixados pelo então administrador de minha vida. Não sabia como fazer e, afinal, até ontem eu não tinha advogada.

A história é que estávamos indo bem, com uma distância de 500 metros de meu algoz e muito orgulhosa de mim por estar conseguindo sobreviver sozinha trabalhando e cuidando das crianças, apesar de uma rotina apertada e totalmente perdida, aprendendo a me administrar.

A primeira coisa que fiz, depois de quebrar seus óculos em sua cara, foi fechar a conta em que ele administrava nosso/meu dinheiro. Nessa altura do campeonato uma conta cheia de contas devido ao uso do limite do cheque especial.

Reservei uma tarde para essa ida ao banco. Conheci o Alex, mais que um gerente, um ser humano daqueles que temos o prazer de conhecer. Tive que contar a minha história constrangedora, que eu nem sabia por onde começar. Ele teve toda a paciência do mundo, indo várias vezes até a máquina que "tirava dinheiro, extratos", ensinando-me o passo a passo como operá-la, inclusive para pagar boletos. Não sabia pagar um boleto; realmente, Alex foi muito especial.

Tive que abrir uma conta para a Anne, minha filha de 11 anos e ser procuradora dela por meu nome estar enrolado nas mil e uma histórias mirabolantes que fui descobrindo em doses homeopáticas, graças a Deus, se não teria infartado, pois surtada eu já estava.

Uma dessas histórias era que a ação da Falsiane rapava todo nosso dinheiro da conta num determinado horário, e por essa razão Saulo ia lá e fazia a retirada, uma vez que esse dinheiro era para nosso sustento; não dava para sustentar mais a Falsiane.

Inacreditável, que trabalhão que devia dar para Saulo. Por esse motivo, preferi fechar a conta e abrir no nome da Anne, uma vez que também precisava começar a juntar dinheiro para seus 15 anos.

Não foi em uma ida ao banco que eu entendi toda a enrolação em que meu nome estava envolvido. Mas Alex teve toda a paciência do mundo para me explicar e me ajudar nesse fechamento temporário de minha conta e abertura em nome da minha filha, até eu quitar toda a dívida bancária e me livrar do encosto da Falsiane.

Saí de lá com mais um boleto para pagar, uma dívida parcelada em várias e várias vezes.

Nessas idas e vindas ao banco, acabei sabendo da morte da mãe do Alex e pude ajudá-lo em oração.

Minha vez de escutá-lo. Eles moravam juntos, eram parceiros em tudo, estava muito difícil para ele chegar em casa e não a encontrar de braços abertos, sorridente, querendo saber as histórias do seu dia de trabalho no banco. Eu me emocionei. Senti o seu vazio, mesmo porque também estava sentindo esse vazio lá em minha casa.

Foquei no Alex, em sua dor e o fiz enxergar o quão especial ele tinha sido com sua mãe, como ele foi um filho presente, que filho maravilhoso e o quanto eles se curtiram em vida.

Aconselhei que ele vivesse o luto e depois lembrasse apenas os bons momentos, emanando energia vibracional de alta qualidade, para que ela tivesse paz. Expliquei a ele que eu acreditava em espíritos e vida após a morte, que o "descanse em paz" depende também dessa energia que emanamos.

– Já pensou tua mãe sentindo o teu sofrer? O quanto essa energia poderia pesar para uma passagem de luz? Uma passagem tranquila? Entendo muito bem que seja difícil para você, mas pense também em sua mãe e deixe-a descansar neste plano espiritual ao qual todos nós iremos um dia, se Deus quiser e nosso livre-arbítrio permitir. Entregue sua mãe aos cuidados de Deus e já a imagina nos braços do Pai. – Aconselhei.

Senti seu semblante mais leve. A oração tem o poder de acalmar; pedindo a Deus em oração, Ele concede "a paz que excede todo o entendimento". (Felipenses 4:7)

Nesse momento me lembrei da minha mãe, que questão de um ano e meio, 2020, em plena pandemia, foi diagnosticada com câncer de mama. Passamos por todo o processo de mastectomia, quimioterapia, queda de cabelo, enjoos, fraqueza, tristeza, medo da morte.

Já não bastasse minha vida – e de literalmente o mundo todo –, 2020 nos marcou a ferro e fogo.

Queria ficar com minha mãe dentro da sala de cirurgia, mas só consegui ficar no portão do hospital, sem aglomerações, somente eu e a Martinha, uma amiga do Grupo de Oração, orando para que Deus operasse pelas mãos dos médicos. "Pois onde dois ou três estiverem reunidos em meu nome, ali estou no meio deles." (Mateus 18:20)

Graças a Deus, fomos ouvidas. A cirurgia foi um sucesso e o tratamento também! Não me canso de agradecer a Deus, aos médicos, à Martinha e ao nosso Grupo de Oração.

Outra sugestão que dei para o Alex foi para que ele se ocupasse nos tempos livres, principalmente à noite, quando costumava estar com sua mãezinha:

– Aprenda outra língua, entre numa academia, cuide mais de sua saúde física e mental, não foque na tristeza.

Eu estava planejando um Detox: limpeza do organismo por meio de uma alimentação limpa, exercícios físicos e meditação. Sabia que não era seu momento, que ele não teria cabeça nem estômago para fazer um Detox, mesmo assim o presenteei, colocando-o no grupo, para que ele pudesse se distrair e ler algo bom para sua saúde.

Ele aceitou meu presente, mesmo sem disposição para seguir minhas instruções e as do nutricionista, e eu fiquei feliz por de alguma forma conseguir retribuir sua acolhida no banco.

Enquanto eu fazia esse corre-corre insano, dando aula, levando, buscando os filhos no Colégio, tentando entender conciliação bancária, as datas dos boletos, cuidando de duas crianças e uma cachorrinha, cortavam a luz da nossa casa. Chegamos e logo o zelador veio nos encontrar visivelmente sem jeito e bem chateado.

– Não consegui evitar... Não teve conversa – disse o zelador, nosso camarada.

– Sério? Mas eu paguei o boleto da luz no mês passado e neste mês também. Tenho certeza que paguei.

Peguei a lanterna do celular, e lá fomos nós adentrar numa casa fria e escura. As crianças curtindo muito aquela situação pra lá de constrangedora, "a casa mal-assombrada", diziam eles, e eu já achando que a casa era mal-assombrada mesmo.

O pior foi chegar do trabalho suada e cansada, doida por um banho quentinho, mas a realidade foi um banho gelado num dia frio do sul do país. Eu realmente tinha horror a banho gelado, mesmo sabendo de seus benefícios para a saúde.

Achei uns fósforos e consegui acender o fogo no fogão. Aqueci uma chaleira e ajudei as crianças a tomarem banho de balde. Graças a Deus, pra elas foi tudo diversão, levaram tudo na brincadeira;

sorte a minha, pois estava a ponto de explodir quando me contagiei com a leveza das crianças.

Jantamos à luz de velas e fiquei sem bateria no celular.

Somente no outro dia descobri que a conta não paga fora a de dois meses anteriores, quando o Saulo ainda *administrava* os boletos, ou seja, já estava dando os sinais de que algo havia de errado. Até hoje não entendi muito bem como não cortaram a luz antes, como não reclamaram uma conta perdida entre duas já pagas. Mistério.

Assim também aconteceu com a conta da Internet. Um belo dia *acabou* a Internet. Meus filhos vinham reclamando há alguns dias que a Internet estava fraca e foi no corte que descobri que pagar o boleto do telefone não te isenta de pagar a Internet, que são coisas distintas, no nosso caso boletos distintos também.

Descobri que um boleto era do telefone móvel por uma operadora de telefonia móvel, e a Internet era de outra operadora. O que eu não descobri foi por que Saulo fez dessa maneira.

Vendo meus filhos grudados na porta de casa pegando emprestado o sinal da Internet do vizinho, percebi que já havíamos passado por isso em algum momento em que eu não havia tomado conhecimento, meus filhos já tinham inclusive a senha do vizinho, constrangedor.

Tomei coragem e perguntei às crianças como elas haviam conseguido a senha da Internet do vizinho. A resposta era exatamente a que eu não queria ouvir:

– Quando faltou Internet uma outra vez, o pai pediu emprestado para o vizinho, e ele deu...

Simples assim; sou eu que complico mesmo.

Saulo não compartilhava nada comigo, me ocultava tudo. No início ele alegava – quando eu descobria ao acaso – que eu trabalhava demais e por esse motivo não queria me passar os problemas, sob pena de me sobrecarregar ainda mais e prejudicar meu trabalho. No final já estava me acusando, dizendo que tinha medo de minhas reações.

Independente do seu achismo, o que importa no final das contas é que eu sempre descobria sozinha da pior forma, por terceiros, e isso me deixava uma fera e daí as tais *minhas reações*.

Ao descobrir seus furos administrativos, brigávamos, e eu sempre dizia: "Por que você não me falou?" Muitas das vezes eu me sentia sozinha, sem parceria, sem cumplicidade e totalmente insegura.

Nesse momento me dei por conta do motivo pelo qual nós realmente nos separamos; não foi nem por minha traição e nem a dele, e sim porque eu já estava sozinha há muito tempo.

A música que muito cantei em minha adolescência, dos Engenheiros do Havaí, dizia sabiamente: "Você precisa de alguém que te dê segurança, se não você dança, se não você se cansa e rança".

Admiração, confiança e segurança fazem parte da tríade do amor; se um destes pilares quebrar, sobrecarrega o outro, de modo que a gente vai cansando, e o ranço vai se instalando sorrateiramente.

Jamais esquecerei desta cena: eles sentados no chão literalmente grudados na porta pegando sinal alheio. Confesso que pensei em juntar-me a eles por um momento, pois estava em pleno Programa Detox, precisando demais da Internet, mas não consegui dar esse péssimo exemplo a meus filhos.

O jeito era sair mais cedo de casa e voltar mais tarde, para aproveitar a Internet do Clube Paraíso, e assim conseguir dar conta do meu trabalho.

Até eu conseguir entender, desvincular meu nome do Saulo e colocar em dia os boletos levou tempo, e eu me virando nos 30...

Havia dias em que eu não sabia se corria para a direita ou para a esquerda literalmente. Precisava dar aulas, fazer o Detox, levar as crianças no colégio, ir ao banco, continuar meu curso com o Alex, pagar os boletos com o código de barras ou digitando aquele número gigantesco que seguidamente dava erro, treinar, me fortalecer, ir ao supermercado, buscar as crianças no colégio, fazer janta e já deixar meio pronto o almoço, ver as lições e ajudá-los nas questões que nem eu sabia responder, tomar banho, orar, agradecer e cair dura na cama, quando o relógio despertava e começava a correria toda de novo.

Minha vida mais parecia tarefa de gincana, mas sem a parte divertida; só a parte de tensão, correria e gritaria. Seguidamente me pegava pensando, ruim com ele, pior sem ele, mas logo em seguida vinham à minha memória os motivos mil que estávamos vivendo e que ele havia nos proporcionado, e o romantismo de tê-lo ao nosso lado passava rápido.

A rotina de um novo dia começava na noite anterior, deixando a comida das crianças pronta. Pegava-as no colégio pontualmente às 12h já com tudo explicado e combinado da importância da pontualidade; não podiam de jeito nenhum ficar de papo ou brincando no final da aula, pois eu precisava chegar as 12h30 na casa da aluna.

Simplesmente voava na reta do colégio até nossa casa, onde apenas esquentava a comida feita na noite anterior, deixando tudo no esquema para que as crianças não mexessem no fogão, e sobrevoava aquela Nilo Peçanha até a casa dessa aluna.

Muitas vezes ia chorando por deixá-los comendo sozinhos; sentia como se eu estivesse fazendo algo de muito errado; as lágrimas rolavam por minha face abundantemente, mas, como por milagre, não me destruíam; nada que um retoque na maquiagem não disfarçasse.

Tive que submeter-me a essa rotina insana; não podia perder mais essa aluna, uma vez que ela se recusara a juntar-se a nós no Clube Paraíso.

Chamou-me a atenção quando ela foi conhecer o clube; enquanto eu mostrava os pontos altos do lugar, ela conseguiu enxergar somente a "piscina suja" e mal cuidada.

Foi aí que observei mais de perto a piscina e retruquei:

– Por sorte teremos aula de musculação, e não de natação, não é mesmo?

Infelizmente não a convenci, e sua resposta foi *não*!

– Não treinarei neste clube; prefiro a Sala Fitness do meu condomínio, disse ela com cara de nojo.

Frio na espinha. Engoli a seco, pois cliente *sempre* tem razão; foi sua escolha, e eu teria que me encaixar, me adequar, mesmo sabendo que não seria bom pra mim e para meus filhos, ainda mais sem o apoio do Saulo nos ajudando em casa nem financeiramente, então não poderia de jeito algum perder mais aquele dinheiro.

Certo dia, na ida até a casa dessa aluna das 12h30, encontrei uma família venezuelana inteira na sinaleira, que, fechada para mim, deu-me a oportunidade de conhecê-los. Não consegui entender seus nomes, mas entendi que fazia um mês que haviam chegado da Venezuela e que por mais necessidade que estivessem passando por aqui era melhor que lá, dizia a mãe de três pequenos, um de colo ainda amamentando no peito e as outras duas crianças grudadas numa garrafa *pet* de refrigerante. Consegui contribuir, e abriu a sinaleira.

Emocionei-me lembrando-me dos meus filhos em casa, comendo comidinha saudável, de certa forma protegidos, e mesmo assim eu chorava sempre que tinha de deixá-los sozinhos agora que o Saulo não morava mais conosco.

Sempre fui discreta em relação a minha vida pessoal e aos meus problemas; dificilmente falava algo fora do esquema de treino, porém, nitidamente abalada por aquela família ao relento, ao chegar em sua Sala Fitness para dar aula, não pude deixar de comentar o episódio e perguntar se ela não tinha roupinhas para doação; afinal, era na sinaleira pouco abaixo do seu apartamento de luxo, e fui surpreendida com seu posicionamento:

– Eu não ajudo ninguém nas sinaleiras, e você deveria fazer o mesmo, senão eles nunca mais sairão das ruas. Se duvidar, eles ganham mais que você, Marcy.

Não consigo explicar o que eu senti naquele momento por aquela criatura.

Sempre amei a diversidade. O que seria do azul se todos gostassem do vermelho era meu lema. Não precisa gostar ou compactuar, apenas respeitar a opinião de cada um do seu jeito, mas naquele dia uma chave virou. Comecei a olhá-la com outros olhos, com certeza porque tomei as dores daquela mãe, daquelas crianças rolando no canteiro da sinaleira soltas pelo chão.

Passou um verdadeiro filme em minha mente de todas as vezes que escutei seus comentários vazios, e toquei o treino sem julgamentos; afinal, era sobre ela e sua vida, não a minha.

Certa vez ela passou a aula inteira reclamando que sua cachorrinha havia urinado em seu tapete de milhões; chegou a falar o valor do tapete, o que não registrei; tive uma perda de memória traumática só em pensar que um tapete daqueles poderia salvar a Amazônia ou pelos menos ajudar muitas famílias carentes.

O pior foi vê-la estressada por não saber se valeria a pena mandar lavar, correndo o risco de ficar *manchadinho*, segundo ela, uma vez que o cachorro em questão era uma Poodle e não um São Bernardo, ou se comprava um outro.

Muitas vezes eu só escutava por ficar totalmente sem ter o que dizer; se não fosse seu nervosismo, eu acharia até que era zoeira da aluna.

Sem julgamentos, apenas uma constatação, em nível de tentar entender sua vida rasa, sua situação, abdicar de sua profissão para ser "do lar" também deve ser difícil, só quem administra um lar sabe o quanto é desgastante e pode ser enlouquecedor.

Num de seus comentários épicos, ela falou que trocava todas as suas calcinhas de três em três meses. Eu perguntei:

– Tipo todas?

– Sim, todas! Mais de 20 calcinhas.

Ao chegar em casa, me dei o trabalho de contar minhas calcinhas, e não chegavam a 10. Desde a pandemia que não realizava uma compra nem mesmo pela Internet, ou seja, certamente não trocava minhas calcinhas há uns dois anos, mas estavam inteirinhas e principalmente limpinhas.

Histórias assim eu escutava quase toda aula, "problemas" com a babá, manchou, quebrou, arrebentou, e eu dizia:

– Não quebrando a criança, já estamos felizes... – Só eu ria.

Minha vida já estava dura demais para não ser leve pelo menos onde eu tinha um pouco de autonomia, meu trabalho.

A minha *sorte* é que a grande maioria dos meus alunos, quase todos, eram leves, brincalhões e levavam a vida na esportiva, como eu.

Muitas vezes, no auge da minha dor, pensava em dispensar esses alunos *pesados,* não de peso na balança, e sim de alma, de energia. Daí colocava na ponta do lápis e desistia; os compromissos bancários não me permitiam tais luxos.

A única coisa que eu podia fazer era orar e chorar.

"Venham a mim, todos vocês que estão cansados de carregar as suas pesadas cargas, e eu lhes darei descanso." (Mateus 11:28)

Incrível é que, quando você coloca nas mãos de Deus, sempre algo acontece, sempre.

Um belo dia, essa aluna das 12h30 me chamou dizendo que precisava do horário das 8h30 ou 9h, horários em que era impossível para mim; meus alunos desses horários estavam comigo já de longa data.

Explicou-me que ela e as amigas não estavam conseguindo encaixar as aulas e os jogos de Beach Tennis e pediu, em outras palavras, que eu me virasse. Lógico que sua agenda e de suas amigas eram mais lotadas que a minha e seu Beach Tennis mais importante do que eu, inclusive.

Foi aí que entendi o recado de Deus... "Nos livrai-nos do mal". Não é você quem reza todo santo dia o Pai-Nosso? E não pede todo o santo dia que te livre do mal? Uma coisa é certa: se você não tem coragem de tirar de tua vida, Deus vai lá e arranca com raiz e tudo.

Desde que entrei na Faculdade nunca pensei em dinheiro; o dinheiro sempre foi uma consequência maravilhosa do amor por essa profissão. A pandemia, somada aos dois filhos para sustentar sozinha, obrigou-me a pensar no dinheiro, e por essa razão me submetia a situações como essa.

Pegava-me fazendo contas, cortando todos os gastos, principalmente de lazer. Almoçar, jantar e até lanchar fora tornou-se uma lembrança de momentos felizes, e meus finais de semana eram de limpeza do apartamento, uma vez que também tivemos que dispensar nossa ajudante. Tinha ainda que fazer a contabilidade. Não sobrava nenhum tempinho pra mim, nem dinheiro.

Quando perdi essa aluna das 12h30 para o Beach Tennis, fiquei feliz da vida por poder almoçar com meus filhos, e ao mesmo tempo fiquei apavorada, pois esse dinheiro nos faria muita falta; tratava-se de um dinheiro de quatro vezes na semana a domicilio, mais ou menos como perder muito dinheiro investido na Bolsa de Valores.

Foi exatamente nesse momento que o colégio particular das crianças foi atingido.

Era o colégio, ou seríamos despejados, ou passaríamos fome; precisávamos fazer uma escolha.

Jamais questionei a Deus sobre os acontecimentos catastróficos da minha vida, algo que meus pais me ensinaram foi "temer a Deus" (Provérbios 9:10), ou seja, se Deus permitiu era pra ser assim mesmo, pois Ele é inquestionável.

Meses depois da saída de Saulo de casa, e ele ainda não havia ajudado em nada, nem com a pensão, eu achava que a pensão estava vinculada à oficialização do divórcio, que ainda não havíamos conseguido fazer.

Comecei a fraquejar. Atrasei uma mensalidade do colégio das crianças. Arrepio na coluna. As crianças amam esse colégio que seu pai havia cursado do Jardim ao Ensino Médio – só conseguia pensar nisso 24h por dia, como uma música que gruda em tua mente.

Estava obcecada em trabalhar e tentar repor os alunos que havia perdido desde a pandemia.

Dava dó ouvir as crianças me pedindo para ir no restaurante japonês que eu mesma os fizera amar como sendo algo supersaudável.

O interessante é que quando eu tinha dinheiro para pagar a comida japonesa, eu a ganhava em parceria e permuta para divulgação do lugar, mas foi não ter dinheiro que até os convites desapareceram. Parece que sentem o cheiro da escassez.

Aguentem firmes, crianças! Tudo passa. Até as vontades, os desejos, tudo passa.

Quando atrasou a segunda mensalidade, fui no colégio tentar negociar, pois logo viria a rematrícula para o próximo ano, e foi então que eu descobri que, mesmo eu acertando essas duas mensalidades não poderia realizar a rematrícula uma vez que havia outras mensalidades atrasadas do tempo em que o Saulo nos administrava.

Assustadoramente, comecei a chorar na frente da secretária do colégio, que foi imediatamente buscar um copo de água pra tentar me acalmar.

Nesse momento, num ato de desespero, solicitei uma bolsa de estudos para as crianças, que me foi negada, uma vez que eu não ganhava tão mal a ponto de recebermos uma bolsa de estudos.

Basicamente não ganhava tão bem para pagar o colégio e não ganhava tão mal para receber uma bolsa de estudos para meus filhos, resumo da ópera.

Impotência, cansaço, raiva, tristeza, depressão, não sabia o que eu estava sentindo; a vontade mesmo era de desistir de tudo e de todos, mas definitivamente essa não era uma opção; tinha dois filhos que não dependiam apenas do meu dinheiro, e sim do meu exemplo, da minha postura mediante a vida. Precisava sorrir por eles e para eles.

Saí do colégio arrasada, derrotada, sem saber como resolver mais aquela situação.

Liguei para o Saulo gritando:

– Como assim, mensalidades pendentes? Onde você colocou nosso dinheiro? Meu trabalho? Que administração é essa que não pagava as contas básicas?

E foi nesse momento que descobri que Saulo estava negociando mensalidades de aluguéis atrasados na pandemia que por algumas vezes quase fomos despejados do nosso apartamento, onde vivíamos há 10 anos, onde nossos filhos cresceram, nossa referência de lar.

Senti um aperto em meu peito. Saulo desabafou que durante a pandemia foi muito difícil manter o pagamento do aluguel e do colégio das crianças, três boletos gigantescos que antes da paralisação levávamos tranquilamente.

Daí todo o seu nervosismo na pandemia.

Ele começou a dar prioridade para a alimentação e a sobrevivência física e mental, e deixou para ir negociando o aluguel e as mensalidades do colégio, porém em nenhum momento me consultou, trocou uma ideia comigo.

O que Saulo alegou foi que eu estava na rua, dando aulas nas praças e tentando de todas as formas manter os alunos na ativa em todos os sentidos, e por esse motivo não achava justo me trazer mais problemas. Na verdade, era sempre essa desculpa para eu ser a última a saber de tudo que se passava em nossas vidas.

Nesse momento eu também soube que uma de minhas *melhores amigas* não foi capaz de nos ajudar mesmo escutando de Saulo que seríamos despejados com as duas crianças. Ela simplesmente disse que quem tinha dinheiro era seu marido e que não poderia emprestar, sob pena de se estressar em seu casamento.

Pensando bem, ela não mentiu: quem tem dinheiro é o seu marido, e ela tem todo o direito de não querer se indispor com seu cônjuge, nem se fosse para ajudar uma família que até então era bem próxima e querida para ela.

A propósito, foi essa a aluna-amiga que havia 20 anos eu ajudara, estendendo a mão quando não tinha dinheiro para pagar a academia, aquela que eu profetizei que tinha "a cara da riqueza", e logo, logo sairia daquela situação, aquela de que eu não larguei a mão.

Nessa hora me veio à memória sua festa de aniversário, na qual a bondosa fez caridade com o dinheiro dos outros. Estabeleceu um valor nada mínimo para mim naquele momento para seu presente, valor que seria destinado à montagem de quadras de Beach Tennis para crianças carentes. Nessa altura do campeonato, eu poderia lhe dizer exatamente o que uma criança carente estava necessitando, e com certeza não era aprender a jogar Beach Tennis.

Imediatamente subiu-me um sangue no rosto e senti o gosto amargo do nojo. Quer dizer que nós estávamos com ameaça de despejo e ela, sabendo de nossa real situação, deixou eu pagar seu presente com um valor imposto sabendo que eu também fazia minhas caridades? Então por que não deixou um valor livre? Que caridade é essa que, sabendo que sua amiga e família estão prestes a serem despejados, e não se importa?

Não sabia se estava com raiva do Saulo por não ter me contado antes, ou de mim por não ter escutado minha intuição.

Eu estava extremamente incomodada por seu aniversário ser numa quadra de Beach Tennis. Quem em sã consciência comemora seu aniversário numa quadra de Beach Tennis? Sério, fui levada pela amizade que achava que tínhamos.

Antes da pandemia, em dezembro de 2019, houve uma festa de confraternização entre os professores da academia onde se localizava minha Sala de Treinamento.

E lá estavam os professores de Beach também, mas por sorte o Judas, o professor que colocou a MR na Justiça do Trabalho e montou uma quadra de Beach Tennis em nossas barbas não compareceu; aliás, eu nem sabia que a confraternização abrangeria a quadra de Beach, se não eu nem iria.

Um dos professores de Beach da equipe do Judas estava agindo estranhamente comigo, extremamente gentil. Ele era o assador da noite e seguidamente saía da churrasqueira para levar-me o melhor pedaço de carne. Achei gentil, mas estranho.

Chegou a hora do brinde e lá estava ele do meu lado. Brindamos, e eu me senti mais tonta do que nunca, mas achei que não estava mais acostumada com bebida devido a estar muito tempo sem beber.

Todos dançavam e conversavam alto, e eu só pensava em ir para casa; era quase duas horas, e eu ia me ferrar. Foi quando ele me pegou pela mão e disse:

– Vem comigo. Quero te mostrar algo, e me puxou para a quadra de Beach, onde, num movimento rápido, me virou para a parede, puxando minha *legging*.

Levei um susto tão grande que o efeito da bebida passou no ato. Mesmo atordoada, comecei a lutar com aquele homem bem mais alto e mais forte que eu; sua mão parecia a própria raquete. Por um milagre, consegui me desvencilhar e saí correndo literalmente com as calças na mão, passando reto pela sala da dança, onde meus colegas se divertiam.

Fiz a reta até minha casa em tempo recorde; meu coração estava na garganta, e aos poucos comecei a me dar por conta do livramento.

Sentei no *hall* do prédio e comecei a chorar, culpada por não ter ficado em casa com minha família.

Fiquei um tempo chorando e pensando que muitas encrencas, situações como essa, poderiam ser evitadas pelo simples ato de optar por ficar com sua família, em sua casa, a não ser que você conheça cem por cento das pessoas que vão estar com você na festa ou confraternização e tenha um propósito muito especial.

A maioria dos meus colegas eram solteiros, solteiras, ou seja, eu estava no lugar errado, na hora errada.

Mesmo eu me sentindo errada, culpada, mandei uma mensagem para o coordenador da academia, que alegou não poder fazer nada nessa situação, uma vez que o serviço era terceirizado, mas que bom que não havia acontecido *nada* de tão grave, disse o coordenador:

– Fica bem, não pense mais nisso. Você tem que entender que você é uma mulher desejável, Marcy. Possivelmente ele não soube controlar suas emoções. – Concluiu o coordenador.

Oi? Como assim?! Foi uma tentativa de estupro. Não foi pouca coisa. Se eu não conseguisse fugir, teria um estupro no currículo.

Verdade seja dita, para o coordenador eu disse só da prensa contra a parede e o beijo à força, que mais senti sua barba horrorosa ralando meu rosto.

Fiquei tão perplexa com a análise do coordenador, que não consegui nem argumentar. Apenas dei boa-noite e me recolhi.

Passaram-se mil coisas por minha cabeça: será que o Judas planejou com seu colega barbudo para me estuprar? Será que foi colocado algo no meu brinde para potencializar minha bebida?

Fiquei tão envergonhada com a situação, com minha ingenuidade por ter caído no conto do "Vem aqui que quero te mostrar algo" sendo puxada pela mão como se fosse uma criancinha de cinco anos, que acabei por não contar nada nem pro Saulo nem pra ninguém, por pura vergonha. Afinal, contar pra quê, se pelo olhar do coordenador foi apenas um acasalamento de conquista, desejo incontrolável, essas coisas normais entre os colegas de trabalho que te jogam na parede e rasgam suas roupas no estilo "era das cavernas"...

Quem sabe se eu contasse a alguém pudéssemos concluir o que eu já achava, que eu estava no lugar errado na hora errada, aquela era hora de uma mãe de família estar em casa cuidando de seus filhos, seu marido, e quem sabe eu pudesse lhes dar toda a razão.

Porém, somente a opinião de Deus, que conhecia verdadeiramente meu coração, e a do Saulo me importavam, e o Saulo não iria nunca mais confiar em meus colegas da academia; certamente colocaria todos no mesmo saco, ou me culparia.

Mesmo após quase dois anos desse trauma, ainda não conseguia achar normal pisar numa quadra de Beach Tennis sem me lembrar do pânico por que passei.

Busquei forças e recursos para prestigiar e ajudar essa então amiga a ajudar ao próximo; pareceu-me sensato da minha parte o esforço, por ela e pelas crianças carentes.

Chegando lá, suas novas amigas fizeram uma linda homenagem em telão onde cada uma fez um vídeo relatando quem era a mais amiga da amiga.

Não teve vídeo meu. Mesmo todas elas sabendo de minha existência e do quanto nós éramos próximas, não me chamaram para compor a rica homenagem. Ou será que a Syachane nunca contou nossas histórias de risos e desafios *fitness*? Comecei a achar que minha *bestie* tinha me convidado para poder convidar as minhas amigas, pois todas que eu apresentei a ela estavam lá.

Vendo aqueles vídeos rolando no telão, senti como se uma parte de sua história tivesse sido deletada, como se eu não existisse, como se eu nunca tivesse feito parte de sua vida. Minhas amigas ali presentes perguntavam quando eu iria surgir no telão, e eu, meio sem jeito, pensava comigo no próximo aniversário ou não.

Enquanto passava o telão, um telão também passava em minha mente, lembrando de todas as vezes que apresentei minhas amigas famosas ou influentes, interessantes para seu *business*, muitas delas que estavam ali inclusive contribuindo com sua ação solidária.

Vendo e sentindo tudo aquilo, meu sacrifício em estar naquele local por ela, eu praticamente invisível e visivelmente incomodada por participar de uma ação solidária onde quem é o centro das atenções é quem doa e não quem recebe (Mateus 6: 1-6). Milagrosamente caíram as vendas dos meus olhos ou a máscara da Syachane. Eram como flashes em minha mente as inúmeras histórias com que inacreditavelmente fui manipulada sem perceber.

Todas as vezes que pessoas famosas se aproximavam de mim por A ou B motivos, por eu ser a sua *personal* ou por ser amiga dos amigos famosos, lá estava a Syachane nos convidando para ir jantar em seu restaurante por conta dela, e lá íamos nós.

O interessante é que quando ela conquistava um pouquinho da amizade desses meus amigos, ela e seu marido os convidavam para jantar, e a mim e meu marido não mais. Por vezes não me sentia muito bem, mas colocava em minha cabeça que era normal dividir os amigos e eu ser excluída.

Isso acontecia seguidamente. Uma vez ela nos convidou para ir num churrasco em sua casa de praia e pediu que eu convidasse outro casal de amigos famosos para quem eu dava aulas na ocasião. Fiz o que ela me pediu, e essa foi a única vez que eu fui convidada para um churrasco em sua casa de praia, porém meus amigos famosos seguiram sendo convidados.

Muitas das vezes ficava sabendo por meus amigos dos seus convites, que acabavam me perguntando por que eu não havia ido na festa, no jantar, e eu, sem jeito, constrangida, dizia que havia tido outro compromisso.

Era realmente de chamar a atenção o modo como ela agia com meus amigos famosos ou influentes, mas eu me consolava em pensar que, mesmo que tivéssemos sido convidados, nós não conseguiríamos sustentar essa vida da noite, de sair pra jantar e acompanhá-los em seus vinhos caros e lugares onde jogam pôquer e fumam charuto; não era para nós, nem pelo dinheiro, nem pelo ambiente, nem pelo sono, pois eu preferia dormir.

Algumas vezes, um ou outro amigo deixavam escapar se eu acreditava mesmo naquela amizade. Eu não entendia muito bem as observações, mas cortava logo de cara, dizendo que nós nos dávamos muito bem, que eu gostava muito dela.

Tive que escutar: "Nem todos que dizem estar do teu lado, estão do teu lado".

Na verdade, já tinha escutado de tudo sobre a Syachane, que ela era *piolho de rico*, que falava demais, que era metida, não tinha assunto no universo de que ela e seu marido não tivessem conhecimento ou opinião formada... mas eu não queria ouvir, ou saía do recinto, ou cortava o assunto, dizendo um *que maldade*.

Certa vez recebi um convite para avaliar um SPA em Punta del Leste e levar algumas pessoas para conhecê-lo.

Fiquei encantada com o SPA de primeiro mundo, maravilhoso, sucesso! O meu destaque foi para a missão de ajudar na prevenção do câncer, sendo que o pai e a mãe da idealizadora faleceram dessa triste doença.

Eu estava radiante, grata e feliz por estar nessa missão, quando comecei a ser alertada por minha amiga da onça das *falhas* do SPA para meu relatório final.

Syachane, por já ter se hospedado em diversos SPAs pelo mundo, por ser mais viajada do que eu, se viu no direito de me alertar sobre os *defeitos* daquele exuberante SPA, e eu fui observando suas recomendações e caindo em suas conversas feito uma otária, uma garotinha boba totalmente manipulável. Hoje eu vejo isso e me dá muita raiva de mim por ser tão ingênua.

Fiz o relatório final, levando em conta suas considerações e senti que magoei a idealizadora do SPA com todas aquelas verdades desnecessárias.

Hoje eu consigo enxergar que ela me manipulava e tinha ciúmes ou inveja do modo como as pessoas me tratavam e talvez seja esse o motivo pelo qual ela me excluía de algumas festas e rodas de amigos, para não ter que dividir os holofotes. Que triste constatação!

Outra vez ela, olhando meus vídeos e fotos no Grupo do Desafio e nas redes sociais, me disse:

– Não sei como você aguenta ficar o dia todo feito uma macaca animando o auditório. Só de olhar me cansa.

Pensei: como assim "como eu aguento?" Eu não aguento, eu amo, eu curto, é bem diferente, não é pesado ou cansativo para mim. Porém, após esse comentário, por algumas vezes peguei-me pensando se não era demais mesmo, e acabava me sentindo realmente cansada, desanimada até, daí a importância de nos cercarmos das pessoas certas, que te puxam pra cima e não pra baixo.

E assim iam caindo minhas fichas em relação a tantas histórias de casos em que fui manipulada, inclusive na administração da academia, pois o Saulo dava ouvidos a ela, uma vez que era uma de minhas melhores amigas.

Inúmeras vezes Saulo tentou me alertar que ela era muito metida, intrometida, se achava dona da academia; ele a chamava de Pavão, mas eu o repreendia dizendo que ela era bem intencionada e só queria nos ajudar de alguma forma, então Saulo cedia.

Foram inúmeros sinais de que ela não era uma amiga sincera, mas nos dávamos tão bem, ríamos juntas, tínhamos tantas afinidades, sei lá, parecia uma amiga de verdade, só que agora eu estava finalmente enxergando e me lembrando dos sinais que pipocavam em minha mente.

Certa vez, a peguei dizendo que a ideia do Calendário MR tinha sido dela. Quase que ela me convence de que realmente tinha sido a idealizadora, mas eu tinha certeza de como ele surgiu.

Mais tarde, ao me desabafar com ela dizendo que não sabia se daria conta do Calendário naquele ano, que estava me sentindo sobrecarregada, surpreendeu-me dizendo que, se eu desistisse, que se eu acabasse com o Calendário, não seria nenhum grande problema, que ela mesma já havia terminado muitos projetos na vida dela e que não morrera por isso.

Algo naquele comentário me perturbou muito; não me senti acolhida. Pedi ajuda a Deus e fiz um dos melhores Calendários de todos os tempos, para surpresa da Syachane.

Peguei-a inúmeras vezes dizendo que meus projetos haviam sido ideia dela, como o Desafio MR, e eu não a levava a mal; eu achava até bonitinho ela se achar um pouco dona das minhas coisas, achava que fosse uma espécie de torcida por mim, de parceria, mas não era. Freud explica e Deus também.

O que mais me impactou nessa história toda foi ela ter uma página na Internet falando sobre "Inteligência Espiritual". Mal sabe ela que Deus escolhe os fracos, os loucos para confundir os inteligentes. (1 Coríntios 1:27-29)

No início tentei acompanhá-la para dar aquele *like* de amiga, dar meu apoio nessa transição de carreira, mas que carreira mesmo? Não sabemos.

Por fim, não consegui mais nem ver seu perfil, por não condizer com os meus princípios: "Quando tu deres esmola, não saiba tua mão esquerda o que faz a tua direita..." (Mateus 6: 1 a 18). Ou seja, essa divulgação toda em sua caridade me faz pensar onde eu estava com a cabeça todos esses anos de amizade que não vi que já deveria ter me retirado.

Finalmente havia enxergado, parecia estar estampado naquele telão interminável que eu não precisava mais estar ali, e me retirei de fininho, enquanto todos ainda olhavam adormecidos para o mesmo telão que me fez acordar.

A gota d'água da certeza de sua falta de amizade por mim foi quando uma das alunas que me emprestou o dinheiro para o investimento na academia do clube me disse:

– Você e a Syachane são amigas ainda? Ela me deu um conselho de ir descontando nas mensalidades o empréstimo que eu te fiz se eu quisesse ver meu dinheiro de volta.

Aquele comentário caiu feito uma bigorna em minha cabeça; foi um puxão de tapete duplamente, primeiro por eu ter comprovado os *sinais* em relação à veracidade de nossa amizade e segundo pelo meu dinheiro estar contado; não podia descontar absolutamente nada naquele momento.

Que decepção dessa pessoa que eu tanto amava! Que ser espiritual é esse que não se importa com sua amiga de anos e sua família? Diz se importar com caridade, mas não é caridosa.

Coloquei-me em seu lugar, e jamais teria coragem de fazer o mesmo com ela e seus filhos. Penso que se meu marido se opusesse eu daria outro jeito de ajudar, nem que fosse por caridade.

Lembrei-me de seus inúmeros conselhos questionáveis. Foi ela quem disse que para o casamento durar o ideal era ter um *folguista*. Querendo ou não, essas coisas vão ficando em tua mente como uma verdade a ser analisada. Por esse motivo, devemos nos afastar de conversas torpes. (Efésios 5:4)

Em meus três últimos aniversários, ela estava postando dicas de como ser um *ser de luz* e me pegou para contar suas historinhas para seus seguidores no Instagram.

Uma vez me levou ao *shopping* e me deu um perfume, tudo filmado, expondo-me em suas postagens de autoajuda.

A outra vez me levou para jantar e postou que iria presentear-me com uma consulta em sua famosa dermatologista, mas a verdade foi que ela me deu um monte de amostras grátis de creminhos dermatológicos.

E numa outra vez me sugeriu para que eu reunisse todos os meus alunos, meus amigos em seu restaurante, e meu presente seria uma janta cortesia. Hoje eu entendo que inúmeras vezes eu paguei aquela janta graças aos inúmeros alunos, amigos que eu levei a seu restaurante.

É impressionante como há *mentores espirituais* na Internet. Syachane tem uma amiga nessa mesma linha de autoajuda espiritual, porém essa tem uma pegada de psicóloga sem diploma para tal. Fechei rápido seu Instagram quando a peguei com os dentes cerrados e punhos fechados dizendo: "Nunca perdoe uma traição, sob pena de você viver sendo uma trouxa infeliz pra sempre".

É, ela pode até entender de como alguém se sente sendo traída, mas de espiritualidade e perdão ela não sabe nada. "Quem nunca errou que atire a primeira pedra" (João 8:7). Leia também Colossenses 3:13-14.

Dessa história toda saí triste por ter perdido minha amiga e feliz da vida por estar enxergando. Graças a Deus, estava liberta daquela cegueira espiritual que não me deixava ver a falsidade disfarçada de gente boa. Mais uma vez, Deus me livrara de ser ajudada por uma criatura que se gabaria para cidade toda de seus feitos.

Milagrosamente nada mais me abalava; a dor muda as pessoas e as pessoas se acostumam com a dor.

Existem dores e dores.

E minha dor era tanta, que mal conseguia respirar.

Definitivamente, tudo o que passara até aqui foi incomparável e até irrelevante ao que estava passando nesta segunda vez na Delegacia de Polícia.

Eu estava na Delegacia pela segunda vez, pois Saulo havia *roubado* nossos filhos enquanto eu estava trabalhando e os levado para Pelotas, cidade vizinha à nossa, deixando seus celulares em casa.

Incomunicável até as 6h da tarde, só sabia chorar, orar e pensar besteiras. Cheguei a verbalizar para a advogada a possibilidade de ele ferir as crianças ou de eu nunca mais as ver.

Inacreditável como o demônio age. Eu nunca tive o hábito de ver televisão, mesmo porque nunca tive tempo para isso, mas naquela semana vira na TV e em todos os meios de comunicação a história do pai que matou os três filhos e depois se matou, pois não havia aceitado a separação.

Definitivamente não era o nosso caso; ambos estavam aceitando muito bem a separação; acreditávamos que era o único e mais sensato caminho a seguir, porém essa história trágica e macabra martelava em minha mente.

Eu tinha motivos para ter medo, uma vez que nos últimos meses só brigávamos por causa de todas as pendências de dívidas e de questões mal resolvidas deixadas pelo Saulo e por causa da falta de ajuda em todos os sentidos, inclusive pensão.

Cada vez que eu baixava a guarda, quando parecia que estávamos tendo uma conversa de gente normal, descobria mais uma pendência ou mais uma história que ele aprontava, do tipo "não está pagando pensão mas está curtindo na noite, bebendo e indo em festas..." Enquanto eu estava lavando, passando, cozinhando, dando aulas, trabalhando, pagando as dívidas e cuidando das crianças, era no mínimo revoltante.

Por todos esses motivos, o deixava ver as crianças somente em nossa casa; não deixava Saulo pegá-las para dormir em sua casa ou para passeios mais longos.

Ao relembrar nossa relação conturbada, associada com as más notícias do telejornal, cheguei a um estado de nervos que me levava a sentir meus órgãos internos tremerem.

Minha advogada mais uma vez me salvou ao conseguir contato com o Saulo e pedir a ele que colocasse as crianças ao telefone comigo, sob pena de ter que realizar uma busca e apreensão de menor.

O alívio foi imediato.

As crianças estavam bem, apenas apreensivas por aquela situação. Disseram que pareciam estar num filme de aventura de mocinho e bandido.

Fiquei quieta, pois no caso o bandido era seu pai.

Passei sexta, sábado e domingo mais longos de toda minha vida; parecia estar sem os dois braços; tinha que me policiar para respirar; quando me dava por conta, estava em apneia total.

Novamente me lembrei de Jó, que também perdera seus filhos, e caí de joelhos a clamar a Deus por misericórdia, lembrando a Ele que Ele não daria um fardo que não pudéssemos suportar. (1 Coríntios 10:13)

De todas as provações, com certeza ficar sem meus filhos, aquela sensação de perda, de absoluto vazio, silêncio ensurdecedor foi a pior de todas; parecia ser meu último suspiro.

Só tinha uma certeza: havia feito a minha parte até agora; tinha dado o melhor de mim para meus filhos até então e também fiz o Boletim de Ocorrência.

As crianças finalmente retornaram sãs e salvas com mil histórias para contar, e a vida seguiu na mesma batida, acontecendo.

Capítulo 14
ESTRELA LUNA

Chegou uma hora na minha vida em que eu estava exausta, exausta de gente falsa, exausta de gente chata, exausta de correria, exausta de ter que fazer escolhas o tempo todo, de ter que decidir sozinha a todo o tempo. Não estava mais aguentando a pressão vinda de todos os lados.

Lembrei-me do filme *Enrolados da Rapunzel* no momento em que em fuga, encurralados, ela pergunta a José:

– Quem são esses?
– Meus inimigos. – Responde ele, esbaforido.
– E aqueles?
– Não gostam de mim.
– E aqueles outros?

E, exausto, ele responde:

– É, digamos que neste momento ninguém gosta de mim.

Super conseguia entender José. Há horas em que nos encontramos cercados de pessoas que *não gostam* da gente, não te apreciam e, pior, te perseguem.

A verdade absoluta é que quando você está passando por lutas, por provas, quando você perde todo seu dinheiro, o prestígio, você também perde as amizades, a consideração e até o respeito de alguns. Lógico que com a maturidade e espiritualidade percebemos perder apenas os que não nos eram verdadeiros, mas até você entender isso, sente a dor do abandono por aqueles que outrora lhe eram preciosos.

E por mais que essas pessoas também acrescentem em tua vida, te ensinam o que não devemos ser ou fazer, elas, por sua vez, contaminam e sugam tua energia, fazendo-te perder tempo, te sentindo ruim e com foco no que realmente não importa.

Muitas vezes chegava em casa sem energia ou até irritada, e era acolhida com um abraço, um beijo, uma jantinha romântica, e toda aquela energia negativa se dissipava; era como se recarregasse minha bateria em meu lar, com minha família, o tal porto seguro.

Essa sensação intensificou-se com a vinda das crianças; nossa casa era uma festa, uma alegria que contagia, vinham pulando, me abraçando, me resetando. Certamente, se algo não tinha sido bom em meu dia depois daquela recepção, eu já nem lembrava mais, deixava na porta.

Nós quatro nos bastávamos; aliás, nós cinco, depois da vinda da nossa cachorrinha Luna.

Poderia ser durante a semana, ou final de semana, ou até se passássemos o Natal ou Ano-Novo só nós cinco, era sensacional, casa cheia.

Depois que o Saulo partiu, a alegria foi com ele; uma espécie de vácuo, vazio, alojou-se em nosso lar. Todos sentiram a seu modo, inclusive nossa cachorrinha Luna, que estranhamente ocupou o lugar de Saulo no sofá, sendo que nunca havia feito isso antes; nitidamente queria chamar nossa atenção para aquele lugar, dizendo que estava sentindo sua falta.

É incrível! Quando alguém falta na família, muda toda a dinâmica da casa, o clima, a energia, o cheiro, o sabor. Parece que sempre está faltando alguém, e está. A sensação é de que a família está aleijada, sem um braço ou uma perna. É no mínimo estranho.

Pior mesmo é quando você volta para casa e não tem mais aquela pessoa para conversar, dar risadas, dividir a difícil tarefa de educar um filho ou simplesmente não decidir ou resolver tudo sozinha.

Sentia nos mínimos detalhes essa falta, como encher o filtro, abrir um pote com tampa emperrada, lavar uma louça, colocar a roupa na máquina, recolher o lixo, ajudar as crianças num tema escolar enquanto eu fazia o jantar ou vice-versa, dividir a incrível tarefa de colocar as crianças para dormir cedo, enquanto um tirava um filho do *videogame*, o outro tirava a filha do celular... Quando finalmente conseguíamos encerrar nossos afazeres do dia e da noite, nos atirávamos na cama; por fim, eu me deitava no seu peito, escutando seu coração, e dormia tranquila, com a certeza de que estava tudo bem.

Resumo de felicidade.

Lembranças. Agora minha realidade era bem outra. De tanto sofrer. aprendi de uma vez por todas que a opinião dos outros é do outro e que a multidão de conselheiros, que muitas vezes deram pitacos em minha vida conjugal, inclusive falando mal do meu marido com minha permissão, sumiram, evaporaram, desapareceram, deixando-me na total solidão.

A vida já estava dura demais quando nossa cachorrinha Luna adoeceu, fazendo-me gastar o que eu não tinha com consultas e diárias na clínica veterinária.

Todos os dias, após o expediente, íamos vê-la na clínica onde estava internada e sofríamos vendo-a sofrer.

O diagnóstico era de cinomose, que poderia ter sido evitada se ela estivesse com a vacinação em dia. Mas com um ano de pandemia e mais um ano de tratamento de minha mãe com câncer, minha separação e a luta pela sobrevivência, foi humanamente impossível me lembrar da vacinação nem dos meus filhos, nem da Luna; mal me lembrava da ração; muitas vezes faltou o dinheiro da ração, e eu repartia com ela tudo o que comia.

Minha preocupação, meu cuidado intenso era com as crianças, para que elas não adoecessem, uma vez que estávamos até sem plano de saúde. Implorava para que elas se alimentassem bem, pois não poderíamos nem pegar resfriado, tamanha nossa escassez.

De fato, o deserto é tenebroso, difícil de sobreviver, mas nunca senti tanto Deus em minha vida quanto nesses três anos de deserto.

"Porque quando estou fraco, então é que sou forte." (2 Coríntios 12:10)

Quando você está no fundo do poço, sozinho, abandonado, ferido, quando suas forças acabam, sua única e última chance é "se Deus quiser". Misericórdia, Senhor! Misericórdia!

Geralmente é nesse momento que você clama com mais intenção, de todo o seu coração e alcança o coração de Deus.

Essa conexão faz a mágica acontecer.

A Luna não ficou curada; pelo contrário, veio a falecer, mas nossa evolução como pessoa foi sobrenatural. O amor, a união, a cumplicidade entre nós três tornou-se admirável.

Nosso luto pela Luna foi muito doloroso; afinal, ela era um membro da família havia cinco maravilhosos anos, e, somado com todas as outras perdas, o choro era comovente.

Mas todas as vezes em que eu a via sofrendo e principalmente depois que o veterinário falou que precisaria tirar os dois olhinhos caso ela sobrevivesse, pedia a Deus que a levasse e acabasse com aquele sofrimento todo. Ao mesmo tempo que sofria por Luna, agradecia a Deus por não ser com as crianças. Deus do céu, muito obrigada por não ser com meus filhos!

Quando Luna faleceu, chorava por ela e chorava por ver as crianças chorando. Foi surreal nossa dor.

– Mamãe, será que iria acontecer alguma coisa com nossa família, comigo, e a Luninha morreu em nosso lugar? Senti isso. – Disse Anne, que era a *dona* oficial de nossa cachorrinha.

– Os animaizinhos de estimação captam nossa energia e sofrem juntamente conosco, sentem nossas dores... Pode ser que tenha baixado a sua imunidade. – Concluí eu.

Ao chegar na academia, recebi um abraço acolhedor de uma aluna muito amada, Maria Alice, e ela repetiu exatamente as palavras da Anne. Arrepiei.

Há muitos mistérios neste mundo espiritual que ainda não nos foram revelados.

Se é no deserto que descobrimos os falsos amigos, também é no deserto que descobrimos os verdadeiros amigos, com quem podemos contar de verdade. E o veterinário e sua esposa frequentavam a mesma Igreja que nós e me fizeram uma proposta de quitarmos a dívida da Luna com minhas consultorias em treinamento.

Meu Deus! O Senhor é fiel demais da conta! Gratidão por tê-los colocado em meu caminho! Gratidão por suas vidas! Juliano,

Juliana e a especial Cecília, família abençoada, que muito me ensinou sobre amor incondicional.

Em todo meu processo, só me lembrava da passagem de Jó; não queria me comparar com Jó, pois ele foi um homem irrepreensível, que se desviava do mal (Jó 1:1), e eu não era tão irrepreensível assim... mas sentia que meu coração era parecido com o dele e sentia sua dor, identificava-me com suas perdas.

Ao relembrar sua história bíblica, chorei tanto! Ele perdeu tudo, bens materiais, seu trabalho, sua família, até seus filhos morreram, os amigos se afastaram e por fim perdeu sua saúde. A Bíblia relata que, por mais que sua mulher tenha fraquejado na fé, manteve-se ao seu lado.

Numa comparação, fiquei aliviada que, por mais que eu estivesse me sentindo o próprio Jó, eu tinha perdido o marido, e não os filhos, e isso era motivo de gratidão e me dava forças para continuar confirmando a passagem bíblica que está em 1 Coríntios 10:13: Deus nunca nos dá o fardo maior do que possamos suportar.

No auge de minha dor, disse a Deus: Antes eu só te conhecia de ouvir falar, mas hoje eu te vejo.

Inacreditavelmente li a passagem em que Jó também falou isso a Deus: "Antes eu te conhecia só por ouvir falar, mas agora eu te vejo com os meus próprios olhos". (Jó 42:5-6)

Arrepiei-me lendo essa passagem; realmente a história de Jó estava se repetindo em minha vida, e nesse momento, ao invés de me entristecer, imediatamente parei de chorar, senti-me especial. Comecei a focar na parte que Deus lhe reconstituiu tudo em dobro (Jó 42:10-12)

De fato, é impossível conhecer a Deus sem passar pelo deserto, pelo vale.

Em três anos perdi meu marido, nossa cachorrinha, nossa ajudante doméstica, meus alunos, meus amigos, o plano de saúde de toda a família, o colégio das crianças, a luz, a Internet, meu telefone, minha casa, meu carro, meus cabelos.

Passei três anos caindo, chorando, levantando.

A cada perda eu ficava mais fraca e com uma vontade imensa de ficar no chão, jogar a toalha, porém me tornava mais e mais dependente de Deus, a cada perda; ao invés de me afastar de Deus, eu orava mais, me derramava mais aos Seus pés, e, consequentemente, mais uma vez adquiria forças para levantar daquele chão.

Fiz catequese, crisma, retiros, missas, cultos, mas nada me aproximou tanto de Deus quanto estar na prova, no deserto.

A única coisa que aliviava minha dor emocional eram as orações, os louvores, os vídeos no Youtube sobre Deus e Sua Palavra, alimentava-me diariamente desses vídeos e orações, e aos poucos fui fortalecendo meus músculos espirituais.

Muitas das passagens bíblicas eu já havia lido em algum momento de minha vida, porém agora eu as estava vivendo e entendendo que a Palavra é viva, se renova a cada dia em nossas vidas. (Hebreus 4:12)

A passagem "não é contra a carne e o sangue que temos que lutar, mas sim contra os principados, contra as potestades..." (Efésios 6:12). Essa passagem ecoava dentro de mim de uma maneira a incomodar-me, pois de que adianta a teoria sem a prática? Afinal, a fé sem obras é morta, diz a Palavra (Tiago 2:17)

Se eu não estou lutando contra o Saulo e eu acredito na Palavra de Deus, então o que estava me faltando era colocar em prática minha fé e lutar para que os principados e as potestades largassem aquele corpo, libertassem aquela pobre alma. E de fato, Saulo, com aquela barba crescida e mal cuidada, não parecia o mesmo com quem me casara.

Quando essa Palavra me foi revelada, eu estava no auge do ódio, querendo mais que o Saulo fosse para o inferno e abraçasse o diabo, que era o lugar dele, achava eu. Não queria aceitar de maneira nenhuma que ele pudesse ser perdoado e restaurado; não conseguia enxergar essa possibilidade.

Juntamente com essa revelação vieram outras, e aos poucos fui montando mais esse quebra-cabeça.

Em Mateus 17.14-23, tive outra revelação: "Quando chegaram onde estava a multidão, um homem aproximou-se de Jesus, ajoelhou-se diante dele e disse: Senhor, tem misericórdia do meu filho, ele tem convulsões e está sofrendo muito. Muitas vezes cai no fogo ou na água. Eu o trouxe aos teus discípulos, mas eles não puderam curá-lo. Respondeu Jesus: Ó geração incrédula e perversa, até quando estarei com vocês? Até quando terei que suportá-los? Tragam-me o menino. Jesus repreendeu o demônio, ele saiu do menino, que daquele momento em diante ficou curado. Então os discípulos aproximaram-se de Jesus em particular e perguntaram: Por que não conseguimos expulsá-lo? Ele respondeu: Porque a fé que vocês têm é pequena. Eu lhes asseguro que se vocês tiverem a fé do tamanho de um grão de mostarda, poderão dizer a este monte: Vá daqui para lá, e ele irá. Nada lhes será impossível. Mas esta espécie só sai com oração e jejum."

O Jejum! Como eu havia me esquecido do jejum?

Agarrei-me ao jejum e à oração. Foram inúmeros sete domingos de jejum.

Como o número 7 aparece várias vezes na Bíblia, sempre acreditei que ele pudesse ser o preferido de Deus, e foi nele que me baseei.

Durante os sete domingos de jejum, por algumas vezes presenciamos Saulo de volta lá em casa, almoçando com as crianças num clima familiar e de harmonia. Eu somente os servia sem tocar na comida, sentindo-me calma e controlada, principalmente sem aquela vontade de pular em sua jugular.

Porém, ao finalizar os sete domingos, algo acontecia que nos levava a brigar por A ou B motivos, passando semanas sem esse contato familiar.

E assim eu ia *renovando* os sete domingos em jejum até perder as contas de quantos domingos jejuei, e só os encerrei quando, ao ver um vídeo que propôs três dias seguidos de jejum, por uma causa senti-me tocada e lá fui eu ficar três dias só bebericando água e conectada em oração.

Antes de ter entendimento da Palavra de Deus, sentia-me uma metralhadora atirando para todos os lados, desesperada, tentando atingir todos os alvos em todas as áreas de minha vida que precisavam de atenção. Começava a campanha por minha área financeira, profissional, sentimental, emocional, espiritual; não focava em nenhuma, uma vez que todas estavam carentes, em busca de um milagre.

Porém, depois da morte da Luna, vivendo meu luto, minhas perdas e principalmente vendo a tristeza das crianças, uma piedade profunda atingiu cada célula do meu ser, trazendo o entendimento segundo o qual o que estava me faltando era focar na área mais importante de minha vida, a familiar.

Mesmo que todas as áreas de minha vida estivessem capengas, desmoronando, a mais importante para mim sempre foi a área familiar, mas por um momento a havia perdido de vista, mediante tantos ataques do inimigo.

Cada dia em jejum era como se caíssem vendas dos meus olhos; meus olhos espirituais eram abertos, e eu ia entendendo mais e mais a Palavra que chegava ao meu coração.

"A Glória da segunda casa será maior que a da primeira." (Ageu 2:9)

"Eu e minha casa serviremos ao Senhor." (Josué 24:15)

"A mão de Jeová veio sobre mim, e ele me levou para fora no espírito de Jeová, e me pôs no meio do vale, que estava cheio de ossos; e fez-me passar por toda à roda deles. Eis que havia muitíssimos sobre a face do vale; e eis que estavam em extremo secos.

Ele me perguntou: Filho do homem, acaso podem estes ossos reviver? Respondi: Senhor Jeová, tu sabes.

Disse-me mais: Profetiza sobre estes ossos, e dize-lhes: Ossos secos, ouvi a Palavra de Jeová.

Assim diz o Senhor Jeová a estes ossos: Eis que vou fazer entrar em vós o fôlego e vivereis. Porei sobre vós nervos, e farei crescer carnes sobre vós, porei em vós o fôlego e vivereis, sabereis que eu sou Jeová.

Assim profetizei, como fui ordenado. Enquanto eu profetizava, houve um estrondo, e eis que se fez um terremoto e os ossos se achegaram osso ao seu osso.

Olhei, e eis que estavam nervos sobre eles, e cresceram as carnes, e a pele os cobriu por cima, porém não havia neles fôlego.

Então ele disse-me: Profetiza ao vento, profetiza, filho do homem, e dize ao vento: Assim diz o Senhor Jeová: Vem ó fôlego, dos quatro ventos e assopra sobre estes mortos, para que vivam.

Assim profetizei, como ele me ordenou, o fôlego entrou neles e viveram e se levantaram sobre os seus pés, um exército grande em extremo.

Então me disse: Filho do homem, estes ossos são toda a casa de Israel. Eis que dizem: os nossos ossos se secaram e está perdida a nossa esperança. Somos inteiramente exterminados.

Portanto, profetiza e dize-lhes: Assim diz o Senhor Jeová: Eis que vou abrir as vossas sepulturas, e vos farei subir das vossas sepulturas, ó povo meu, e vos introduzirei na terra de Israel.

Sabereis que eu sou Jeová quando eu tiver aberto as vossas sepulturas, e vos tiver feito subir das vossas sepulturas, ó povo meu.

Porei em vós o meu espírito, e vivereis, e vos metereis na vossa terra. Sabereis que eu, Jeová, o falei e o cumpri, diz Jeová.

Ezequiel 37: 1-14 soprou-me vida de modo a tirar-me da sepultura."

Essa passagem criou vida dentro de mim, e troquei as palavras de morte por palavras de vida; as palavras de maldição que muitas vezes poderiam até parecer verdades sobre o Saulo naquele momento de dor, de ódio, por palavras de bênção que eu ainda não estava vendo, mas as disse com os olhos da fé.

"Fé é a certeza das coisas que se esperam, e a prova das coisas que não se veem." (Hebreus 11:1)

Depois da *descoberta* do vale dos ossos secos, tive a certeza de que Deus estava falando comigo; sentia-me exatamente num vale de ossos secos, sequíssimos, e depois de escutar a Palavra senti paz, aquela que excede todo o entendimento.

Comecei a colocar minha fé em prática e a orar pelo Saulo, por sua restauração; comecei a profetizar vida em nosso relacionamento já morto e nossa família sem vida, mesmo ainda pensando o contrário, que eu queria justiça, que o Saulo pagasse tudo que ele fez com sua família, o abandono, a falta de apoio emocional e financeiro; eu só pensava que ele deveria pagar tudo que tinha nos feito passar, mesmo assim não verbalizei mais e orei por ele. Sentia em meu coração que precisava orar por ele, por sua restauração, mesmo porque existe ex-marido, mas não existe ex-pai, e, portanto, nosso relacionamento precisava ser no mínimo bom.

A cada propósito, a cada campanha de oração, a cada jejum, as coisas pioravam ainda mais. Lembrei-me da minha vó falando: "Quanto mais eu rezo, mais assombração me aparece", e era exatamente assim.

A cada porrada eu ia à lona, ficava períodos nocauteada e por algum tempo desistia da missão de "lutar contra principados e potestades", contra esse mundo invisível em que é difícil de acreditar; só pela fé mesmo e a certeza de que a Palavra de Deus é verdadeira.

Deixa pra lá, pensava eu. Quem sabe Deus não quer mais isso para minha vida, quem sabe Ele quer algo novo pra mim, questionava e já ficava ligada em todas as possibilidades ao meu redor. Não demorava muito para encontrar inúmeras opções aparentemente bem melhores que Saulo em seu estado atual.

Mas, na velocidade da luz, vinha uma palavra que me atravessava como espada de dois gumes: "Entrai pela porta estreita; porque larga é a porta, e espaçoso o caminho que conduz à perdição, e muitos são os que entram por ela; e porque estreita é a porta e apertado o caminho que leva à vida, e poucos há que a encontrem". (Mateus 7:13-14)

Sem dúvida alguma que a Palavra de Deus orienta o caminho que devemos seguir, independente dos nossos achismos ou opiniões.

É como se fosse um GPS te informando que há um abismo a sua frente, mas você ou não escuta a informação ou acha que sabe o caminho, e segue em frente.

É uma bússola em alto-mar.

É a luz na escuridão.

Precisou a Luna morrer para eu perceber que estávamos vivos, e onde há vida há esperança.

Capítulo 15
MINHAS PERDAS

Aquelas malas na porta foi o anúncio do início do deserto. Já dava para sentir o vazio, o frio, o silêncio com o som típico do vale da sombra da morte. (Salmo 23:1-6)

Depois foi a descoberta de que estávamos falidos; quando conseguia pagar o aluguel e o colégio das crianças, mal sobrava para a comida.

Nesse momento entendi o "Pão nosso de cada dia", e começamos a agradecer toda vez que nos sentávamos para comer algo.

Tive que trocar o pão sem glúten pelo pãozinho francês, que conseguia pagar com meus dois reais, e assim comprovávamos a passagem do Salmo 37:25 e dos Provérbios 10:3.

Sentia o cuidado de Deus em todos os detalhes.

Quando estava com minha saúde muito fragilizada e por consequência tive uma queda de cabelos horrenda, minha autoestima em frangalhos, sentindo-me a mais feia do planeta, foi exatamente nesse momento que o Rafa Cabeleireiros me chamou para ser sua modelo num tratamento com óleos orgânicos chamado Chrono Therapy.

Eu modelo? Parecia piada. Mas não era, fui tão bem acolhida pela equipe de excelência do Rafa, profissionais maravilhosos que não olharam minha aparência; pelo contrário, se empenharam de tal maneira que logo nos primeiros meses lá estavam nascendo meus *babys hairs*.

Em seis meses já estava cabeluda e sentia minha autoestima fortalecida para retribuir fazendo *post* no Instagram.

Jamais esquecerei essa acolhida, esse gesto, esse cuidado. Está literalmente em minha cabeça e em meu coração.

Lembrei de outra profissional de excelência, Melissa Santos, que em plena pandemia, em 2020, mudou-se para a praia, mas antes de ir fez questão de me deixar um tutorial de como tonalizar meus cabelos brancos: "Ah, mas não vou te deixar na mão mesmo", disse ela, deixando um passo a passo de como eu me virar sozinha em casa e não me sentir esbranquiçada. Pessoa e profissional diferenciada no mercado. Gratidão.

Outro grande momento do cuidado de Deus foi quando descobri que estávamos com mensalidades atrasadas no colégio e por isso não poderíamos fazer a rematrícula antes de quitar; Deus literalmente enviou um anjo.

Uma aluna recém-chegada veio *do nada* e ofereceu-me ajuda para reconstruir minha academia, visto que não tinha dado certo a parceria no clube e estávamos nos 30 dias de aviso para sairmos dali.

Quando ela me abordou ao final da aula, oferecendo sua ajuda financeira, levei um choque, fiquei por um longo minuto sem reação, deu um nó em minha garganta e em meu cérebro, uma vez que já estava planejando uma fuga da cidade ou do planeta, ainda não sabia muito bem o destino.

Num primeiro momento, eu comigo mesma estava planejando ir para a casa de uma tia em Santa Catarina, virar bicuíra e largar tudo em Pequenópolis, começar do zero em outra cidade bem longe de todo aquele fracasso em que estava inserida. Não tinha bem certeza que seria ali meu lugar; a única certeza é que levaria meus filhos.

De tanto tempo que a fiquei olhando fixamente, escorreu uma lágrima, e agradeci.

Expliquei a ela que minhas prioridades haviam mudado e por fim tive que abrir minha situação com o colégio das crianças.

Este anjo era uma jovenzinha médica que veio me procurar para o grande dia de sua vida, seu casamento.

Verdadeiramente eu amo metas, especialmente de casamentos e gestantes antes, durante e depois do parto, amo colocar os filhotes saudáveis no mundo e deixar suas mamães ainda mais lindas.

Mesmo passando por tudo que passei, em minha pior fase de separação, morte da Luna, perda do colégio dos meus filhos, com certeza em nenhum momento transferi para meus alunos minha dor. Apenas duas alunas de mais de 20 anos de MR sabiam da real situação, e falávamos somente fora de seu horário de aula; era meu jeito de ser.

A Doutora Anjo, ao entender minha prioridade, prontamente falou:

– Então, vamos em tua prioridade de momento. Primeiro o colégio das crianças; eu vou te ajudar.

Fiquei ainda mais perplexa, sem saber o que dizer; apesar de ter orado pela causa, já estava fazendo o meu planejamento sem esperar a resposta de Deus. É assim que nós seres humanos agimos o tempo todo; acreditamos em Deus, mas deixa que eu mesmo resolvo.

– Anjo! você vai casar daqui a seis meses! Sabemos que casamento tem muitos gastos. – Disse eu, que só conseguia pensar em seus gastos, em sua generosidade, em sua empatia.

– Não se preocupe com isso, Marcy. Se te ofereci é porque dá para te ajudar. Fica tranquila. Vamos resolver isso.

Quando ela se foi, caí de joelhos ali mesmo, em nosso canto de treinos improvisado no Clube Paraíso, e orei por sua vida. Agradeci a Deus por sua vida, pedi a Deus que lhe desse o dobro e falei que havia entendido o recado de Deus.

Entendi que agora estava com mais uma dívida, e esta era maior do que uma dívida financeira; era uma dívida emocional, de gratidão; simplesmente não poderia virar as costas, deixar os poucos, porém preciosos alunos que me restavam.

Aceitei sua ajuda e consegui pagar as mensalidades pendentes, porém no final do ano teve reajuste de tudo, e descobri que ainda havia parcelas de negociação do apartamento em aberto.

Saulo estava tentando recolocar-se no mercado, e por isso não estava ajudando financeiramente, ou seja, além de ele não ajudar, ainda me deixou com todas as dívidas do banco, do colégio, dos aluguéis, supermercado e por aí vai, todos os boletos que uma família tem em sua planilha de contas a pagar.

Com a perda da aluna *beach,* tive que optar entre continuar com as crianças no colégio ou morarmos na calçada.

Foi a vez de perder nosso amado colégio.

Não queria levar problemas para meus pais; além de já estarem com 70 anos, minha mãe estava no tratamento do câncer, ou seja, mais uma vez era eu e Deus.

Em doses homeopáticas, fui revelando, a minha mãe primeiro, que iríamos conhecer os serviços do colégio público. A ideia era por um ano, até eu me recuperar financeiramente.

Para minha surpresa, ela me apoiou de imediato dizendo:
– O colégio público é muito bom. Você sobreviveu, não é mesmo, Marcy?

Nesse momento deu-se um frio na barriga e lembrei que o único colégio de que eu tinha boas lembranças era o de Curitiba, onde passamos maravilhosos cinco anos de nossas vidas.

O colégio de Curitiba era público, porém parecia privado. Era extremamente limpo; guardo até hoje o cheio de limpeza, o brilho no chão dos corredores largos, banheiros com papel higiênico e o aroma delicioso da merenda.

As meninas tinham aulas de técnicas culinárias e também domésticas, onde eu aprendi a pregar botão e a bordar as iniciais do meu nome, MR.

Enquanto isso, os meninos tinham aulas de técnicas agrícolas e industriais, mecânica também.

Lembro que eles plantavam e todos nós colhíamos e levávamos para as deliciosas receitas nas aulas de culinária, uma cozinha ampla e limpa, com cheirinho de bolo de cenoura com chocolate.

Quando tínhamos aulas de culinária, toda a turma lanchava a receita feita por nós.

Tenho tantas, mas tantas lembranças boas desse tempo, das gincanas, das Olimpíadas, Jogos Interclasses, Festas Juninas; lembro de detalhes dos professores, de sua postura, da educação, do respeito.

Certa vez, na quinta série, perdemos uma coleguinha, a Veridiana, por causa do câncer; todos nós fomos ao seu enterro e o Colégio fechou em luto. No outro dia, todos ainda visivelmente tristes e abatidos, a professora de história pegou um a um no colo e deu um abraço afetuoso que nos restaurou.

Dessa vez ela não contou a história da Idade Média, do feudalismo ou das monarquias, e sim falou da importância de vivermos cada dia nosso melhor dia, tornando o dia das pessoas mais leve, mais vivo.

Mesmo com pouca idade, estávamos entendendo bem a lição da vida.

Quando meu pai foi despedido da firma de São Paulo que o havia enviado a Curitiba com a missão de abrir uma filial, ele decidiu voltar para sua cidade natal, da qual estava afastado desde menino, e foi assim que fomos parar em Pequenópolis, onde os colégios públicos não me trazem boas lembranças.

Só que eu não tinha opção. Precisava estancar os gastos e buscar a restauração financeira para sobreviver àquela crise nunca vivida antes.

Conversei com as crianças explicando nossa situação de momento, pedi a compreensão, pois a ideia era apenas um ano para que eu pudesse nos restabelecer.

Teve choro, medo do desconhecido, mas também teve abraço gostoso e a certeza de que estávamos juntos nessa.

O que eu achava o máximo em Pequenópolis é que tudo era perto.

Achei uma escola pública do outro lado da avenida. Era exatamente assim, de um lado da avenida nosso bairro chique, do outro lado outro bairro mais tradicional, onde se localizava essa escola que fechava com minha logística de levar, buscar e trabalhar.

Benny deixou muitos amigos no colégio particular, um de modo muito especial, que jamais esquecia; em todos os eventos do colégio em que podia levar um amigo, lá estava ele chamando o Benny para ir com ele. O mais interessante foi como viraram os melhores amigos.

Certo dia, ao buscá-los no colégio, Benny entrou aos prantos no carro, dizendo que odiava esse coleguinha chamado Vick e que nunca mais iria falar com ele na vida.

Benny havia cortado o cabelo bem curtinho e ficou todo espetado para cima, e Vick começou a chamá-lo de porco-espinho em frente aos colegas, causando risos na turma.

Ficou extremamente constrangido e chateado com o colega.

Propus ao Benny que orássemos pelo Vick e que, se em 24h ele não mudasse sua postura, seu comportamento, então nos afastaríamos de modo a não tê-lo mais como amigo, mas somente como colega.

De início, Benny não aceitou de jeito nenhum orar por seu colega e disse coisas horríveis, que me levaram a repreendê-lo; por fim, expliquei que Deus não estava naquele negócio de raiva, xingamentos e falta de perdão.

– Vamos dar um nó no rabo do diabo e colocar um sorriso no rosto de Deus? – Propus eu.

Meio contrariado, mas convicto de que estava colocando um sorriso no rosto de Deus, fez a oração do Pai-Nosso comigo e com a Anne, e oramos pela vida do Vick.

Em oração, pedi a Deus que mostrasse Seu Poder na vida do menino de modo que no recreio do dia seguinte ele viesse falar com o Benny, convidando-o para jogar bola.

A oração foi tão específica que fiquei com medo de não ser ouvida em detalhes e assim meus filhos duvidarem de Deus.

Então clamei que fosse feito conforme Sua vontade, de modo a fortalecer nossa fé.

E assim aconteceu. Exatamente como havíamos pedido em oração.

No dia seguinte, ao buscá-los no colégio, Benny estava radiante, empolgadíssimo, contando como Vick e ele se divertiram jogando bola no recreio.

Deus é fiel. Deus é maravilhoso.

E depois desse episódio os convites surgiram sem parar, estreitando a cada dia seus laços de amizade.

Ao conviver com Vick, acabamos sabendo de sua história de vida, que também não foi nada fácil.

Anne não deixou grandes amigas no colégio particular; suas colegas tinham casa na praia e fortaleciam seus laços nas férias de verão nos condomínios no litoral, onde seguiam na mesma *vibe* durante o ano, e assim Anne não era da *turma*.

Certa vez, Anne chegou em casa triste, pois não poderia brincar com a Fulana nem com a Sicrana por não ter o vestido oficial da Elsa, princesa da Disney.

– Mamãe, precisamos ir para a Disney comprar o vestido da Elsa, senão não poderei brincar com as meninas na escola, disse Anne no auge dos seus 6 anos.

Eu, com minha ainda pouca sabedoria bíblica, acabei batendo de frente no Grupo de Mães da Escola: "Prezadas mães! Peço a gentileza que conversem com seus filhos sobre essa situação – contei a situação do 'vestido oficial da Elsa' –, expliquem a diferença entre 'valor e preço', por favor?"

Por algum tempo, o grupo das excelentíssimas mamães ficou em silêncio absoluto sem mais uma palavra sobre a postura de tal professora ou como o faxineiro estava parado, descansando em cima da vassoura ao invés de trabalhar, não falaram mais da vida de ninguém. Acredito que estavam avaliando as suas próprias vidas, por um milagre.

Felizmente eu tinha três mães que eu considerava *normais* em toda a turma, e foi uma delas que quebrou o silêncio dizendo:

– Sério isso, Marcy? Vou conversar com a Lily a respeito; logo te passarei um *feedback*.

– Obrigada. – Respondi bem chateada, pela tristeza de Anne.

Para Anne expliquei que o vestido da Princesa da Disney e o vestido feito na costureira da esquina eram exatamente o mesmo vestido; o que realmente importava era a diversão, mas confesso que fiquei bem mexida com essa história toda, e isso acendeu um alerta sobre o perfil desses pais.

Essa não foi uma história isolada. Houve inúmeras outras parecidas de "pode e não pode", teve festa na praia, e Anne não foi por não ter sido convidada, mas acabava sabendo pelos comentários animados dos coleguinhas já em sala de aula e Anne me contava arrasada. Isso cortava meu coração.

Percebi que a história se repetia.

Minha mãe ganhou uma bolsa de estudos numa escola de freiras. Tratava-se de um internato particular onde ela, em troca de estudos, limpava o colégio e lavava a louça das refeições.

Quando todos iam brincar ou descansar, minha mãe ia lavar a louça ou lavar as privadas.

Certa vez, houve uma grande festa, e ela estava muito animada em participar, porém não foi convidada.

Uma das meninas, chamada Helena, questionou o porquê não iriam convidá-la, e todas em coro disseram: "Não queremos a empregada em nossa festa".

Helena, tomando as dores de minha mãe, disse: "Me tirem da lista! Vou ficar com a Tereza."

E essa foi a grande única amiga de minha mãe do internato particular até os dias de hoje. Helena foi o anjo que Deus enviou dando o suporte necessário para que minha mãe terminasse os estudos num ambiente tão hostil.

Anne não era empregada e tampouco tinha bolsa de estudos, porém não tinha casa na praia nem o vestido da Disney; isso provavelmente dificultou sua inclusão na panelinha.

As crianças sabem ser cruéis, mas seus pais e a própria escola têm importante parcela nessa conduta e na inclusão.

Mas Deus sabe de todas as coisas (Salmos 139:16)

Essa falta de vínculo e amigos de verdade nos ajudou, e muito, a sofrer menos na saída para a escola pública, e com certeza foi um ano de grandes descobertas e de novos aprendizados.

Capítulo 16
ESCOLA PÚBLICA

O ano de 2022 estava iniciando com borboletas no estômago e um medo incontrolável que meus filhos não se adaptassem com a nova realidade; afinal, a nova escola era infinitamente menor que a antiga e a estrutura era incrivelmente inexistente.

A lista do material escolar era uma folha A4 pela metade; fiquei chocada com a diferença em relação ao polígrafo da particular; cabiam até florzinhas e desejos de um maravilhoso ano letivo para todos.

Literalmente entreguei a Deus; eu não tinha o que fazer a não ser ver no que daria.

Surpreendentemente, o primeiro ano na escola pública foi marcado pelas grandes amizades, tanto da parte do Benny, quanto de Anne, que finalmente encontrou suas Besties.

Todos os dias voltavam cheios de novidades e o nome de mais um amigo ou amiga que haviam conquistado.

A empolgação deles me emocionava, e eu só olhava para o céu e dizia: "Eu sei que és Tu, meu Deus, só pode ter dedo Teu".

As crianças diziam coisas do tipo: "A escola pública é melhor do que a particular"; "Mamãe, eu estou muito feliz com meus novos colegas"; "Estou amando minha escola".

Ao mesmo tempo que eu ficava perplexa em ver tamanha adaptação, batia um alívio emocional e financeiro sobrenatural em mim.

Apenas por puro preconceito e também precaução ficava conferindo quem era quem, quem eram seus pais, onde moravam, e aos poucos fui conhecendo toda aquela turminha amada que logo começou a me chamar carinhosamente de tia Marcy.

Nessa investigação de quem era quem na turminha, principalmente os mais chegados aos meus filhos, acabei sabendo de suas histórias de vida, muitas delas bem tristes, como a de Fábio, que andava faltando a muitas aulas por conta de seu pai, que tinha sido internado por ser usuário de drogas.

Aquela história me impactou demais, por se tratar de um menino extremamente dócil, sorridente e cuidadoso com seu irmão e colegas; com apenas 10 anos de idade já parecia muito responsável e extremamente educado.

Pais separados, drogados, endividados, com problemas diversos existem tanto na escola pública quanto na privada.

Estávamos vendo os dois lados da moeda em todos os sentidos, tanto em comportamento humano quanto em atraso na educação, conteúdos dados na pública e na particular.

Nossos dois últimos anos tinham sido extremamente pesados e sofridos, com inúmeras perdas; então, fiz vistas grossas para as tantas vezes que não tiveram aulas devido a um cano que estourou na escola, falta d'água, falta de professores e por aí ia; fiz questão de só observar a felicidade de meus filhos contando como era legal brincar de pega-pega no pátio, futebol ou só jogar papo fora até o outro período em que tinha professor.

– Como assim, não veio professor de novo? E não tinha substituto?

– Mãe, relaxa! Professores também podem adoecer, e está tudo bem; ficamos bem.

Entendi, está tudo bem, verdade, isso que importa.

Nos primeiros seis meses eu não conseguia trabalhar direito, pensando que não tinha segurança na escola pública como tinha na particular; isso me perturbava sobremaneira, e, para deixar-me ainda mais apavorada, ficava sabendo dos ataques a escolas, com mortes de crianças. Eu não tinha tempo para assistir a televisão, a noticiários, mas os próprios alunos me informavam da matança de crianças, e eu só de joelhos clamando a Deus por proteção. (Salmos 127)

Em contrapartida, dava para perceber a alegria das crianças com essa *liberdade*; o amadurecimento e a responsabilidade cresciam a olhos vistos.

A única monitora na porta da escola era uma centenária, a Dona Carminha, coisa mais amada e acolhedora, e todos respeitavam sua cabeleira branca.

Em seis meses, Anne já me pediu para ir sozinha à escola; pediu uma chance para mostrar que havia crescido no auge de seus 13 anos, pois logo faria 14, alegou

– Pode deixar que eu e meu maninho – com 10 anos – chegaremos bem. –Disse ela com um largo sorriso no rosto.

Não era longe, porém tinha que atravessar a tal avenida principal, que dividia o bairro tradicional, e essa avenida, além de ser muito movimentada, levava cerca de 10 minutos caminhando até a escola. Muita coisa poderia acontecer nesses 10 longos minutos.

Fiz o teste, mas fui atrás observando-os bem de longe, e foi incrível o salto de evolução e amadurecimento.

Estávamos todos mais maduros, diferentes, bem diferentes.

A cada dia nos uníamos mais e valorizávamos cada momento, cada aprendizado.

No final do ano, quando todos estão naturalmente mais estressados, vieram com algumas histórias que com certeza jamais aconteceriam na escola privada sem que o professor em questão não fosse demitido.

Certo dia, Anne chegou em casa assustada; sua professora, polivalente, não tinha uma matéria específica; dava aula de várias matérias, como se fosse uma professora do Jardim de Infância, mesmo os alunos estando no oitavo ano escolar; nitidamente sobrecarregada, quase bateu nos alunos, que não paravam de conversar em sua aula. Ela nos contou em detalhes, imitando a professora, que aos berros pediu que calassem a boca, e chegou bem perto de um aluno perguntando aos gritos se ele gostaria de dar aula em seu lugar. Anne falou que toda a turma ficou atônita, todos ficaram nitidamente constrangidos pelo colega, que não era o único a falar. Ficamos em silêncio absoluto; só nos olhamos. tirando a professora pra louca.

– Achei muito desnecessário, mãe, constrangedor, humilhante; nunca tinha visto uma reação daquelas com nenhum dos meus professores do colégio particular.

De fato, ser professor não é tarefa fácil, definitivamente não é para qualquer um. Porém, o fato de serem concursados e, portanto, não poderem ser demitidos, com certeza contribui para um comportamento e postura profissional impensados, inadequados, como relatado pelos próprios alunos.

O professor de Geografia, falando sobre o tempo, escreveu no quadro as iniciais TC e alertou a turma dizendo: "São as iniciais de Tempo e Clima, hein? Não de *Teu Cu*, e riu como uma criança de 10 anos.

Fiquei chocada pela falta de educação, respeito, postura profissional, mau exemplo e por aí vai tudo que poderíamos avaliar nesse *professor*, mas as histórias não paravam de chegar.

Ainda falando sobre o tempo, relatou seu gosto mórbido quando disse preferir tempo de chuvas e trovoadas. Adorava quando via carros derrapando na estrada, causando acidentes e mortes, adorava ver sangue na pista.

A cada história, a cada comentário, eu ficava perplexa, paralisada, sem saber como agir, o que fazer com tanta informação gravíssima sem prejudicar as crianças.

Num outro dia as crianças se assustaram com o *petit* que esse mesmo *professor* deu em sala de aula.

Algum aluno deixou uma tigela com merenda em cima da mesa do professor, que, ao chegar em sala, perguntou de quem seria a tigela com restos de merenda deixado em cima de sua mesa. Não obtendo resposta, limpou sua mesa com as mãos e lançou a tigela ao chão, espalhando restos de comida por toda a sala.

As crianças ficaram em silêncio, perplexas, a olhar a cena nitidamente desproporcional e descabida do professor, que mais tarde se desculpou, falando que estava na TPM.

Benny, ao chegar em casa, contou-me confuso:

– Mãe, homem tem TPM?

E eu, em choque, respondi:

– Vou pedir que a diretora converse com ele; quem sabe ele está precisando de umas férias antecipadas de final de ano? Ou um afastamento pra sempre.

– Mãezinha querida, não faça isso, por favor, te peço! Estamos indo tão bem na escola! Já pensou ele não sair e pegar no meu pé, me reprovar por isso? E eu não quero sair dessa escola, onde fiz tantos amigos, onde estou me sentindo bem, por favor, mãe! Se não eu nunca mais te conto nada.
– É, mãe, o Benny tem razão! Eu não quero trocar mais uma vez de escola; conquistamos amigos nesta e estamos felizes. Pensa na complicação, por favor, mãezinha querida, disse Anne, e já pensou se ele triste, sem emprego, se mata?
Fico pensando até que ponto uma criatura dessas que fala palavrão na aula, expressa sentimentos mórbidos, visivelmente desequilibrado e fora da normalidade social, dá *petit* por ter brigado com o namorado, segundo ele, nitidamente é um descontrolado sem noção; faria alguma falta para a sociedade, principalmente para o ensino.
Pelo contrário, deveria ser enclausurado, a ponto de não atrapalhar mais as cabecinhas dessas inocentes crianças, com a ingenuidade à flor da pele. No mínimo, no mínimo, não é digno de ser professor.
Mas OK, as crianças têm razão. Além de podermos nos complicar, ele é um ser humano em evolução – dá vontade de dizer: "Vá evoluir na PQP", ou "Vá evoluir na CKRLO", e ele que lute para descobrir que siglas são essas.
Somos, sim, reféns do sistema. Coitadas dessas crianças amadas, coitado do futuro de nosso País.
Sentia-me sem pai nem mãe, sem ninguém para reivindicar os direitos das crianças naquele contexto, impotência a nível *hard*; parecia que eu estava pedindo um favor para a escola pública, e isso era irritante.
Além de uma grade curricular comprovadamente atrasada em relação à grade curricular do ensino particular, ainda havia os dias em que faltava água e as aulas eram suspensas, os dias em que havia ameaça de bomba, dias em que por precaução as aulas eram suspensas devido ao noticiário aterrorizar que em tal cidade teve matança de crianças. Havia também as ameaças de ciclone, que naquele ano foram inúmeras, em que, também por precaução, as aulas eram suspensas, sem contar os dias em que a professora que

dá todas as matérias não vinha e não tinha professor substituto, e eu ficava só pensando como conseguiriam cumprir o ano letivo com tantas falhas e faltas.

Uma única professora, a de Português, usava todo o horário, até o último minuto, os outros geralmente liberavam 10, 15 minutos mais cedo e a vice-diretora também se virava para cobrir professores e manter a ordem no recinto.

De uma coisa eu tinha certeza: a educação escolar no País estava de mal a pior; alguma coisa tinha que ser feita, mas eu não sabia a quem recorrer. Somente eu, com meus pensamentos imaginando um futuro melhor para todos, inclusive para os professores, que precisavam de auxílio psicológico urgente, e não somente reforço e atualização curricular.

Acredito piamente que, se todos os funcionários públicos, incluindo políticos, fossem obrigados a usar a rede pública, tanto de ensino, quanto de saúde, com certeza a *mágica* aconteceria a favor dessa gente tão marginalizada, tão esquecida.

Pensando somente em meus filhos, meu plano era voltar para o ensino particular o mais rápido possível e tentar salvar aquele tempo perdido no *desensino* público; parecia simples e justo com meus filhos, mas, ao olhar aquelas carinhas, aqueles verdadeiros amigos conquistados na escola pública, dava um nó em minha garganta; já não nos imaginávamos sem eles, não conseguiríamos abandoná-los; não era simples assim virar as costas para eles e seguir a vida como se nunca tivéssemos visto essa realidade.

A únicas duas coisas que me acalmavam eram minhas orações; tinha a certeza de que Deus não iria deixar por isso mesmo e a alegria dos meus filhos em estarem com os amigos, crianças essas de ouro, crianças que sabiam a realidade da vida e não reclamavam, eram só alegria.

Em todos os anos escolares nunca tivemos tantas crianças ao nosso redor numa troca linda, sorrindo e dizendo que estavam amando nossa presença naquele local.

O ano de 2022 foi marcante, mais o ano de 2023 conseguiu ser ainda mais surpreendente.

Capítulo 17
OS 15 ANOS DE ANNE

Ao finalizar 2022, fiz o balanço do ano, e o saldo foi positivo; muito havia aprendido com a vida; já estava mais organizada, inclusive financeiramente, mas ainda não dava para retornar ao colégio particular; para minha surpresa, nenhum dos dois queria voltar.

Nessa altura do campeonato, falavam de igual pra igual comigo, feito dois miniadultos, tamanho o aprendizado de vida por tudo que eles haviam passado; com certeza já não eram mais aquelas crianças de 2020.

Benny falou com todas as letras:

– Adoraria a estrutura do colégio particular com meus amigos da escola pública. Traria alguns colegas do particular, como o Vick.

É, de fato, as pessoas são mais importantes do que as coisas. O que importa não é onde você está, e sim com quem você está; isso que torna o lugar especial.

Visualizei o ano de 2023, e decidimos ficar mais um ano na escola pública, mesmo me sentindo refém daquele ensino com professores de qualidade duvidosa. Certamente o que pesou para minha decisão em ficar foram os coleguinhas que conquistaram não somente meus filhos, mas também a mim. Estava decidida em focar primeiramente na felicidade deles e nos 15 anos de Anne.

Anne não queria debutar. Seu sonho era viajar para a Califórnia em seu aniversário de 15 anos. Falava isso desde os seus 10 anos, e o meu sonho era realizar o sonho dela.

Fiz as contas e percebi que assim não conseguiríamos fazer uma boa viagem; ainda não havia conseguido economizar o suficiente em meio a tantas dívidas.

Num ato quase heroico, propus às crianças morarmos uma temporada com o vovô e a vovó, com o objetivo e foco de economizar para realizar o sonho de Anne.

De início houve desespero, principalmente por parte da própria, que amava seu quarto, suas coisas já organizadas em cada cantinho do seu canto.

Benny, muito prático e também por sentir-se o homenzinho da casa, disse:

– Já é! Este apartamento é muito caro; precisamos sair dele. Pensa, mãe! Já estamos aqui desde que eu nasci. Vamos circular, conhecer novos lugares.

Meu Deus do céu! Esse guri é um anão! Não é possível que seja uma criança, pensei eu.

Anne sempre foi mais artista e Benny mais administrador.

Desde bebê já era independente. Certo dia, fui colocar o cinto de segurança na cadeirinha do bebê-conforto no carro, e ele tirava minha mão, tentando, ele mesmo, colocar seu cinto, até que eu disse:

– Bê! Deixa a mãe te ajudar a colocar o cinto!

E ele respondeu:

– Eu me ajudo!

Fiquei admirada por ele mal saber falar ainda.

Lá pelos seus 4 a 5 aninhos, chamava nossa atenção ao pegar as compras do supermercado e colocar em sua lojinha improvisada em seu quarto, nos revendendo pelo dobro do preço que havíamos pago.

Benny sempre chamou a atenção por sua praticidade e pensamento lógico.

Anne, por sua graciosidade e humor, nos fazia rir com suas observações hilárias.

Aprendi grandes lições com meus filhos, mas a vez que perdi Anne no *shopping* lotado ficou marcada em minha memória e no meu coração.

Anne com quatro aninhos e Benny com um, dormindo em seu carrinho aconchegante e quentinho. Era a semana do Dia dos Pais, e lá fomos comprar um presente para o papai e o vovô.

Chegando ao *shopping*, a combinação era que Saulo fosse dar uma volta com o Benny em seu carrinho e Anne ficaria comigo para comprar os presentes-surpresa.

Soltei a mão de Anne por um instante para olhar as araras da loja e trocar uma ideia com a vendedora. Um segundo depois olhei para o lado, e cadê a Anne?

Havia sumido, ela e meu chão.

Tive uma sensação de desmaio, queda de pressão acredito, fui até a porta e só vi um mar de gente mas nenhum segurança que eu pudesse chamar.

Liguei imediatamente para o Saulo e pedi para as vendedoras avisarem a segurança do *shopping* para que fechassem todas as portas e não deixassem sair uma menininha linda de cabelos cor de mel ondulados, minha vida!

Nesses longos e eternos minutos tentava avistar na multidão meu coração pulsando fora do meu corpo e orando; achava que estava a orar em pensamento, mas tinha som – Aiiiii meu Deus! Esse fardo é maior do que eu posso carregar! Tenha piedade de mim, filho de Davi! Acha minha filha são e salva para honra e glória do Teu santo nome! Era assim que desesperadamente eu orava.

Tão logo finalizei uma de minhas orações, ergui minha cabeça acima da multidão, que já parava a me olhar, e avistei uma loja de uma gatinha com laço na cabeça e saí em disparada para lá.

Chegando na tal loja, que não era tão próxima daquela em que nós estávamos, e do outro lado do vão da escada rolante, eis que encontrei a princesinha dando palestra para as vendedoras da loja.

Elas estavam tão encantadas com as histórias que Anne contava que não se deram por conta do tumulto lá fora e tampouco que estava sem a mãe.

– Glórias a Deus! – Disse eu já a pegando pela mão e a repreendendo de uma maneira nunca vista. – Nunca mais faça isso! Nunca mais saia do lado da mamãe! Estou muito chateada contigo! Acabou o passeio! Não terá mais presente pro papai nem pro vovô. Vamos embora!

Já no carro, seguia a repreender com uma mistura de nervosismo e alívio.

– Mamãe. – Disse Anne.

– Não fale comigo! Agora você irá apenas escutar. Nunca mais faça isso com sua mãe. Imagina! Já pensou se te levassem embora e nós nunca mais a víssemos? Se você nunca mais pudesse reencontrar sua mamãe, seu papai, seu irmãozinho? Eu iria morrer!

Quando finalmente me acalmei, Anne pediu novamente para falar, e dessa vez fiz um som afirmativo.

– Mamãe, eu não consigo entender, se a mamãe me perdeu e depois me encontrou, não era pra você ficar feliz ao invés de triste?

Uma lágrima desceu por minha face. O amor pegou fogo dentro de mim, deixando meu rosto vermelho e meu corpo em chamas. Não conseguia achar as palavras, quando Saulo me salvou.

– Anne amada! Ficamos muito, muito felizes mesmo em te reencontrar, mas poderíamos ter te perdido pra sempre, e isso é muito grave, entende? É por isso que você deve ficar sempre ao lado do papai e da mamãe ou avisar quando for sair, OK?

– Sim, papai – disse ela –, mas ninguém me avisou que eu não poderia sair do lado da mamãe; agora já sei! Nunca mais farei isso, tá, mamãe? Te amo.

Anne ensinou-me uma das maiores lições de minha vida: Quando você perde alguém, você deve ficar feliz quando reencontrá-lo.

E quando você quer que alguém aprenda algo, você deve ensinar antes de cobrar, simples assim.

"Os Filhos são herança do Senhor." (Salmos 127: 3-5)

O meu conselho é sempre o mesmo: tenham filhos e até mais de um, se puderem; que não seja uma escolha não ter filhos.

Filhos te deixam menos egoísta, mais empático, e com certeza aprendemos muito com eles.

Sempre me vi com filhos; isso já era certo desde que me conhecia por gente, mas pensava que, se por algum motivo não conseguisse ter, iria adotar, seria meu filho igual.

Cuidar de alguém, encaminhar alguém nesta vida te dá sentido nela, além de te fazer enxergar por outros olhos, ter uma outra visão da vida, como se você tivesse uma segunda chance de estar vivendo um pouco mais, e na verdade é, é teu legado.

Eu sempre sonhei com uma festa de 15 anos estilo Cinderela, amava sonhar com esse dia, eu entrando glamurosa, debutando com todos os olhares para mim, mas não tive essa noite dos sonhos do jeito que sonhei, porém do jeito que meus pais puderam me dar, e foi tudo bem; reuni meus amigos, me diverti igual e fui grata, muito grata a meus pais.

Por isso transferi o meu sonho para minha filha; imaginava ela feito princesa entrando com seu vestido brilhante no salão.

Para minha surpresa, Anne era avessa a festas e com seus 10 anos já alertava ao tio Lê, nosso DJ favorito, e ao tio Neo, mestre em fazer as melhores festas da cidade, que não iria querer festa em seus 15 anos; queria viajar em seu dia, uma vez que pouco viajávamos.

– Não dá bola não, Marcy, até os 15 anos ela mudará de ideia umas 15 vezes. – Disseram nossos amigos amados.

Passaram-se cinco anos, e nada de a Anne mudar de ideia, ainda mais após 3 anos sem viajar. Queria conhecer a Califórnia, cidade onde passavam seus filmes prediletos; foi apenas esse seu pedido de 15 anos.

Porém, os três anos que antecederam seus 15 anos – 2020, 2021 e 2022 – foram anos de luta, e não via os dias de glória chegarem nunca; aliás, foram os anos em que mais chorei em toda a minha vida; achava estar desidratada de tantas lágrimas.

Momento épico foi quando, mais uma vez, tive que optar entre continuarmos no apartamento, nossa referência de lar, ou sair para sobrar dinheiro e realizar o sonho de minha filha.

Outra vez me vi sozinha tendo que tomar uma forte decisão e sentir novamente o gosto amargo da perda, da derrota, ter que deixar pra trás tudo que havíamos construído.

Chorava em cada canto, com cada lembrança, cada digital deixada pelas crianças num rabisco de suas alturas medidas na parede, num adesivo na janela, cada móvel que teria de deixar por não ter como levar, e nesse momento, ao lembrar da carinha das crianças em ter que deixar sua casa, as lágrimas saltaram involuntariamente aos meus olhos.

Deus mandou-me um recado por meio de uma mensagem que Saulo naquele momento havia me enviado, e imediatamente estancou meu choro. Dizia:

– Marcy! A Mari faleceu, e seu enterro será amanhã às 12h.

Passei mal. Comecei a chorar por ela.

Mari era a coleguinha amiga do Benny do colégio particular, que nós amávamos. Na pandemia passavam horas em ligação brincando, conversando, às gargalhadas com ele. Deu-me um frio em minha coluna.

Mari era linda, sadia, maravilhosa, família ótima, não tinha problemas financeiros, estava brincando em seu condomínio quando a goleira caiu sobre sua cabecinha, ceifando sua vida tão precocemente.

Entendi o recado e parei de chorar, de me lamentar.

Então, em dezembro de 2022 tomei atitude, conversei com meus pais, e lá fomos nós para mais uma aventura, quem sabe a maior de nossas vidas, com a meta clara e objetiva: juntar dinheiro para a viagem de 15 anos de Anne.

Capítulo *18*
A CASA DE MEUS PAIS

Em 15 de dezembro de 2022, eu quase louca, não sabia se dava aulas, se ajudava meus filhos na reta final escolar, se ia encaixotando meus pertences pessoais e das crianças, estava mais perdida do que cusco em tiroteio.

Anne, ao mesmo tempo que abalada com a mudança, em deixar seu quarto, sua localização, seu canto, estava focada na viagem dos seus 15 anos:

– Vai dar tudo certo né, mamãe?

– Sim, meu amor, dará tudo certo, já deu, estamos juntos. Certamente estava afirmando para mim mesma, pois eu não sabia mais de nada; os mesmos medos, dúvidas, questionamentos das crianças eu tinha, mas não podia perguntar pra ninguém além de Deus.

De tantas pendências financeiras, ainda estava tentando quitá-las sozinha, mais a reforma para entrega do apartamento, calculei e cheguei à triste conclusão de que não tinha dinheiro para a mudança.

Pensei: E depois, onde irei guardar meus móveis? Deixar na garagem dos meus pais? Que transtorno, já não bastasse voltar com dois filhos para a casa deles, encher de tralhas sua casa, sua garagem, seria um incômodo desnecessário, imaginei.

Vou vender para pagar a reforma do apartamento e mais alguns acréscimos impostos pela imobiliária, concluí eu, achando uma excelente ideia, e seria se eu tivesse pensado nisso antes; não tinha tempo hábil para anunciar, vender e entregar o apartamento, sob pena de multa caso não entregasse na data prevista.

Orei e mais uma vez entreguei a Deus.

Veio ao meu coração doar, e essa ideia me trouxe paz.

Então pedi a Deus que me mostrasse pra quem iria doar minha adorável geladeira prata duplex do jeitinho que eu sempre sonhei, fogão, máquina de lavar, e mais todos os eletrodomésticos, mesa com tampão de vidro e suas confortáveis cadeiras, conjunto de sofá, tapetes, quarto do casal. Ah! Esse eu faria questão de doar para alguém do Japão – lembrei-me da tia Vera, uma tia muito querida que sempre estava com dificuldades financeiras, principalmente por ter que cuidar de seus netos, devido a uma filha internada por conta das drogas.

Senti compaixão, e entendi que era pra ela.

Liguei imediatamente perguntando se ela gostaria dessa doação e se teria como retirar tudo o mais breve possível do apartamento. Seu marido era caminhoneiro, então sugeri que passasse para pegar.

Tia Vera ficou muito feliz pela lembrança; o único problema é que ela morava no interior, e isso de fato era um problema, a distância; além do mais, em final de ano o caminhão não para, seu marido também não; ela não tinha certeza de que conseguiria pegar esse presentão, disse ela.

– Tia, fica tranquila. Se for da vontade de Deus tudo dará certo, acredite.

– Ah! Não tenho a menor dúvida sobre isso, minha sobrinha querida; será exatamente o que for da vontade de Deus, e independente do resultado, se nós conseguiremos ou não buscar teus móveis, já te agradeço por te lembrares de tua tia. Que papai do céu te dê tudo em dobro.

Recebi essas palavras de bênção de minha amada tia.

A reforma do apartamento custou uma verdadeira fortuna, visto que fazia muito tempo que não realizávamos manutenção; realmente precisava, além de uma pintura, e isso nos custou bem caro. A verdade é que *me* custou bem caro, pois o Saulo ainda não estava podendo nos ajudar financeiramente.

Orei.

Pensei em fugir, mas não me via como fugitiva.

Tudo jogando contra, mas eu a trabalhar sorrindo como se nada estivesse acontecendo. Se não há solução, solucionado está, pensei.

Seguidamente via uma ampulheta em minha frente anunciando que meu tempo estava acabando e nem doar meus pertences eu consegui, pois minha tia não conseguia disponibilidade com o tal caminhão e por fim agradeceu infinitamente minha lembrança e gentileza, mas realmente não era pra ser, disse ela.

Enquanto isso, eu ia enchendo o carro, pela manhã bem cedinho para ter a certeza de que o elevador estaria livre só pra mim no vai e vem de nossos pertences pessoais, roupas, sapatos, roupas de cama, cobertores, livros, porta-retratos, aquela louça de estimação, o básico do básico, onde ficava no carro até o final do meu expediente e só aí íamos para o vilarejo a aproximadamente 25 quilômetros, ou uma hora e vinte minutos no horário do *rush*.

Por menos que eu me propus a levar, era tudo vezes três, e cada um tinha algo de estimação.

Convenci as crianças a recomeçarem no estilo minimalista. Expliquei a filosofia e eles; meio a contragosto, aceitaram parcialmente, questionando o número de itens sugerido.

A cada objeto uma lembrança da qual não queríamos nos desfazer; difícil demais esse momento do desapego; parecia que tudo era imensamente valioso, e não estávamos nos referindo somente a dinheiro, e sim, principalmente, à memória afetiva.

Quando eu abri o armário das lembranças do colégio, fotos da turma desde pequeninos, cadernos desde as primeiras letrinhas, provas e trabalhos que eu nunca havia sequer olhado, e se vi não dei tamanha atenção, como estava dando naquele momento; deparei-me com as pastas de avaliações, tanto de Anne, quanto de Benny, e levei um susto ao ler as observações dos professores: "Somente o pai veio à reunião" na maioria esmagadora das avaliações, e, de fato, só tinha as rubricas de Saulo em todas as reuniões e avaliações das crianças. Chorei amargamente pelo tempo ausente, por todo o tempo não investido nesses momentos únicos, que não voltarão nunca mais.

Essa sensação de arrependimento por tempo perdido que não volta mais é uma das piores sensações vividas. Minha mente dava verdadeiros *loopings*, repetindo inúmeras vezes "onde eu estava naquele dia?" "Será que minha presença no trabalho era mais imprescindível do que viver aquele momento com meus filhos?" "Por que eu trabalhava tanto a ponto de negligenciar tais momentos?" "Será que meu trabalho era mais importante do que meus filhos?" Claro que não! Então, por que deixei que isso ocorresse? Minha mente me culpava, me massacrava.

Feliz por eles terem pai..., mas questionei também por que esse pai não me alertou de tamanho abandono? Será que ele só pensava em mim como uma máquina de fazer dinheiro e sustentar a casa? A verdade é que a culpa é minha e eu coloco em quem eu quiser.

Fiquei horas organizando, conferindo cada trabalho escolar com uma mistura de surpresa, pois realmente parecia que eu estava vendo tudo pela primeira vez; admiração e orgulho das crianças, frustração e decepção de mim.

Outro momento de grande dor foi na organização do armário dos álbuns de família, desde nosso álbum de casamento, lua de mel, nascimento das crianças, seus aniversários, nossas viagens, e por aí vai, tantas lembranças de momentos únicos, de felicidade real. A cada álbum chorava inconsolavelmente, pensando como deixamos chegar nessa destruição.

O que fazer com tantas lembranças? O que fazer com um álbum lindo de casamento? Com os álbuns maravilhosos de família? Seria um pecado jogar na vala do esquecimento.

Enquanto organizava tudo em caixas que mais pareciam caixões aqueles de defunto mesmo, tamanha era minha dor, ia regando todas as lembranças com lágrimas. Não aguentava mais me ver chorando por todos os cantos do apartamento, mas as lágrimas eram involuntárias, iguais aos movimentos peristálticos do aparelho digestivo.

O ápice foi ao achar as alianças, as mesmas do álbum de casamento, aquelas que presenciaram nosso juramento de amor eterno, "na saúde e na doença até que a morte nos separe"; há quem diga que é a morte do amor, mas amor verdadeiro não morre.

A verdade é que eu nunca deixei de usar aliança, somente naquela noite em que esfreguei os *prints* da amante em sua cara, a ponto de quebrar seus óculos; nessa noite tiramos as alianças, e eu na manhã seguinte coloquei um anel de ouro muito similar à nossa aliança; fiz isso por três grandes motivos: 1) Quase 25 anos usando aliança e a sensação era que eu estava aleijada de um dedo; isso era insuportável; chegava a doer. 2) Não queria dar satisfação a ninguém, estava muito cansada para explicar o inexplicável. 3) Não queria ninguém na minha aba tentando aproximação por eu estar solteira; estava muito ferida, precisava curar-me, queria e precisava estar só.

Em meio a toda essa bagunça emocional de lembranças e pertences, o construtor já estava na área começando os preparativos para a reforma, quando ele virou e perguntou-me:

– Quando você fará a mudança completa? Você levará tudo? Pergunto, pois se não for levar algum móvel ou eletrodomésticos, poderíamos negociar, abatendo no valor da reforma. Tenho um sobrinho no interior que está começando do zero e eu gostaria de ajudá-lo.

– Não brinca! Sério? O que você gostaria?

– Olha, Marcy, ele não tem nada; está começando do zero, e ele é muito trabalhador, meu braço direito no interior; cuida de tudo enquanto eu estou aqui trabalhando na cidade. Por isso gostaria de ajudá-lo, ele merece.

– Que bênção! Escolhe o que você quiser. Eu estava mesmo precisando desse abatimento.

E foi assim que o construtor levou tudo e eu paguei apenas 30% de tudo que lhe devia. Surreal! Demorei para acreditar e entender que foi mais um cuidado de Deus.

Somente depois que passou toda a correria e nós já estávamos instalados na casa dos meus pais é que eu fui raciocinar como aquele construtor iniciou a conversa comigo num curto espaço de tempo em que estivemos juntos, quando surgiu essa possibilidade.

Sim, mais uma vez foi Deus. Ele é fiel demais.

Inclusive Deus colocou em meu coração a passagem: "Não ajunteis tesouros na terra, onde a traça e a ferrugem tudo consomem e onde os ladrões minam e roubam; mas ajuntai tesouros no céu, onde nem a traça nem a ferrugem consomem, e onde os ladrões não minam nem roubam". (Mateus 6:19-21)

Na hora em que você está se desfazendo de tudo que você conquistou e não está pensando em "juntar tesouros no céu", parece não fazer muito sentido, mas o que importava naquele momento era minha paz, aquela paz que excede todo o entendimento. (Filipenses 4:7)

Jamais irei esquecer aquela sensação de menos uma conta para eu pagar e de como aconteceu.

Na verdade, tornei-me colecionadora de sensações.

Em mais de 20 anos, exatamente todas as vezes que fomos visitar meus pais no vilarejo, era o Saulo quem dirigia; eram aproximadamente 25 quilômetros de um trânsito bem difícil, mal sinalizado, gente fora da calçada, em alguns trechos nem calçada tinha, carros para todo o lado, elementos-surpresa surgindo a qualquer momento na pista, como cachorros, cavalos e até vacas. Quem dirigia nessa estrada deveria ter uma habilitação *premium*.

Quando peguei essa estrada pela primeira vez sozinha com meus filhos, fui remetida para o primeiro dia em que fui trabalhar após 30 dias de licença-maternidade lambendo a cria, no caso Anne, e a deixei com a babá.

A sensação quando entrei no carro, liguei e coloquei o pé no acelerador foi única, jamais vivida. Meus joelhos pulavam, tremendo, batendo um contra o outro, como nos desenhos animados, reverberando para o resto do meu corpo, e, quando me dei por conta, estava em lágrimas por deixar um serzinho tão pequenino nos braços de uma pessoa que não era de minha família; mal a conhecia, na verdade.

Todos os questionamentos passavam em minha mente naquele curto espaço de tempo entre minha casa e meu trabalho: "Será que estou fazendo a coisa certa?" "Será que eu não estou sendo irresponsável?" "Será que eu não teria que levá-la junto?" "Será que a babá não vai roubar minha bebê?" "Será que elas irão se dar bem?" E, por fim de uns muitos serás, eu acabava entregando pra Deus, engolindo o choro e indo trabalhar já pensando em voltar pra casa.

Essa mesma sensação de tremedeira de 14 anos atrás repetiu-se ao sentir um medo incontrolável de pegar aquela estrada terrível com meus tesouros a bordo, uma responsabilidade *mode hard*.

Outra sensação que jamais esquecerei foi do carro falhando na entrada do vilarejo, abaixo de um calor de 40 graus em plena semana do Natal e abarrotado de pertences pessoais.

No topo da lomba, que possibilitava enxergar todo o vilarejo, contornado por um horizonte verde, um vale, onde é possível avistar as vaquinhas pastando em um tambo de leite, subitamente o carro parou; abrimos as portas e sentimos o calor do deserto, aquele calor que permite enxergar as ondas contorcendo a paisagem.

O Salmo 23:4 tornou-se uma realidade em nossas vidas: "... Ainda que eu andasse pelo vale da sombra da morte, não temeria mal algum, porque tu estás comigo..."

Várias passagens bíblicas vieram-me à mente sobre estar no vale, estar no deserto, estar na prova.

O deserto não é para matar você, mas para treiná-lo, forjar o caráter de quem Deus ama, de quem Deus quer resgatar.

"Filho meu, não rejeites a correção do Senhor, nem te enojes da sua repreensão. Porque o Senhor repreende aquele a quem ama, assim como o pai, ao filho a quem quer bem." (Provérbios 3:11-13)

Por mais que eu tivesse todos os motivos para estar apavorada por estar voltando para o início de minha vida, literalmente "voltei a primeira casa", não estava recomeçando do zero. Tinha multiplicado meus talentos. (Mateus 25:14-30)

Montando mais uma peça desse quebra-cabeça chamado vida, se os filhos são herança do Senhor, eu estava descendo a lomba até a casa de meus pais com uma herança em cada mão, ou seja, estava rica, não estava me sentindo tão derrotada.

Mais uma vez comprovei a passagem bíblica: "Deus não dá o fardo maior do que podemos carregar" (1 Coríntios 10:13)

De fato, eu não estava sozinha; estava com Deus e meus dois filhos saudáveis caminhando com suas próprias pernas. Eu tinha muitos motivos para agradecer, sentia gratidão, mesmo no deserto.

E assim andamos cerca de quase dois quilômetros, brincando que estávamos caminhando no deserto do "vale da sombra da morte", mas orando que "mal algum poderia nos fazer mal, pois o Senhor é meu – nosso – Pastor e nada nos faltará.

Parecia mesmo o meu fim, voltando para a casa dos meus pais, literalmente lomba abaixo com dois filhos, sem marido, com uma mão na frente outra atrás e mais um carro quebrado na entrada do vilarejo; se não fosse trágico, seria cômico.

Procurava não pensar em vergonha, humilhação, em falência, derrota, escassez, essas coisas óbvias que bastava me olhar para ver.

Felizmente a casa dos meus pais é enorme, de dois andares. O andar de cima ficou só para nós três.

Ao subir as escadas, dava para avistar um enorme quarto à esquerda, em L, com dois ambientes, um com cama de casal e móvel com televisor tela plana a sua frente, e do outro lado uma cama de solteiro mais um roupeiro, também em L, embutido e espaçoso, em que tranquilamente couberam tanto as roupas do Benny quanto as minhas, e viva o minimalismo.

À direita das escadas, outro quarto com cama de casal, armários e *rack* com gavetas; este ficou com a Anne, seu cantinho bem OK e aconchegante também.

Entre os quartos, um espaçoso banheiro, com chuveiro quentinho e com bastante água; isso para mim contava incontáveis pontos e, apesar de estarmos acostumados cada um a ter o seu banheiro, isso não seria um problema, pois montaria uma logística de eu usar primeiro e depois acordá-los, ou seja, tudo no esquema para vivermos em harmonia.

Em frente aos quartos, um amplo terraço, de onde víamos os passarinhos em voos rasantes, o nascer e o pôr do sol, bem como a lua e as estrelas, além do horizonte verde com as tais vaquinhas do tambo de leite.

Estava tudo *clean* e minimalista como sonhava para nosso recomeço.

Mas, como nem tudo são flores, meu pai andava tão nervoso nos primeiros dias em que fomos para sua casa de mala e cuia, que qualquer coisa ele brigava comigo e xingava o Saulo, mesmo à distância, chamando-o de covarde, traidor, homem sem palavra; "isso nem homem é", dizia ele, indignado por ele ter abandonado sua filha com dois filhos a tira-colo, sem dinheiro e cheia de dívidas do "seu tempo de gestão".

Piorou muito quando ele teve que chamar seu mecânico para consertar o meu carro, que também atestava a cara da pobreza, sem manutenção há anos, desde a pandemia, o próprio símbolo de como estava nossa situação de momento. Indignou-se ainda mais por ter que pagar em seu cartão imaculado, estourando seu limite de crédito, pois o diagnóstico foi um grave problema de motor.

Eu nunca fui de reclamar; sempre dizia aos meus alunos: "Não reclamem, porque tudo pode piorar", e, lembrando do meu próprio ensinamento, somente agradecia por ter pais vivos, com saúde e condições de estar me ajudando num momento tão delicado de minha vida.

Certamente envergonhava-me muito ao pensar que meus pais, com 70 anos, deveriam estar tranquilos, recebendo cuidado e até ajuda financeira, e não o contrário, mas houve um acidente de percurso e fiquei grata por poder contar com eles nessa altura de nossas vidas.

Nas primeiras semanas não foi tão agradável nossa estada, por mais que a casa comportasse outra família morando sem dano algum para o morador da parte debaixo; era exatamente como se fossem duas casas, uma em cima da outra; mesmo assim o clima era tenso, as reclamações eram por qualquer coisa que interferisse em sua rotina; daí escutava até meus ouvidos doerem.

Lembrei-me da vez que fomos morar na "casa da sogra" logo após termos nossa primeira filha, e a sogra ter sido abandonada por todos os filhos no auge de seus 80 anos. Pareceu-nos perfeito unirmos o útil ao agradável, minha sogra sentindo-se abandonada e eu apavorada em deixar nossa primeira filha sozinha com a babá.

Parecia a mesma situação; casa enorme, dava até para se perder dentro dela; poderíamos ter sido muito felizes convivendo harmonicamente bem se não fosse minha sogra ser maniática e os irmãos de Saulo serem invejosos e manipuladores. Vivemos grandes histórias naquele ano e principalmente tiramos grandes lições, mas essa também é uma longa história.

Eu pensava em ir embora da casa de meus pais praticamente todos os dias, comprovando a Palavra de Deus que diz: "É melhor morar só, no fundo de um quintal, do que dentro de uma mansão com uma mulher/homem murmurador, briguento", é o que diz em Provérbios 21:9, e eu concordo plenamente, mas não tinha para onde fugir; já estava em fuga, fim da linha pra mim.

O plano B foi aplicar as lições aprendidas na casa da sogra e aguentar firme, uma vez que era apenas um período. A ideia era ficar de janeiro a agosto, até bater a meta de juntar o dinheiro para a viagem da Anne e depois a segunda meta até conseguir alugar um apartamento em Pequenópolis novamente e seguir a vida.

Só que iniciei o ano com mais uma dívida do conserto do carro estragado.

Janeiro e fevereiro foi inteiro só para pagamento dos atrasados, e a partir de março começou a caixinha da viagem, e foi nessa respiração que descobri que não havia solicitado o visto.

Para minha surpresa e frustração, visto agora somente para 2024, para o aniversário de 16 anos de Anne.

Fraquejei, busquei o fôlego, precisava concentrar-me para ter forças, energia para convencer Anne que não importava o lugar, e sim os momentos incríveis e inesquecíveis onde quer que fôssemos juntas.

Ao contar-lhe, enxerguei a cara da frustração em pessoa; cortou meu coração ver seu coração quebrar quadro a quadro. Mais uma decepção pra conta. Colecionávamos decepções, frustrações, tristezas; chegavam até me parecer normal, igual quando minha mãe quebrou a tampa de minha chaleira de porcelana, uma das poucas coisas que trouxe comigo; disse para que a usasse à vontade, substituindo inclusive a chaleira de alumínio, mas alertei que cuidasse que a tampa era solta, e mesmo assim a quebrou; mais uma perda, normal e tudo bem, a menos importante.

Propus irmos para a Itália, residência do meu irmão e de sua família.

Apesar de Anne amar suas primas, não ficou motivada em ir festejar seu aniversário vendo museus e catedrais, não era bem o que sonhara para seus 15 anos. Mesmo sem vibração, disse:
– OK, mamãe, pelo menos vamos viajar.

Porém o pior ainda estava por vir.

A Justiça do Trabalho confiscou a conta de Anne, conta essa que tinha nossa primeira economia para sua viagem.

Cada vez que a Falsiane se fazia presente em nossas vidas, cada vez que ela nos limitava de ir e vir, eu implorava com Deus para que Ele desse um freio nessa guria, mas nesse *round* quase fiquei na lona; já havia apanhado muito da vida, e este golpe deixou-me com uma sensação de "não vale mais a pena lutar".

Com a cara na lona e um gosto amargo de sangue na boca, meu sangue ferveu, e essa raiva ergueu-me do chão; imediatamente dei um basta nesse ciclo repetitivo e enviei uma mensagem para meus alunos informando que todo o pagamento por meus serviços, por meu trabalho que sustentava meus filhos e a mim, seria em dinheiro em minha mão; não poderia mais correr o risco de perder nem mais um real para cumprir o sonho de minha filha.

Decidi seguir lutando, mas desta vez não tinha mais meia chance de errar, não daria mais tempo de cair e levantar, não tinha mais tempo.

Juntei real por real, mano a mano, olho no olho.

Sempre tive vergonha de fazer a cobrança, definitivamente esta não era a minha área de atuação, mas dessa vez, se passasse meio dia do dia 5 de cada mês, lá estava eu batendo na porta e lembrando cada aluno que estava na hora do pix do amor.

As contas fixas do mês eram gasolina, que, devido à distância do vilarejo até Pequenópolis. dava uma pequena fortuna semanal, mais o supermercado, que dava outra grande fortuna, o boleto da operadora do telefone móvel, mais o boleto do futebol do Benny, mais os boletos da água e da luz que assumi na casa dos meus pais, sem contar que lhes dava uma ajuda de custo, uma vez que eles se negavam a cobrar o aluguel de minha moradia com meus dois filhos.

Nesse momento coloquei todos os outros boletos de dívidas em segundo plano, mas acreditava piamente que daria conta de pagá--los um dia.

Tudo o que sobrava ia para a caixinha da viagem dos 15 anos de Anne, e, na mesma proporção que o dinheiro ia crescendo, nossa esperança e ânimo também cresciam e faziam valer nossa estada de favor na casa de meus pais.

Capítulo 19
A LONGA ESTRADA DA VIDA

Acordávamos todos os dias eu às 5 horas da manhã, Anne às 5h15 e Benny às 5h30, para dar tempo de nos arrumarmos, usar individualmente o único banheiro, tomar café da manhã e pegar a longa estrada de uma hora, uma hora e dez ou vinte minutos; dependia muito do trânsito do dia.

Nossas vidas, nossa rotina, tudo era em Pequenópolis; ao vilarejo voltávamos só para dormir e acordar cedo.

O que havia mudado dos meus 16 anos para agora, era que eu dormia mais cedo e tinha que dar o exemplo para meus filhos; não podia mais ficar na cama apertando o soneca, ou esperando minha mãe me puxar pelas pernas e colocar água gelada em meu rosto; dessa vez eu que era a mãe que puxava pelas pernas e colocava água em seus rostos, caso fosse necessário.

Por muitas vezes pegava-me sentada na beira da cama resmungando feito criança, por estar cansada, por ter tido um sono ruim, escutando barulhos *estranhos* e cachorros latindo a noite inteira; já me imaginava voltando pras cobertas, mas acabava engolindo o choro, lembrando que se não saíssemos às 6h15 de casa, chegaríamos às 7h30 só de helicóptero, e olha lá.

Ficava ainda pior pra mim quando Benny, muito cansado, me pedia para mudar a rotina:

– Mãe, por favor, me deixa dormindo mais um pouquinho, não aguento mais acordar tão cedo; eu o entendia perfeitamente.

Por várias vezes veio ter um *papo sério* comigo, relatando seu sentimento de chegar noite em casa, dormir e sair noite também; não era justa essa rotina, não via sentido.

De fato, não tinha sentido vir pra casa só para dormir; entendia muito bem o que ele estava sentindo; era um sentimento de não ter lazer, não ter tempo de qualidade em casa.

Aos poucos fomos nos dando por conta de que essa longa viagem do vilarejo até Pequenópolis estava se tornando dia após dia nosso tempo de qualidade juntos, onde orávamos, orações que a cada dia se encorpavam de modo a emocionar os ouvintes; cada um tinha sua vez de orar, e cada oração completava a outra.

Orávamos por todos, e cada dia tinha seu próprio mal (Mateus 6:34), algo que estava nos incomodando no momento, e colocávamos em oração.

Depois da morte de Luna não conseguíamos mais nos ver com outro cachorrinho; pareceria que a estaríamos a substituindo. Porém, a tristeza de meus filhos mediante tantas perdas me fez pensar rápido. E foi nessa intenção, de suprir pelo menos esse vazio e distraí-los tirando o foco da tristeza, que tive a ideia de visitarmos os canis de cãezinhos abandonados de Pequenópolis.

Imaginei que visitando-os as crianças veriam muitos e muitos cachorrinhos e pudéssemos ajudá-los de alguma forma, mesmo de longe.

Visitamos três locais e em um único canil havia mais de 300 cãezinhos abandonados em situação muito precária, deprimente, carente de exatamente tudo, principalmente de um dono.

Eu fiquei tão triste ao ver aquela realidade que já pensava com meus botões como poderíamos ajudar... E se fizéssemos uma campanha? E se nos uníssemos a Luisa Mell? Poderia dizer a ela que não bastava recolhê-los e colocá-los *seguros* num canil, e sim conscientizar as pessoas dessa realidade. E se cada um adotasse ou apadrinhasse, mesmo à distância, mesmo virtualmente? Poderíamos castrá-los todos com o objetivo de saúde e não de procriação, diminuindo, assim, a quantidade nesses canis, fora a qualidade de vida desses bichinhos.

De uma coisa eu tinha certeza: algo precisava ser feito.

Em contrapartida, as crianças só enxergavam as centenas de cachorrinhos lindinhos, felizes, pulando e latindo, abanando seus rabinhos ao vê-las.

Foi uma felicidade só, um "olha, mãe, esse aqui!", "olha aquele ali de pintinhas pretas!", "mãe, olha aquele outro lá, coisa mais linda!" "mãe! Isso aqui é o paraíso dos cachorrinhos!" – eu não tinha essa certeza; só conseguia enxergar tudo que eles estavam precisando, inclusive ração e limpeza, coisas básicas; o cheiro era insuportável, mas as crianças estavam tão radiantes que pareciam não sentir.

De repente fomos literalmente iluminados pelo sorriso de Anne ao pegar nos braços uma vira-latas pretinha com olhos caramelo que a lambeu nas bochechas de surpresa. No ato sentimos que era ela.

Estávamos ainda em tempos de vacas magras, e temerosa, sem saber se teria dinheiro o suficiente para nós três, que dirá para nós quatro, e sua caderneta de vacinação e tudo que um filhote necessita, fiquei entre a cruz e a espada, entre a emoção e a razão, entre devolver momentos felizes para meus filhos e ter mais uma conta para pagar.

A ideia era conhecer essa realidade e ajudar de longe. Meu objetivo com essa ida aos canis foi primeiramente distraí-los, tirar o foco da tristeza, do luto, e mostrar que existe uma outra realidade, bem mais ampla do que nosso próprio umbigo; Luna havia nos proporcionado abrir e ampliar essa visão.

Propus que a levássemos como *casa de passagem*, onde a acolheríamos e passaríamos um tempo cuidando e, se déssemos conta de dar as vacinas, ração, daí sim oficializaríamos a adoção, se não teríamos que devolvê-la. Todos concordaram, e o pessoal do canil mais ainda, pois seria menos um para eles, e essa história de *casa de passagem* todos sabem que é uma pegadinha, uma vez que nos afeiçoamos com o bichinho e acabamos ficando com ele.

Pelo menos fizemos a nossa parte! Menos um nessa realidade horrenda do abandono.

Sim, a Dory, como a batizamos, foi para o apartamento conosco e depois foi também para a casa dos meus pais, que já tinham a mãe e a irmãzinha da Luna, e isso foi mais um transtorno, principalmente para meu pai.

Meu pai ficava transtornado com a Dory fazendo cocô e xixi por todo seu pátio e revirando seu lixo feito uma verdadeira vira-

-latas, espalhando todas as folhas que havia juntado na varredura do quintal.

Muitas vezes as crianças dormiam chorando, pois o vô ameaçava devolver para o canil a vira-latas sapeca e serelepe que corria, pulava, brincava, corria por todo aquele quintalzão que não existia nem no canil, nem no apartamento.

No dia seguinte, na longa estrada que nos conduzia à escola das crianças e ao meu trabalho, fomos orando por aquela causa.

Certo dia, achando demais aquela perseguição toda do meu pai contra a Dory e consequentemente contra nós, percebi que nossa qualidade de vida, que já estava ruim, acabou piorando deveras com tanta murmuração, palavras contrárias, energia negativa, então num ato de sobrevivência propus às crianças que orassem especificamente para meu pai gostar de nossa cachorrinha.

Ao finalizar as orações que cada um fez por essa causa específica, finalizei pedindo a Deus que naquela noite, ao chegarmos em casa, minha mãe viesse contar que meu pai cuidou da Dory no estilo *fazer as pazes*, e assim foi.

Quase inacreditável! Naquele dia, ao chegar em casa à noite, minha mãe contava feliz:

– Não sei o que aconteceu, que chave virou, mas o que me parece é que teu pai e a Dory fizeram as pazes; ele parecia estar falando com alguém lá no pátio, então olhei pela janela, e era a Dory; vê se ele não está ficando doido, minha filha... conversava com a cachorra como se fosse um filho.

Minha mãe contou que meu pai mostrava o gramado do cocô para a Dory, um pequeno triângulo no meio do pátio, e dizia que era ali seu banheiro, e não em todo o quintal, enquanto ela o olhava atentamente. Depois ele se sentou no banco do jardim, e ela, com as patinhas sob seus joelhos, o olhava atentamente, escutando tudo que ele falava ensinando-a.

Percebi também uma organização em sua casinha, e os cobertorzinhos pareciam arrumados com todo o cuidado e carinho, verdadeira resposta de oração comprovando uma das promessas da

Palavra de Deus que está em Mateus capítulo 21, versículo 22: "Tudo o que pedirdes em oração, crendo, o recebereis".

E assim íamos orando e vendo verdadeiros milagres diários ocorrendo a olhos vistos, a energia do local mudando, o ambiente ficando mais agradável de morar; já não pensava incessantemente em ir embora dali, mesmo porque é no tempo de Deus. (Eclesiastes 3:1)

Além das orações diárias de ida e de volta, conversávamos sobre a escola, os trabalhos, as provas, a vida. Cantávamos e contávamos piadas.

Amava escutar suas histórias, amava percebê-los em suas observações...

— Mãe, meu colega Luciano é muito rico, ele tem três casas.

— Sério, meu filho?! Que máximo! Tem casa de praia, na serra e aqui na cidade?

— Não, mãe! Ele tem a casa da mãe, do pai e da namorada do pai. — E ria da minha cara.

Dessa vez eu ri sem achar graça. Ora, três casas...

Anne completava:

— Rico mesmo é esse pessoal aqui da periferia; andam de motorista todos os dias num Mercedes Benz, referindo-se à marca do ônibus.

Eram tão prazerosos aqueles 70 e poucos minutos, que passavam com a velocidade da luz, e quando vimos não era mais um suplício acordar cedo e pegar a estrada; já nos havíamos inclusive acostumado com a rotina.

Esse clima delícia só era interrompido pelos 33 motoqueiros cortando, cruzando, buzinando e te xingando por invadir um pouquinho a pista do meio, que todos já sabiam ser deles, só deles.

— Mãe, por que os motoqueiros te odeiam?

— Porque o recíproco é mais que verdadeiro...

Eu os achava insuportáveis. Agora entendia por que os chamavam de cachorros loucos.

No primeiro mês presenciamos alguns deles esparramados pelo asfalto, e isso nos deixava em estado de pânico e terror, angustiados e cheios de compaixão por estarem ali naquele estado; o som de ambulância também nos angustiava.

A cada um que encontrávamos no chão abríamos uma corrente de oração por aquela vida e a de seus companheiros motoqueiros, que, apesar de insuportáveis, estavam saindo cedo para trabalhar, estavam na luta como nós, na mesma estrada da vida.

Inacreditavelmente nossas orações foram atendidas de tal maneira que nunca mais vimos nenhum motoqueiro estendido no chão.

Dia desses fui ligar o carro, e a bateria pifara, e lá veio um motoqueiro nos salvar, trazendo uma bateria nova e nos tirando daquela situação depois de um dia exaustivo de vida. E viva os motoqueiros!

A vida é um quebra-cabeças ou um jogo de xadrez, onde rei, rainha e o cavalo todos voltam para a mesma caixinha no final. A vida também pode ser comparada ao jogo do tabuleiro: volte sete casas, avance uma, perca sua vez.

Precisamos incentivar nossas crianças a jogarem esses jogos, que eram nossas principais distrações quando crianças.

Nos tempos atuais, arrependi-me imensamente por não ter investido mais meu tempo em jogar videogame com meu filho e aprendido a lidar com as ultrapassagens em alta velocidade, apesar de não ter velocidade em trajeto algum da viagem, mas pelo menos saberia defender-me naquele trânsito cruel, onde em cada quilômetro havia uma surpresa.

Gentileza no trânsito deveria ser item obrigatório ao tirar a CNH: ensinar para o cidadão que se alguém que está a sua frente dando sinal que irá mudar de pista ou dobrar a esquina, o comando é para que o cidadão de trás diminua a velocidade e não acelere feito um ignorante no trânsito. É incrível como esse pequeno gesto pode mudar consideravelmente o fluxo.

Outro detalhe seria abrir pistas rápidas no horário de *rush*, para que o trânsito flua, inclusive com mais policiais fazendo essa mão, diminuindo assim o estresse no trânsito.

Poderia inclusive haver uma parceria com as empresas na elaboração de grades de horários, de forma a não liberarem em massa, e sim em minigrupos, aliviando o trânsito. Alguma campanha deveria ser feita para aliviar o estresse dos motoristas que ficam horas e horas nesse trânsito infernal.

Enquanto nada era feito para aliviar nosso fardo, orávamos e acordávamos mais cedo a cada dia.

O único dia em que saímos sem orar, por sairmos de casa atrasadíssimos, dando educação e lição de moral nas crianças:

– Vocês não estão sendo meus parceiros. Vocês precisam ser responsáveis, deixar tudo no esquema no dia anterior, roupa da escola, mochila, tudo organizado para quando for a hora de acordar, pular da cama, se arrumar, tomar café e seguir em frente, não ficar procurando pé de meia bem na hora de sair.

Em meio a esse clima tenso, atravessa um cachorro na frente do carro, que, ao tentar desviar, por pouco não perco a direção causando um acidente gravíssimo. Foi uma gritaria só, e o cachorro foi ferido pelo carro que vinha atrás e outro que vinha atrás e vários carros no fluxo nos impossibilitando de parar para ver se o cachorrinho ainda poderia ser socorrido.

Nesse momento todos já estavam chorando dentro do carro, em desespero. Assim que conseguimos nos acalmar, começamos a orar, e depois disso nunca mais saímos atrasados, correndo e tampouco sem oração.

Muitas histórias aconteciam nessa longa estrada.

Em exatamente todas as nossas orações agradecíamos pelos livramentos vistos e não vistos, que, sem dúvida alguma, existiam, uma vez que podia sentir Deus tirando os motoqueiros de perto, muito perto de nós.

Sentia arrepios quando do nada surgia um motoqueiro rasgando pela estrada do meio. Eu ficava pensando: como ainda não peguei nenhum deles, uma vez que era uma quantidade absurda, e suas manobras arriscadas nos possibilitavam todos os dias um acidente. Livramentos, certamente.

Dia de chuva era um suplício, verdadeira aventura, ou filme de terror, e o interessante é que naquele ano todas as estações estavam pra chuva, chuvas estas nunca vistas, arrasando cidades inteiras, destruindo vidas, e nós ali só orando e agradecendo a proteção e a oportunidade de ir e vir.

A primeira vez que meu para-brisa embaçou numa chuva torrencial à noite, quando retornava para o vilarejo, foi pânico e terror; não enxergava exatamente nada a nossa frente e tentava seguir o fluxo naquelas estradas mal sinalizadas.

Num ato de desespero, numa verdadeira cena de filme, abrimos as janelas e, tomando chuva na cara, fomos tentando enxergar a estrada e seguir até o posto mais próximo.

Ao chegarmos no destino sãos e salvos, graças a Deus, todos gritaram um *Glórias a Deus,* e, ainda trêmulos, pedimos ajuda ao frentista, que se compadeceu do nosso estado e parou tudo para nos ajudar. Conseguiu pano e antiembaçante, que eu nem sabia que existia.

Ficamos sem saber por que não funcionou o ar-condicionado, que serve também para desembaçar nesses casos.

Passamos por tantos sufocos nessa estrada que liga a casa dos meus pais até Pequenópolis, 25 km de pura aventura e terror, que nem poderia listar a todos, mas o para-brisa embaçado num dia de chuva torrencial e quase perder a direção para salvar um cachorrinho marcaram nosso caminho.

Certo dia, entre uma aula e outra, numa dessas correrias de pagar um boleto na lotérica de um grande supermercado, encontrei uma aluna muito preciosa, a Cris, que ao trocar poucas palavras ensinou-me um novo caminho, que desviava de um grande engarrafamento que nos desgastava muito e nos fazia perder pelo menos 15 minutos.

Começamos a passar por um clube de pastos verdejantes. Lembrei-me do Salmo 23.

Tratava-se de uma lomba enorme, que permitia avistar o outro lado do muro do Clube Verde. Então mostrei para as crianças o clube do Salmo 23: "Deitar-me faz em verdes pastos, guia-me mansamente a águas tranquilas". Descíamos a lomba gritando "pastos verdejantesssss" "meu clubeee", e isso aumentava fortemente nossa vibração positiva, e visivelmente nos fazia acordar e ficar mais motivados a enfrentar aquele longo caminho.

Nesse mesmo novo percurso, passávamos em frente ao antigo colégio particular das crianças, e, ao perceber as carinhas murchando, comecei a gritar "meu colégiooooooo"; eles imediatamente começaram a rir e engrossaram o coro, gritando também "meu colégiooooooo".

No final da estrada, passávamos por nosso antigo bairro e nossa praça, e lá íamos nós a gritar "nosso bairrooooo", "nossa praçaaaaa", e assim fazíamos todos os dias, mudando nitidamente nossa vibração em relação a nossas lembranças de um passado nem tão passado assim.

O mais impressionante nessa longa viagem foi o dia em que furou meu pneu justamente na descida da lomba dos "pastos verdejantes" do "nosso clube"; senti o carro puxar, dar uma desgovernada, mas consegui dominar e finalizar o percurso, quando percebi que o pneu estava totalmente na roda.

Foi um dos maiores livramentos presenciados, fora o cachorro, o vidro embaçado na chuva torrencial e um moleque que, brincando, foi empurrado para a frente do meu carro, mas eu consegui frear, levantando aquela fumaça de freio e pneu gasto na pista e os 33 motoqueiros rasantes.

Eu disse para as crianças:

– Quem foi que, ao vir ao mundo, entrou na fila de aventuras umas três vezes? Será que fomos nós três?

Eles riam e diziam;

– É mesmo! Nossa vida é lotada de aventuras!

Capítulo 20
OS *BIG FRIENDS*

Já fazia mais de dois meses que estávamos no vilarejo, e minha mãe ainda tentava me atualizar de como estavam meus amigos do tempo da catequese.

Uma do grupo faleceu de câncer no intestino, a outra de câncer de mama, o outro do coração e por aí ia o festival de mortes súbitas de muitos amigos e conhecidos nossos.

Lembrei-me do Marcelo, um superamigo que também era catequista e participava do Grupo de Jovens. Liguei para ele e prontamente ele foi até a casa dos meus pais me rever.

Ao vê-lo, me entristeci: quase não o reconheci; estava deformado pelo inchaço e pela gordura.

– Marcelo! O que te aconteceu, amigo?

– Ah, Marcy, sabe como é, uma cervejinha aqui, outra ali com os amigos...

– Não! Uma cervejinha não! Você engoliu o barril! Falei totalmente sem pensar, num impulso de surpresa e indignação por ele ter deixado chegar a um estado desses.

– Desculpa, disse eu, mas obesidade pode levar a óbito. Você deve saber das complicações para a saúde.

– Sim eu sei, mas não consigo emagrecer.

– Mas você quer?

– Muito. – Disse ele.

– Então vamos começar. Temos que começar. Não podemos ficar nem mais um dia assim, sob pena de eu perder mais um amigo pra doença.

– Ok! Mãos à obra!, disse ele sempre muito parceiro.

– E digo mais: vamos aproveitar minha estada aqui para reunir todos os nossos amigos que estão precisando cuidar mais de sua saúde. Você me ajuda a reuni-los?

– Conta comigo! Começo hoje mesmo a chamar o pessoal.

O primeiro obstáculo foi arranjar local para nos reunirmos, uma vez que a igreja já tinha sua programação no salão da paróquia nos finais de semana e a escola também não tinha ninguém para abri-la e nos acompanhar nessa jornada, e foi assim que paramos no CTG Alma Crioula, em que, para minha surpresa, a anfitriã era uma das nossas *Big Friends*, e isso foi uma bênção incrível.

Conforme íamos reencontrando nossos amigos da época, todos tamanho GG *extra large*, com a mesma carinha escondida atrás da gordura, inchaço, sofrência, e também a mesma energia do bem que nos uniu cerca de 30 anos atrás.

Comecei com a velha e boa avaliação física, em que descobri uma lista de antidepressivos assustadora, remédio para isso, remédio para aquilo, remédio para aquilo outro, verdadeiras bombas-relógios.

Perguntei quanto eles gastavam com todos aqueles remédios de uso contínuo todos os meses, e a resposta veio a galope: "Ganhamos do Governo"; eu nem sabia que havia Farmácia Popular; nossa, em que mundo eu vivia?

O fato é que alguém(s) paga essa conta.

Alguns remédios não eram fáceis de encontrar de forma gratuita, e por isso acabavam gastando em remédios caros, estreitando ainda mais seu orçamento familiar.

A partir de três meses de Dieta das 4 semanas + exercício físico aplicado em nossos *Big Friends*, podíamos colher os primeiros frutos do investimento de tempo e esforço pessoal.

Exatamente todos os *Bigs* que seguiram o plano tiveram resultados que iam desde alegria de viver até um sono melhor, não necessariamente nessa ordem.

Dormir bem chega a ser até mais importante do que se alimentar bem e se exercitar; o problema é que sem alimentação saudável que cure seu intestino e consequentemente o cérebro, bem como mexer seu corpo diariamente não conseguiremos chegar num sono reparador, restaurador, que nos possibilite fazer essa reciclagem no sistema orgânico geral e sentirmos esse bem-estar todo.

A carroça não vai na frente dos bois.

Outro grande e perverso erro é só tentar combater os sintomas e não as causas do problema.

Costumo dizer que remédio conserta um problema e causa três outros; é muito importante tentarmos com todas as forças do nosso ser combater a raiz do mal que nos aflige com a farmácia chamada Natureza e tudo que ela nos oferece, e só em última instância aplicar remédios farmacêuticos. "Faça do teu alimento teu medicamento", já dizia Hipócrates em 500 a.C.

Vale mesmo a pena experienciar o que cada vegetal, legume, fruta, colhido na horta, na terra, colhido no pé pode fazer por nossa saúde. Com certeza sentimos na pele.

Outra sensação incrível foi nos rever quase 30 anos depois e seguir como se não tivéssemos nunca nos afastado; seguíamos amigos sem frescura, sem cobranças, sem acusações e sem questionamentos do óbvio; se eu estava ali na casa dos meus pais, sem marido e com duas crianças, era porque tinha dado ruim, e não se fala mais nisso.

Surpreendente aquela postura de empatia, gentileza, educação e respeito por mim e minha história. Fiquei comovida e muito motivada a ajudá-los com tudo que eu havia aprendido durante todos esses anos fora.

Propus três meses de reuniões todos os sábados, onde eu dava a tarefa da semana, para troca de ideias, para desabafar como foi a semana e praticar alguns exercícios juntos.

Como todos os *Big Friends* acreditavam em Deus, Deus nos unia ainda mais.

Sempre, ao começarmos nosso encontro, orávamos para que Deus estivesse presente, dando-nos o direcionamento; ao finalizarmos, agradecíamos e colocávamos nossa semana nas mãos de Deus.

Era sempre muito especial. Muitos diziam que contavam os dias para estarem ali, outros traziam a doce notícia de que seu médico havia diminuído as medicações, outros que já a haviam eliminado totalmente, e isso enchia meu coração de alegria.

Sábado após sábado, colecionávamos depoimentos positivos de menos peso na balança, menos remédio, mais vitalidade, mais saúde, mais alegria de viver.

A cada depoimento, a cada conquista, a cada felicidade eu ficava mais motivada, feliz e mais perto do meu propósito de vida, que era ajudar meu próximo, e agora, de modo muito especial, meus amigos de longa data.

Já estava entendendo por que Deus havia permitido que eu voltasse para minhas raízes.

Tudo tem um propósito.

Eu estava sendo instrumento nas mãos de Deus para ajudar a salvar não só vidas, mas almas para o Senhor, e isso era incrível, principalmente para mim, que estava no fundo do poço, achando que não tinha mais serventia.

Três meses depois, já conseguia reconhecer meus amigos, seus rostinhos desinchados, voltando à forma original. Finalmente estava enxergando o Marce e sua Vandinha, a Bebel, a Bel, a Nana, Rô, Pati, Claudinha, Aninha, Deinha, Alê, Lu, Jaiminho, Carlinhos e os amigos dos amigos, que não paravam de chegar, cada um com sua história fascinante de medo, ansiedade, carência, doença e muita, mas muita comida e bebida de baixo valor nutricional.

Enquanto nossa família crescia em sabedoria, entendimento e número, num belo sábado de encontro fomos surpreendidos pelo Corpo de Bombeiros com uma denúncia anônima alegando não termos todos os requisitos de segurança. Enquanto um explicava, os outros dois bombeiros já iam interditando o local.

Ficamos perplexos, sem entender quem havíamos deixado de fora de nossos encontros para que tenha feito tal maldade, uma vez que o CTG era antigo e nunca havia dado problema, não apresentava nenhum perigo para seus associados e o pessoal da comunidade em geral.

Mas, enfim, se faltava algum item de segurança precisávamos nos atentar para isso e resolver. O único agravante era que o CTG não gerava lucro a ponto de pagar todas as exigências apontadas pelo Corpo de Bombeiros.

E lá foram os *Big Friends* a pensar numa solução para salvar o CTG; era a nossa vez de acolher quem nos acolhera tão bem. E assim entendemos por que fomos parar no CTG, e não no salão da \ Igreja ou em uma sala no colégio local.

Mobilizamo-nos a fazer rifas e participar de campanhas para que o CTG voltasse a abrir suas portas e seguir com suas atividades normais, que tanto alegravam a comunidade do vilarejo.

Por mais que tenha sido um transtorno, esse acontecimento nos uniu ainda mais e fez com que abríssemos uma campanha de oração pelo CTG Alma Crioula com o objetivo de conseguir o dinheiro para investimento em segurança e conseguir isso antes da data em que um importante grupo de fandango tinha sido contratado, pois a quebra de contrato iria abalar ainda mais as estruturas do nosso amado e acolhedor CTG.

Ao finalizarem exatos 21 dias de campanha de oração, ainda não havíamos arrecadado todo o dinheiro necessário para suprir as exigências, mas eis que milagrosamente foi liberado um ofício que formulava um acordo de cavalheiros para a reabertura, com a promessa de que iriam cumprir as pendências exigidas com o valor arrecadado no baile já agendado, livrando-os inclusive da multa de cancelamento.

Foi um grito só em todo o grupo.

Todos se sentiram-se vitoriosos com a vitória do CTG.

E assim seguimos o baile dos *Big Friends* também com vários *cases* de sucesso.

Na segunda fase do Programa Big Friends MR veio a somar conosco minha nutricionista com seu Detox Raw maravilhoso e delicioso, que potencializou os resultados.

Sentia que nosso time estava completo, prontinho para procriar, igual aos Scobys da Kombucha ou os Kefirs do iogurte.

A Mel não tinha apenas o nome doce; ela era o doce em pessoa, e isso nos enchia de doçura para continuar o programa com menos ansiedade.

Aos poucos os *Bigs* iam aprendendo que alimentar-se não é só encher barriga, e sim nutrir cada célula do seu corpo e principalmente alimentar as bactérias do bem do nosso intestino, a fim de que tenham força para detonar as bactérias do mal e assim vencerem essa guerra contra a inflamação, síndrome metabólica, obesidade, síndrome fúngica, depressão e tantas outras doenças causadas pela falta de informação.

O Detox Raw tinha vida em sua composição. Quanto mais alimentos crus, não processados, mais energia ele contém. Resumidamente, ingerir um alimento vivo te traz mais vida, mais vitalidade, e ingerir um alimento morto te traz mais morte, mais falta de energia.

Enquanto os *Bigs* se tornavam mais leves, mais cheios de vida e saúde, os meus dias também se tornavam mais leves e cheios de significado.

E assim ia se aproximando o aniversário de Anne, e, consequentemente, nossa viagem.

Borboletas no estômago.

Capítulo 21
A VIAGEM

Estava se aproximando o grande dia, e ainda não tínhamos certeza e convicção se era a Itália mesmo nosso destino ou seria outro lugar; precisava urgentemente tomar uma decisão.

De qualquer maneira, no lugar que fosse, ainda não tinha o valor necessário seguro para que pudéssemos cobrir as passagens, estadas, alimentação e passeios, gastos extras, tudo multiplicado por três.

Orei. Entreguei.

Aliás, estava em mais uma campanha de oração pelo Saulo, para que ele fosse restaurado, mudasse e se importasse com os 15 anos de sua filha, ajudando-nos inclusive nas despesas.

Eu não cansava de orar, jejuar e fazer campanha pelo pai dos meus filhos para que tomasse jeito de gente, de um homem digno, de um pai de família admirável; afinal, para Deus nada é impossível. (Lucas 1:37)

Naquela semana de campanha de oração, minha aluna e amiga, uma das únicas que sabia de minha situação em tempo real e em detalhes, veio me dizer que tinha achado um comprador para meus aparelhos que estavam no depósito da fábrica de móveis de outra aluna parceira abençoada.

Dei pulos de alegria! Sensacional! Resposta de oração! Só podia ter vindo do Senhor meu Deus exatamente no momento em que eu mais precisava desse dinheiro para cobrir os custos de nossa viagem.

Incrível como essa aluna amiga era usada por Deus para me dar o suporte necessário, aquela força para continuar vivendo.

Inicialmente, ela me ajudava sem saber de nada do que eu estava passando, com as histórias do seu casamento, que mais parecia estar falando do meu, do seu marido, que parecia o meu: "Ele só quer saber de jogar vôlei e curtir a vida; não me apoia em nenhum projeto de trabalho, de vida; sinto-me sozinha". Aqui nesse comentário só mudou o esporte, que no caso do meu marido era o futebol. E assim, aos poucos, fui tomada de total empatia, e acabei abrindo minha real situação de momento.

Ela ficou perplexa com tamanha similaridade de vida, que acabamos nos tornando confidentes e achando graça com tamanha coincidência. Criamos o bordão "Tu para de me imitar, guria!".

Incrível como Deus age de modo a unir propósitos. O nosso era claramente aliviar o fardo uma da outra; compactuávamos de pura empatia para que não nos sentíssemos sozinhas. Claramente uma dava força pra outra. "...Quando procuramos carregar os fardos uns dos outros, somos salvadores no monte Sião". (Obadias 1:21)

Em Gálatas 6:2 diz: "Levais as cargas pesadas uns dos outros e assim estareis cumprindo a Lei de Cristo".

Porém, essa aluna amiga era além da curva e não só me abraçava, me dava o ombro, como também se importava em resolver meus problemas, que eram desde aprender a pagar um boleto sozinha (antes mesmo de eu conhecer o Alex, gerente do Banco), quanto aprender a solicitar os passaportes para a viagem, enfim em tudo que envolvia meu crescimento pessoal, moral, emocional e profissional, ela estava lá me dando essa força.

Eu tentava retribuir com a mesma intensidade, reciprocidade e lealdade, preocupando-me, importando-me com ela; afinal, era o que eu poderia lhe dar no momento.

–Marcy, negocia de uma vez esses aparelhos guardados há dois anos no depósito antes que eles se deteriorizem, virem ferro velho; este é o momento; conheço o empreendedor, disse ela.

Com borboletas no estômago – na verdade parecia que tinha engolido uma granada sem pino –, sensação essa ocasionada pela possibilidade real de vender meus aparelhos amados, companheiros de trabalho; só eu e Saulo sabíamos o quanto investimos e batalhamos para pagá-los; mesmo assim fui em frente, pois era por uma causa maior, os 15 anos de Anne; certamente abriria mão dos meus aparelhos por seu sonho.

Liguei para o empreendedor indicado por minha aluna amiga, conversamos por longos minutos e também por WhatsApp, de modo a nos conhecermos melhor e alinharmos nossas combinações e negociações. Tudo estava correndo perfeitamente bem, de modo a vender os aparelhos e conseguirmos o dinheiro a tempo de comprar as passagens e ver hotel, tudo se encaminhando em tempo hábil para o aniversário de minha princesa.

Liguei para Saulo contando a novidade, verdadeiro milagre, e perguntei se ele gostaria de ir comigo, uma vez que ele era o dono de 50% de nossos aparelhos.

Ele prontamente disse que nessa semana não poderia ir junto.

Então terei que ir sozinha, só para te informar, avisei.

Ao ligar para o sócio do depósito para combinar o dia e horário em que veríamos os aparelhos para possível compra, ficou um silêncio lá do outro lado; parecia ter caído a ligação, mas quebrou o silêncio dizendo:

– Marcy, você está com um problema... Saulo já passou aqui há questão de um mês e meio e levou todos os aparelhos. Disse que estava tudo bem, que já os havia vendido.

Agora o silêncio foi meu... Enquanto ele dizia:

– Marcy! Se você precisar de qualquer coisa, que eu vá depor a teu favor, qualquer coisa, pode me chamar. Agora quem ficou mal fui eu em não ter te consultado antes, mas achei que por ser o Saulo estava tudo bem... e continuou a se justificar.

– Obrigada, disse eu, quebrando meu estado de choque. – Não sei ainda o que farei. Na verdade, nem sei o que está acontecendo. Vamos esperar o Saulo se pronunciar, explicar por que ele não me consultou antes, mas te agradeço e, por favor, não te culpes. Não tinhas como adivinhar.

A verdade era que eu não gostaria de envolvê-lo, por se tratar do sócio de minha aluna querida e prestativa que emprestou seu depósito com as melhores das intenções; não merecia de jeito nenhum ser envolvida naquela situação em que eu mesma não gostaria de estar envolvida.

Sensação de desmaio, queda de pressão, creio eu. Caí de joelhos.

Fiquei em silêncio absoluto, como se estivesse fazendo meditação com o rosto no chão, mas não estava, não tinha forças nem para respirar fundo.

Por instantes não orei, não falei com Deus e também não chorei, como fazia outrora. Apenas com meu rosto no pó fiquei ali por alguns minutos, quando abri os olhos e vi uma poça no piso.

Mesmo mais uma vez ferida ali na lona, não me sentia como antes, um cão sem dono, sozinha e desamparada; algo havia mudado dentro de mim.

Passou um filme em minha mente lembrando como a *velha Marcy* reagiria diante daquela situação. De fato, havia mudado. Não liguei pro Saulo gritando, xingando-o, não desejei sua morte; apenas reuni minhas poucas forças e comecei minha oração ali mesmo na Sala de Ginástica, que graças a Deus não foi solicitada, permitindo-me um tempinho a sós com Deus.

Orei pedindo que Deus mostrasse que eu tinha um dono: "Só quero justiça divina e dos homens também", disse eu em oração, com lágrimas silenciosas escorrendo por meu rosto, entreguei a situação ao único capaz de resolvê-la.

Não tive a chance nem de me despedir dos meus aparelhos, que me acompanharam por tantos anos nessa minha jornada; só isso passava em minha cabeça, que não me fora dada a oportunidade, a opção de olhá-los pela última vez; era uma sensação de não poder se despedir de alguém que se foi subitamente.

Coisas não são pessoas. Tenho que me importar mais com essa atitude bizarra de Saulo e não focar nos bens materiais. Finalmente entendi que não era Saulo, não era com Saulo que eu deveria *brigar*, segundo a Palavra de Deus que está em Efésios 6:12; mais uma vez, Deus me lembrava disso.

Deus age de maneiras surpreendentes. Nosso carro deu pane de novo, desta vez no meio da Avenida Assis Brasil, na ida para o meu trabalho com as duas crianças dentro do carro; eu simplesmente liguei para o Saulo e pedi que nos buscasse, me levasse para a academia, levasse as crianças para a escola e resolvesse o problema do carro.

Estava tão calma, segura do que estava fazendo, que ele deve ter sentido, uma vez que, sem reclamar, nos buscou e nos levou por uma semana inteira até o carro ficar pronto.

Eu, perplexa com minha maturidade, serenidade que se alguém visse poderia julgar-me como estar tendo sangue frio, enquanto ele, nitidamente apavorado, pensando como iria me contar, uma vez que, achava ele, eu estava prestes a descobrir; ele não sabia que eu já tinha conhecimento, pois eu não lhe havia contado nada; apenas o informei de que havia remarcado a visita do comprador para a semana seguinte, uma vez que o carro estava no conserto.

As crianças me contaram sua versão: que ele estava precisando pagar algumas contas, que ele realmente estava passando necessidade.

– Mas não contem nada para a mãe de vocês. Vá que ela venha jogar ovo podre na fachada do apartamento. – Temia Saulo.

Quem merecia ovo podre era a cara do sujeito e não a fachada do prédio.

– Mãe, o pai está tão nervoso que deixa cair tudo no chão. Ele está com a mão mole. – Repararam as crianças.

– Que Deus tenha misericórdia desse vivente. – Disse eu.

Eu orava sem cessar. Lavando louça, limpando a casa, trabalhando, treinando, onde quer que eu estivesse, estava conectada de alguma forma com Deus e Sua Palavra, de modo que, quando Saulo tomou coragem e me contou sua história triste por meio de um textão enviado por WhatsApp, eu o informei calmamente:

– Já fiz Boletim de Ocorrência. Agora é você com a Justiça dos homens e de Deus. Aguarda, que uma hora ela virá.

Essa história de o meu ex-marido roubar nossos aparelhos da academia para sobreviver é escabrosa, mas ao mesmo tempo acendeu um alerta máximo dentro de mim: Saulo estava perdido, afastando-se cada vez mais de Deus.

Definitivamente não é deste mundo; isso não é natural, é sobrenatural.

O demônio passou de todos os limites aceitáveis para nosso plano material aqui. Eu me sentia como se tivessem pego minha bonequinha de vudu e jogado para os *pit bulls*; não era possível uma coisa dessas.

Graças a Deus que Deus é infinitamente maior, melhor; ao Todo-Poderoso até o diabo tem que obedecer, e eu estava do lado do vencedor.

– CONFIA!

Mais um dia que se inicia. Acorda as 5 horas da manhã, faz toda a rotina para ir ao trabalho e oremos: "Misericordioso, amado Deus, graças te damos por mais um dia de vida! Hoje precisamos decidir qual o destino de nossa viagem. O que está em Teus planos, Senhor? Seria a Itália mesmo? Ou seria Londres ou Portugal, que também eram possíveis lugares, uma vez que tínhamos conhecidos por lá. O que o Senhor tem programado para nós? Nós colocamos nos pés de Teu altar, o que for de Tua vontade, Senhor! Tua presença nos basta."

Benny orou também por essa causa, e, quando chegou a vez de Anne, ela orou tão lindamente, entregando a Deus de um jeito tão leve, tão "confio em Ti Senhor", que tocou meu coração; senti que algo havia mudado dentro de minha filha, a ponto de eu lembrar o que está escrito em Provérbios 16:3: "Consagre ao Senhor tudo o que você faz, e os seus planos serão bem sucedidos". Amém!

Eis que no mesmo dia meu aluno amigo anjo Neo me chamou para um cafezinho pós-treino. Milagrosamente tive alguns minutos de intervalo naquele momento, e fomos.

– E aí, Marcy, me conta o que vocês decidiram a respeito do aniversário da Anne. Vão viajar mesmo? Qual o destino?

– Sim, vamos para a Itália visitar meu irmão, minha cunhada e sobrinhas.

A cara que Neo fez lembrou-me a que Anne fez ao descobrir que não iríamos para a Califórnia, e sim para a Itália, e repetiu exatamente o que Anne me dissera:

– O quê? Anne vai comemorar seu aniversário vendo museus e catedrais? Ah, por favor, Marcy! Você não sabe mesmo agradar uma adolescente. Espera um pouco que verei com minha agência um destino melhor para uma garotinha comemorar seus 15 anos.

E foi exatamente assim que do dia para a noite organizamos uma viagem inesquecível para o Caribe num *resort* incrível *all inclusive*, e que cabia perfeitamente em meu orçamento.

Nadar com os golfinhos, posar com raias, com araras, com iguanas, flamingos, pavão, mergulhar numa ilha no meio do mar, e saltar de paraquedas foram apenas algumas das maravilhas vividas naquele paraíso chamado Punta Cana, na República Dominicana.

Foi algo nunca visto, nunca vivido. Foi divino, um sonho realizado com louvor.

Meu coração foi tomado de tão imensa gratidão, de tão grande amor por Deus, por Seu cuidado conosco, por sua criação e suas criaturas, que a passagem de Mateus 18:21-22 tornou-se uma realidade para mim; foi como um Detox na alma, no espírito, e finalmente consegui entender o que é perdão.

Temi ao reler a parábola que está em Mateus 18:23-35.

Quantas e quantas vezes repeti a oração do Pai-Nosso, onde diz: "Perdoai as nossas ofensas assim como nós perdoamos a quem nos tem ofendido", mas não assimilei. Mas dessa vez entendi, e entendi de todo meu coração, de todo meu entendimento.

A misericórdia de Deus, Seu imenso amor nos constrange. (2 Coríntios 5:14)

Certamente Deus é imenso Amor, mas devemos sim temer a Deus e seguir Seus mandamentos, pois deve ser a coisa mais terrível do mundo não ser perdoado por Deus.

Outro ensinamento que assimilei na alma foi o de Mateus 7:1-5: "Não julguem para que vocês não sejam julgados. Pois da mesma forma que julgarem, vocês serão julgados; e à medida que usarem, também será usada para medir vocês."

Sim! Deus é o único Legislador e Juiz, e somente Ele pode salvar e destruir. (Tiago 4:12)

Naquele Paraíso no Caribe a oração saía espontaneamente quase a todo instante; difícil não lembrar de Deus em cada detalhe, do nascer ao pôr do sol.

Em especial pelas manhãs, na varanda do nosso quarto, olhando o mar e os coqueiros, entregávamos nosso dia a Deus, e ao anoitecer, da mesma forma, agradecíamos, relembrando cada detalhe que passáramos juntos naquele dia. As crianças diziam que naquele lugar sentiam-se mais perto de Deus, e eu as entendia plenamente.

Impossível era não lembrar de Saulo e sentir uma enorme compaixão por ele não estar contemplando, desfrutando de tudo aquilo conosco, de modo especial com seus filhos.

Milagrosamente era como se ele estivesse conosco, pois não deixamos de nos alegrar e fazer exatamente nada em que ele pudesse estar junto. Estávamos completos, radiantes, felizes, divinos, inacreditavelmente plenos, inabaláveis. Ríamos e curtíamos como se a família estivesse completa; incrível como a presença de Deus nos dá essa sensação de plenitude.

O amor de Deus nos constrange! 2 Coríntios 5:14.

Entendi em gênero, número e grau o que eu deveria fazer para agradecer um pouquinho do tanto que Deus havia feito por nós.

Aproveitei o clima abençoado e me vesti de catequista de meus filhos. Expliquei a eles o que é o Batismo:

– Filhos, percebi que vocês entenderam as maravilhas que Deus fez e está fazendo por nós; por isso lhes pergunto: vocês se sentem aptos em receber o sacramento do Batismo? Batismo é quando deixamos para trás nossa antiga vida e começamos uma nova vida, como discípulos de Jesus Cristo. Pelo Batismo somos purificados e passamos a ser uma nova criatura em Cristo. É muito importante que vocês entendam a responsabilidade que é deixar a velha vida e andar conforme os mandamentos de Deus, levando Sua Palavra a toda criatura que passar por seu caminho.

– Sim, mãe, eu quero ser batizado. – Responderam quase em coro.

Anne, porém, questionou:

– Mamãe, Jesus Cristo não se batizou no Rio Jordão? Eu também gostaria de me batizar lá.
– Anne, minha filha amada! Você poderia mergulhar nessas águas aqui mesmo no Caribe se de todo o coração clamasse a Deus dizendo que se arrepende de todos os seus pecados – egoísmo, individualismo, desobediência, por exemplo – e declarar que Jesus Cristo é teu único Senhor e Salvador; sendo assim, você será batizada em nome do Pai, do filho e do Espírito Santo pela autoridade que me foi dada em nome de Jesus e como sua mãe, tendo como testemunhas a mim e ao teu irmão.
Segui explicando:
– O lugar é o menos importante. O mais importante é a presença de Deus, o Espírito Santo do Senhor, a unção e a tua entrega de coração, entender o que de fato está fazendo. Porém, além da tua unção e a de teu irmão, tenho mais um propósito com este Batismo e por isso lhes peço que seja na Igreja onde seus avós congregam para que possamos resgatá-los, a eles e a teu pai, que estão como ovelhas desgarradas. Expliquei para Anne e Benny, que acharam uma excelente ideia.
Há muitos e muitos anos meus pais estavam afastados da Igreja, e Saulo também. Seria um milagre reuni-los debaixo do mesmo teto, ainda mais depois de tudo que nos aconteceu.
Meus pais se afastaram da Igreja pelo fato de que os três filhos mudaram de religião e, como forma de protesto e até de frustração, não frequentaram mais a igrejinha do vilarejo onde fui abençoada, acolhida e muito, muito feliz. Meu pai tornou-se cético, questionando a tudo e a todos, e isso fazia eu me questionar se eu não estava sendo pedra de tropeço em sua vida.
Ele não conseguia entender que Deus é um só, único, independentemente de religião. Eu comecei a frequentar outra religião pelo mesmo motivo que frequentei a igrejinha do vilarejo, onde fui acolhida entre amigos.
Fiz grandes amigos, tanto na Católica, quanto na Evangélica, e tenho certeza que, se todos nós perseverarmos até o fim, seremos

salvos, nos encontraremos na Vida Eterna, independente de qual religião, desde que estejamos segundo o coração de Deus.

Sinceramente, eu acredito que as religiões de um modo geral dividem as pessoas com suas regras, sendo que Deus nos deu apenas duas regras, que abrangem os 10 mandamentos:

1. Amar a Deus sobre todas as coisas: "Buscai primeiro o reino de Deus e sua justiça". (Mateus 6:33)
2. Amar o teu próximo como a ti mesmo: "Faça para o outro o que você gostaria que fizessem pra você". (Mateus 7:12)

Ora, se você ama a Deus sobre todas as coisas, não vai querer desagradá-lo; pelo contrário, desejará meditar em Sua Palavra de forma a seguir Seus mandamentos.

Da mesma forma, se você ama seu próximo como a si mesmo, você não matará, não roubará, não julgará, não trairá... O problema é que há gente que não ama nem a si mesmo, outro problema é que caímos em tentação.

Outro problema, e este considero ainda mais astuto e inacreditável, pois é invisível, está em Efésios 6:12, e aqui o buraco é bem mais embaixo, como dizem; é como se estivéssemos lutando contra o homem invisível, e estamos, e é por isso que apanhamos tanto da vida.

Mas o antídoto também está em Efésios 6:13: "Portanto, tomai toda a armadura de Deus, para que possais resistir ao dia mau, e, havendo feito tudo, ficar firmes".

E o que é a armadura de Deus?

Significa viver a vida cristã de forma correta dentro dos mandamentos de Deus e em constante oração. "Orai sem cessar". (1 Tessalonicenses 5:17-19)

Orai sem cessar não significa estar o dia todo com o terço na mão ou de joelhos, e sim "em tudo dar graças em todo tempo e lugar", 1.º Tessalonicenses 5:18, mesmo que em pé no ônibus, no carro, lavando louça, limpando a casa, no teu trabalho, em tua escola, em pensamento, ou dando um conselho que edifique seu irmão na fé.

"Resisti ao diabo e ele fugirá de vós". (Tiago 4:7)

Realmente, por diversas vezes eu me senti em campo de guerra lutando contra o próprio diabo, mas resisti em oração com a certeza de que Deus estava na peleja comigo, e é inacreditável a força que me sobrevinha após a oração.

Lembrei-me de quantas vezes o inferno havia tentado acabar com o meu presente, mas Deus já tinha preparado meu futuro.

Por tudo isso, por toda essa vivência, ao voltar de viagem, comecei os preparativos para o Batismo.

Ao voltar para a casa de meus pais, no início do ano, havia colocado as crianças na catequese da minha igrejinha, onde meus amigos pareciam ter parado o tempo; muitos ainda eram catequistas lá, e, além de me sentir em casa, seria uma forma de as crianças terem mais contato com a Palavra de Deus e conhecerem um pouquinho da minha história.

Esse também era outro motivo de tristeza para meu pai, meus filhos não serem batizados e não terem feito catequese, mesmo eu lhe dizendo que Jesus Cristo foi batizado aos 30 anos, portanto, ainda estavam em tempo.

Então expliquei ao padre toda nossa situação e, sem vaidades ou julgamentos, de uma forma acolhedora, prontamente organizou o dia do Batismo.

Milagrosamente aconteceu tudo naturalmente e de uma forma acelerada, com a ajuda de todos os meus amigos, de modo muito especial dos padrinhos, que foram meu irmão Marcelo e sua esposa Graziela, e meus *Bigs* amigos Marcelo e Vandinha, além das catequistas, a irmã Márcia e o padre João.

Conseguimos colocar gregos e troianos tudo dentro da igreja, numa cerimônia de Batismo emocionante, onde eu senti fortemente a presença de Deus.

Saulo chegou atrasado, como de costume, e eu tive que responder pelo pai e pela mãe no início da cerimônia de consagração do Batismo, mas ele conseguiu chegar para o sermão e ver o derramar das águas sagradas do Batismo na cabecinha das crianças.

O sermão foi incrível. Padre João parecia estar ainda mais ungido, e aparentava falar diretamente com meu pai e o Saulo. Foi uma pregação sobre o perdão com suas típicas histórias, ilustrando a situação em que nos encontrávamos de uma forma amorosa e sutil. Emocionante.

Eu também estava me sentindo digna daquele momento, uma vez que sentia ter perdoado Saulo de todo meu coração; já não o acusava de tudo e também não sentia mais rancor. A palavra era *libertação;* sentia-me livre das amarras do ódio, da raiva, da falta de perdão.

Enquanto eu orava e jejuava, pedindo que o Saulo fosse restaurado, mudado, pois Deus não coloca "vinho novo em odres velhos" (Lucas 5:37), quem mudava da água para o vinho era eu.

AGRADECIMENTOS

"Deus sobre todas as coisas." (Marcos 12:30)
A meu grupo de oração, intercessão.

Meus filhos Joana e Benício, meus tesouros, melhores companheiros, parceiros de vida. Serei eternamente grata por seus ensinamentos e por terem me escolhido. Amo num grau que só Deus sabe. Foi tudo por vocês!

Não posso simplesmente contar minha história de força, coragem, resiliência, persistência sem citar meus pais. Considero o equilíbrio perfeito meu pai e minha mãe.

Minha mãe mais coração, meu pai mais razão, meio em que ambos conseguiram criar três filhos longe das drogas e pertinho de Deus.

Sempre quando olho meu pai lembro da passagem de Pedro na Bíblia, que, mesmo explosivo, ganhou o coração de Jesus, pois Jesus conhecia seu coração.

Pedro era um cara explosivo, que duvidava das coisas e era tido como uma pessoa problemática, diferente de Judas, que abraçava, beijava e fazia amizade facilmente.

"Cerca de 3 mil pessoas foram convertidas e batizadas naquele dia". Em Atos 2:14-41 é contada a história de Pedro, como ele honrou a missão de ser discípulo de Jesus Cristo e salvar vidas, almas para a eternidade.

A história do meu pai também foi marcante e comovente.

Começou a trabalhar aos seis anos de idade, ajudando meu nono a tirar leite das vacas e a entregar a seus clientes.

Com seu irmão mais velho de 12 anos, iam a cavalo entregar o leite nosso de cada dia às 5 ou 6 da manhã, para depois irem à escola.

Ajudava muito em casa. Mesmo com tão pouca idade, já sabia o que era batalhar pela vida.

Numa dessas entregas, o cavalo se assustou com algo que havia na estrada e empinou, derrubando-os. Meu pai desmaiou. Ao acordar, viu seu irmão ainda no chão e o sacudiu, pedindo que acordasse, para irem embora. Chorando sobre o leite derramado, só sabia dizer: "Levanta! Vamos! O pai vai nos matar; perdemos todo o leite."

Ao tentar levantar seu irmão, viu o sangue em sua cabeça e saiu correndo buscar ajuda, mas infelizmente seu maninho já estava sem vida.

Creio que deva ter sido a primeira grande lição de sua vida: "As pessoas são mais importantes do que as coisas".

Quando eu soube de sua história, só ficava pensando nessa criança e a vontade de pegá-la no colo, enxugar seu pranto, abraçá-la e orar pedindo a Deus que o consolasse, que o fortalecesse, a ponto de seguir sua vida de uma maneira saudável e feliz.

Devido ao trauma, foi morar com seu tio no Rio de Janeiro, bem longe do local que lhe trazia más lembranças.

Mais tarde, já com seus 15 anos, conseguiu um emprego em São Paulo e refez sua vida por lá.

Quando conseguiu suas primeiras férias, foi visitar seus pais, e foi assim que conheceu minha mãe, a melhor amiga de sua irmã.

Começaram a namorar e se correspondiam por cartas.

Combinaram que na próxima ida iriam se casar numa cerimônia bem simples, familiar, e que a levaria para São Paulo.

Tiveram dois filhos em São Paulo e um já em seu retorno para sua cidade natal.

Conhecendo a história de meu pai, dá para entender sua força, determinação, coragem, ousadia, perseverança, seu senso de justiça, muito do que ele nos passou como herança.

Aprendi muito com meu pai. Com certeza ele é uma referência para mim. Tenho muito a agradecer. Obrigada, pai, por não ter desistido nem de você, nem de nós.

Obrigada, mãe, pelo equilíbrio, por sempre estar nos mostrando o lado bom das coisas. Podemos errar; para isso existe o perdão; podemos cansar; para isso existe o descanso; mas nunca podemos desistir. Só perde quem desiste.

Enquanto meu pai era mais duro, minha mãe era macia. E ambos foram importantes para minha evolução, para moldar meu caráter, minha personalidade.

Coisa bem boa é ter pais e filhos; não me canso de agradecer pelas inúmeras vezes em que eu estava literalmente destruída como ser humano, como profissional, e eles, sem saber do meu estado físico, nem mental, nem emocional, me fizeram rir de doer a barriga.

Muitas vezes me pego rindo sozinha, só de lembrar de algumas histórias no carro, em nossas longas viagens até a escola, até meu trabalho. Guardarei pra sempre em minha memória e em meu coração.

Saibam que vocês foram os melhores parceiros de viagem.

Foram mais de 500 horas juntinhos e, com certeza, tirando a vez do cachorro na pista, todas essas horas foram de muito aprendizado, de muita troca, muita oração e muita risada, e muita aventura também!

Acredito ter recuperado o tempo perdido longe de vocês, mas quero muito mais.

Nossas orações deram muito certo; não tenho dúvida alguma de que foram sempre ouvidas. Chega a ser inacreditável que em mais de 500 horas de estrada nunca tenhamos atropelado nenhum motoqueiro nem eles a nós, graças a Deus.

E por falar em rir e sorrir, meu aluno e amigo Lê Araújo era incansável em me mandar *reels* engraçados para ver se me ajudava a encontrar meu sorriso perdido. Confesso que no início não conseguia rir, mas por gratidão retornava com um *emoji* de riso. Graças a Deus ele não desistiu e quando via que o sorriso não era sincero, me bombardeava com mais *reels* e piadas, a ponto de no final já estar a gargalhadas. Você não faz ideia (ou faz) como o riso e a música podem levantar um cadáver. Gratidão, LÊROCK amado!

Gratidão também ao meu exército de 300 homens de Gideão, no caso exército de 33 da MR, cujos nomes tenho o prazer de citar, pois foram exatamente esses que não deixaram eu desistir, literalmente me sustentaram, para que eu pudesse sustentar minha família.

Vou colocar em ordem alfabética para vocês entenderem que todos são igualmente importantes para mim:

Andreia, Bernardo, Camila, Claudia, Danielle, Daniel, Diego, Fabiana, Fernanda, Greice, Iliana, Janice, Juliana, Liandro, Leila, Lê, Lidiane, Maria Alice, Maria Cristina, Mariela, Marcos, Melissa, Natalia, Nelson, Paula, Renata, Roberta, Siluê, Simone, Tatiana e Valesca.

Com cada um tenho mil histórias para contar. Vocês fazem parte de minha história de sucesso.

Muito obrigada de coração. Levarei vocês para a eternidade.

É muita gente para agradecer e dizer que elas fizeram a diferença em minha vida.

Agradeço também aos meus colegas que me inspiram.

Gratidão Gabriela Timmers por não ter me deixado desistir da dança.

À nutricionista Melissa Suarez, minha parceira do Detox Corpo e Mente. Melissa, além de ser uma autoridade na área, é uma referência como pessoa que vale a pena conhecer.

Minha advogada Andréia Redlich, por ser mais que uma excelente profissional, mas também uma pessoa extraordinária que me apoiou emocionalmente nas vezes que eu mais precisei.

Gratidão aos meus *Big Friends*, que, mesmo por décadas afastados, me receberam como se tivesse sido ontem. Essa acolhida aliviou sobremaneira meu fardo. Meu retorno fez todo o sentido. Vocês são especiais demais.

Dudu Carneiro e Gill, que dupla! Que felicidade a minha por tê-los há 10 anos em nosso amado Calendário Fitness MR, eternizando meu trabalho nos corpos de meus alunos parceiros queridos.

Sem palavras para agradecer essa parceria! Vocês são excelentes profissionais no corpo de excelentes pessoas, melhor combinação da vida. Gratidão.

Diego Cunha e Daniel Sasso, além de profissionais fora da curva, são meus alunos e amigos queridos. Baitas parceiros de uma vida! Agradeço a Deus por vocês existirem.

Gratidão a todos os meus parceiros que acreditaram e me apoiaram no Projeto Calendário MR e na Márcia Refinski:

Academia Bodytech
Academia Fitness Hall
Mule Bule Gastronomia
Elo – EveryThingConnected
Smartback
Casa do Nutriente
Mundo Verde
Raw Restaurante
O Grão Real Food
Raphaelli Hair Therapy
Forty Brand
Brasil Sul
Enagic Daniela de Moura
Clínica Dalle Laste
Eduardo Carneiro Fotografia e Gil
Diego Cunha Publicitário
Daniel Sasso Fotografia

Gratidão ao meu novo amigo Edson Bündchen, que me motivou a editar este livro.

Paulinho Fróes, gratidão por fazer parte de minha história e por ter me dado o melhor da vida, meus filhos.